有爱的青春陪伴者

你随口问我无聊时都在做什么

我不敢回答说我没有无聊的时候

因为想你从不无聊

想爱这个世界和你呀

莫离 著

江苏凤凰文艺出版社

图书在版编目（CIP）数据

好想爱这个世界和你啊 / 莫离著. -- 南京：江苏凤凰文艺出版社，2024.7
 ISBN 978-7-5594-8612-7

Ⅰ.①好… Ⅱ.①莫… Ⅲ.①长篇小说-中国-当代 Ⅳ.①I247.5

中国国家版本馆CIP数据核字(2024)第082640号

好想爱这个世界和你啊
莫离 著

责任编辑	王昕宁
特约编辑	周丽萍 李 娜
出版发行	江苏凤凰文艺出版社
	南京市中央路165号，邮编：210009
网　　址	http://www.jswenyi.com
印　　刷	长沙鸿发印务实业有限公司
开　　本	880mm×1230mm 1/32
印　　张	9
字　　数	200千字
版　　次	2024年7月第1版
印　　次	2024年7月第1次印刷
书　　号	ISBN 978-7-5594-8612-7
定　　价	39.80元

江苏凤凰文艺版图书凡印刷、装订错误，可向出版社调换，联系电话025-83280257

目录

楔　子　001

第一章　非他不能，江奈学霸　003

第二章　木目心上，单人尔旁　025

第三章　光而不耀，与光同尘　047

第四章　心动有时，不负有时　067

第五章　你的温柔，人间良药　089

第六章　十七那年，就想要脸　110

第七章　器乐贵贱，只在人心　132

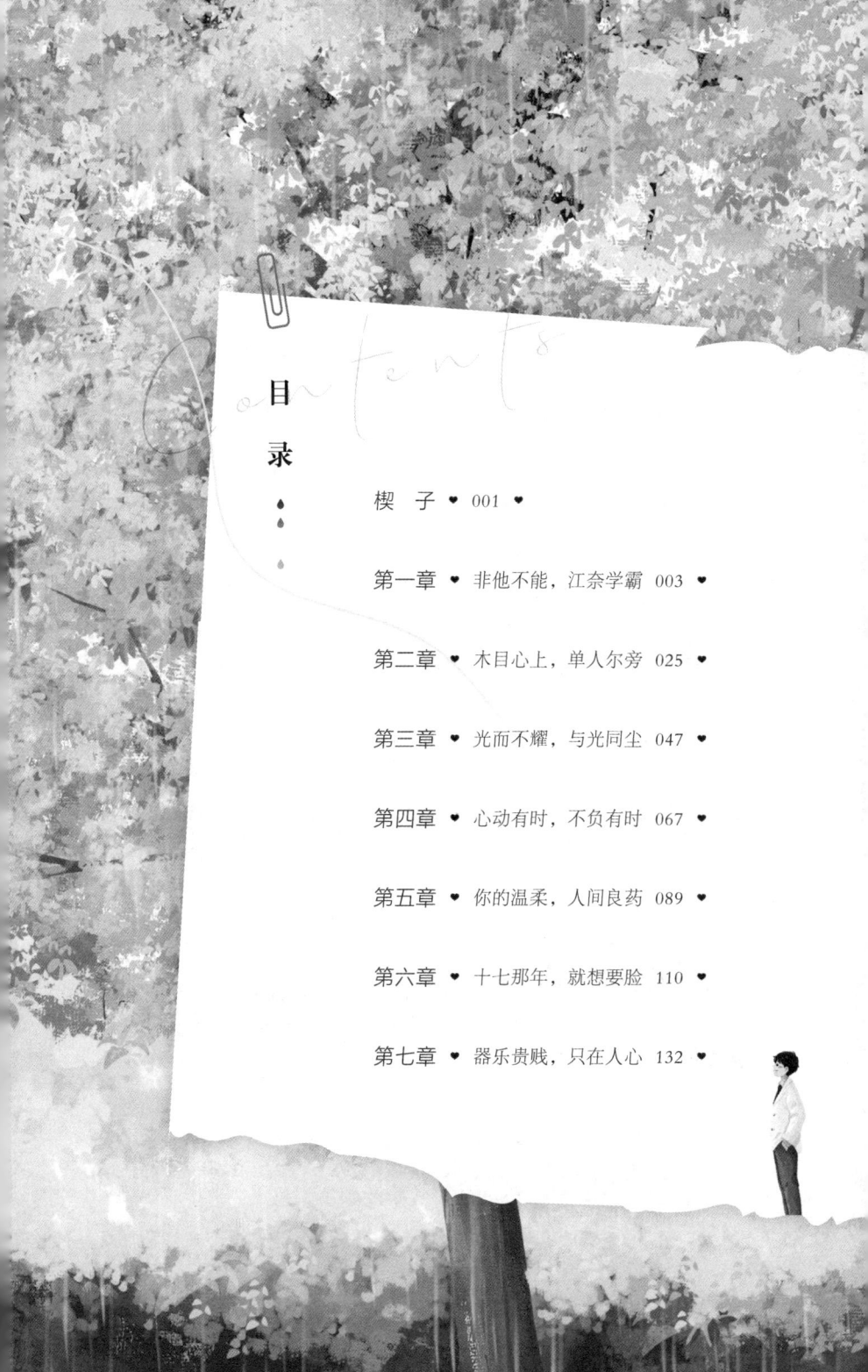

目录

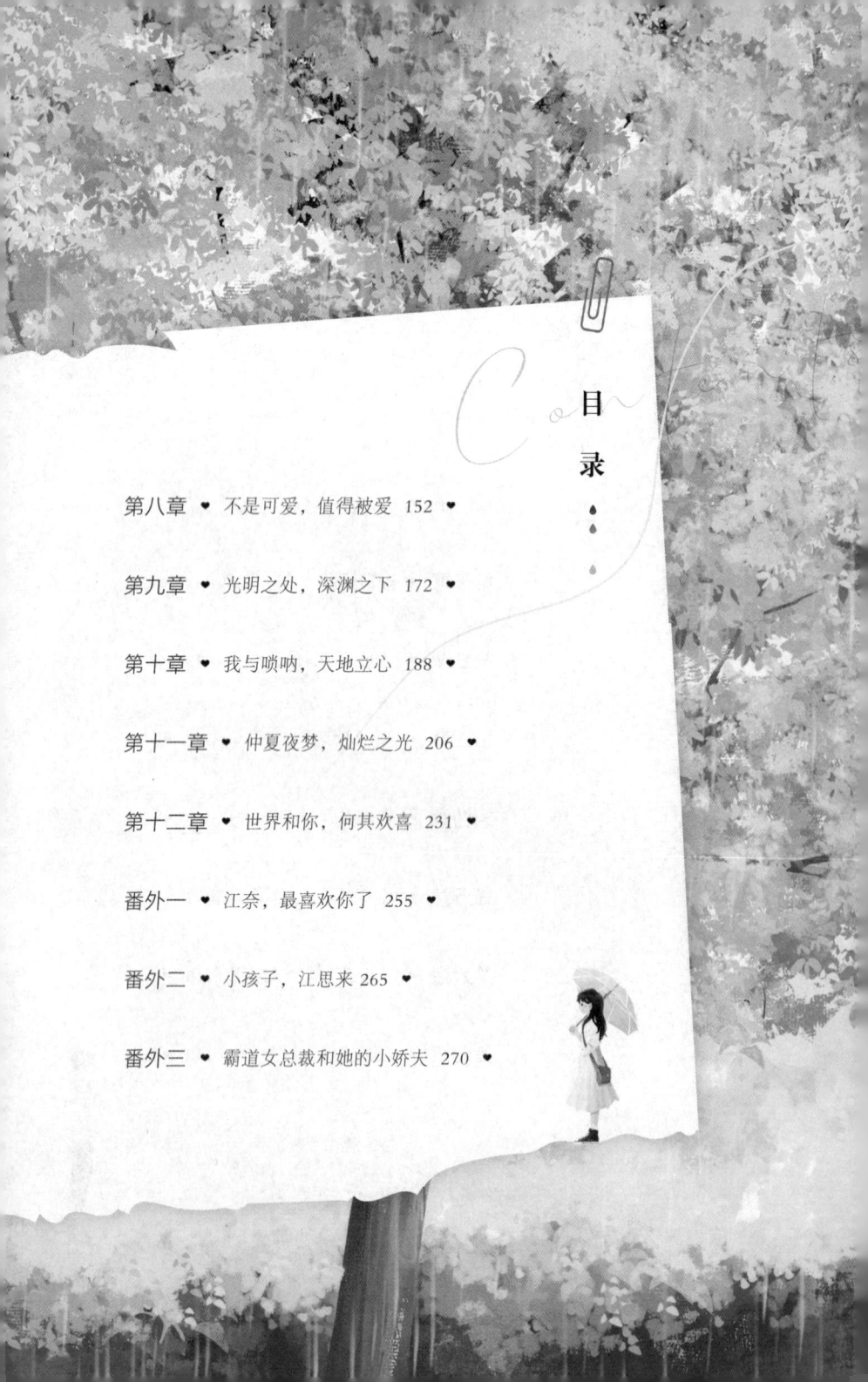

第八章 ● 不是可爱，值得被爱 152 ●

第九章 ● 光明之处，深渊之下 172 ●

第十章 ● 我与唢呐，天地立心 188 ●

第十一章 ● 仲夏夜梦，灿烂之光 206 ●

第十二章 ● 世界和你，何其欢喜 231 ●

番外一 ● 江奈，最喜欢你了 255 ●

番外二 ● 小孩子，江思来 265 ●

番外三 ● 霸道女总裁和她的小娇夫 270 ●

楔子·

江奈带着两名研究生，坐在图书馆一楼。

Q大的学生们已经陆续放寒假回家，留校的基本上是本地人，他们大多是想躲离七大姑八大姨的"问候"，抑或是和恋人难舍难分的情侣。

两名研究生都是女生，此时伏在书桌上快速敲打着键盘，眼睛却齐刷刷地往江老师脸上凑。她们没离校的原因就重要多了——贪恋美色。

江奈推了推银丝边框眼镜，随而抬起头来，清朗的眸子投向她们。

女生们内心：只觉得老脸一红。

"我的脸是比书好看吗？"江奈面露几分严厉之色，言语不悦，"面试的时候高谈阔论，研二写不出三百字来。"

她们连忙低下头，佯装认真地写着论文。

一女生在聊天对话框中输入：救命，江老师真的很凶。

另一人回复：生气的江老师也很好看！

江奈是Q大历史学院中最年轻的一位博士生导师，他教学严谨，不苟言笑,奈何长得实在好看,硕博生挤破脑袋都想到他的手下来。

以前有个女生在课上偷拿手机拍照,被江奈狠狠斥责后回到宿舍大哭。室友们轮番劝着,她握拳愤愤不平道:"江老师冤枉我,我根本就没有在课上自拍!他冤枉我……"

室友们正要联合起来去找江奈说理,女生又是一声嘶吼:"我明明是在拍他!"

众人瞬间安静……

女生哭完后,第二天精神抖擞地去上早八。

江奈跟自己念书时的导师关系很好,老教授还替广大女学生传话,九十九分只差一分温柔,他就是完美男人。

江奈当时在批卷子,落笔就给了个大红叉:"不行。"

老教授问:"为什么?"

江奈唇角上扬,笑得明亮:"家有'宝可梦',我的温柔都给了她。"

没人知道他想要这只"宝可梦"有多久,她曾在那片暗淡的天地中为他劈开了一道光,自此心中温柔叶落归秋,只觉人间一趟,灯火辉煌。

第一章·
非他不能，江奈学霸

要是一个人吸引我
他无论选择什么方式表达自己
对我来说都很可爱

01

大年二十九的清早，天刚冒了点亮，就有好几家开始蒸馒头了。

喻思站在江奈家卧室后方的空地上，对着冷空气吹响了唢呐，调声清脆洪亮、铿锵有力。小姑娘元气特足，冻得鼻尖通红，还特别有精神，鼓起的腮帮像极了一条水泡金鱼。

江奈起得更早，他有每天坚持读两个小时课文的习惯，此时调了调右耳的助听器，都不用开窗，就能领略到这直击灵魂深处的声音。

没几分钟，就有人扯起嗓子怒喊："大过年的，能不能换个喜庆的！"

对楼的人跟着喊："你简直比我的闹钟还要准时！"

扫地大爷拎着扫把狂奔而来，昨天还说犯关节炎的那条老寒腿现在比运动员还能跑，他远远扬着扫把冲喻思喊："当年打仗就应该找你去吹小号！"

喻思是不喜欢西洋玩意儿的，她扭头看了眼跨栏而来的大爷，依旧摇头晃脑地冲江奈吹着曲儿。江奈就站在窗户边，隔着院子望去。

她穿了件显眼的黄色连帽卫衣,头顶扎的丸子万年不倒,大红木唢呐更是招摇的标配。小姑娘被大爷拉走的时候,甜美的嗓子扯开了喊:"醒了上班嘞,没醒'上路'哦!"

江奈扯起嘴角,挥手做了个回家的动作。

02

喻思家那栋楼离江奈家隔了些距离,她"哼哧哼哧"地跑回家的时候,看到餐桌上的盘子里剥了一个白嫩嫩的水煮蛋,刚要伸手就见厨房里走出一人,正是当家主母李华芝:"妹妹要补营养还不留给她吃,将来想让她做第八个小矮人吗?"

"小矮人"此时趿拉着拖鞋从房间里出来,九岁了才长到一米,顶着蒙德里安都不敢画那样抽象的窝窝头,她黑着脸摸走了水煮蛋,囫囵塞进嘴里就往卫生间跑。

李华芝怒喊:"喻玥,我要说多少遍!不要嘴里吃着东西去上厕所!"

喻思保持着"路人"的友好笑容,抱着唢呐准备往妹妹房间走去,谁知刚要挪脚,李华芝就将"炮火"转移了。

"你一大早抱着这玩意儿是要给家里吹个《哭皇天》?"

喻思俨然一副"乖宝宝"的样子,眨着眼睛:"妈,我要吹吗?"

李华芝无语,厨房的锅里不知在炸什么,"啪"的一声惊响,她只好又钻进厨房。

李华芝前脚刚进,厕所门后脚就开了,喻玥歪着个脑袋贼眉鼠眼地招招手:"姐姐来。"

喻思走过去,只见喻玥伸出手将完整无缺的水煮蛋递了过来:

"吃吧,我冲了下。"

喻思惊恐加恶心,脖子一缩:"从哪儿出来的?"

喻玥冷冷地笑:"你猜。"

03

南城地方小,年味还算浓,孩子们早就凑在一起玩炮仗了,家家户户贴对联、扫年货。小区挂的大红灯笼缺了几个,跳广场舞的大妈非说是对面小区甩鞭子的大妈给偷走的。

喻思家在二楼,楼底下的几个老闺蜜还在讨论着跟对面老闺蜜新一轮的 battle(争论)。她躺在喻玥床上玩手机,明天就是大年三十了,她的五福还没有集全,扫了那么久缺的不是敬业福,竟然是爱国福。

扫福卡今日已达上限,没办法,她又开始做任务,给人浇水收福、答题收福,可一顿忙活之后收获的全是和谐福,剩最后一个带小鸡去朋友家串门拜年的任务,谁知道崽子说肚子饿离家出走了。

喻思给江奈发了个哭唧唧的表情:我要错失五个亿了!没有爱国福!

江奈:什么福?

喻思:你没有集福吗?

江奈:我不需要集福,我很幸福。

喻思:你不姓福,你姓江,哈哈。

过一会儿,江奈给喻思发了一张爱国福。喻思欣喜若狂,她亿万富翁的梦想就要实现了!再也不用苦哈哈地跟着师父他老人家黑灯瞎火吹唢呐了!

年三十那天,分了 0.25 元。

喻思当时就卸载了软件，朋友圈还发了一条：世界多我一个有钱人怎么了？

04

喻家男主人喻祖德在邮局上班，他要在岗位上坚持到年三十才能休息，说初二还得去帮同事值班，就计划着初一去亲戚友人家串门。

初一那天最后一"串"，是江奈家。

喻思可高兴坏了，开门的就是江奈。他穿着浅色长袖，眸光清澈，额前的碎发遮住了眉毛，鼻子十分高挺。江奈微微侧头喊了爸妈，逆天的侧颜看呆了众人。

就连李华芝的眼睛都放光了，觉得小伙子长得白白嫩嫩、俊俊俏俏，她回头看向家中黑不溜秋的二女，继续保持微笑，算了，这就是命。

喻思先挤到前头，一个猛烈的九十度弯腰，撅起的屁股险些把李华芝给撞下楼梯去，她咧嘴笑得甜蜜蜜："江奈哥哥新年好！"

江奈"嗯"了声，淡淡笑："新年好。"

随后喻思敞开羽绒服，今天她穿的还是连帽卫衣，但换成了喜庆的红色，胸口醒目的金色丝线绣着几个大字"红包放这儿"，下方则是一个宽大的口袋。

一进门，江爸江妈就给喻家姐妹一人塞了一个红包，江奈要给红包的时候，老喻"啧啧"两声："不给不给，平辈不用给！"

妹妹喻玥毫不客气地接过江奈的红包装进裤兜，姐姐喻思则扯着肚子上的口袋，一个劲地往前凑，一边还摆着手说："我不要我不要……"

江奈背对着所有人，唇角的微笑极其明媚，做着口型："你多。"

喻思又一个标准的飞燕式鞠躬："谢谢哥哥！"

05

江奈基本走到哪儿，喻思就跟到哪儿，小不点喻玥抖着腿坐在凳子上，冷眼旁观着一切。小孩子是坐不住的，能让她耐着性子的唯一原因就是——这家还有个人没来。

大约半个小时，江家七十六岁的老爷子姗姗来迟。

喻思嘴里塞着橘子，看到老爷子时眸子"噌"地一亮："师父！"

坐在对面的江奈被喷了一脸橘子汁。

江老爷子脱下帽子围巾，鹤发童颜，精神矍铄，声音听起来也十分有劲儿："哟，跑得倒快！来，新年快乐，祝你们新的一年学业有成，身体健康。"

小不点喻玥拿了红包就跑，李华芝问她干什么去，她头也不回地说同学在等着她玩滑板。

喻思和江奈挨个接过红包，喻思嘴甜，依偎着江老爷子说："祝师父身体健康，万事如意；祝叔叔阿姨甜甜蜜蜜，工作顺利；祝哥哥学业有成，逢考必过。"

江妈性子柔，心眼好，她特别喜欢喻思，又乐呵呵地塞了个水蜜桃给喻思。

江家和喻家相识久，再加上喻思是江老爷子的徒弟，两家就更是亲近。江奈和喻思都是致远中学的高一学生，虽然不同班，但是经常一起上下学。

家长们开始聊工作和生活上的琐事，喻思就跟着江奈去房间玩，喻思当然开心啊，豪气地拍着胸脯道："下次你去我家玩，我房间也大！"

江奈看了她一眼。喻思的小床位于客厅阳台的一隅之地，她的房间就是客厅。

这时喻思瞥见床上放着一件蓝色卫衣，她蹲在旁边摸了摸："爸爸说等我过生日就给我买件蓝色带帽子的。"

那正是江奈今天整理出来的，他下意识地拨弄下助听器，开口说了今日第一句长句子。因为吐字不清晰所以语速很慢，他凝视喻思的眼睛说："我穿，小了，你要是喜欢，就拿去穿。"

喻思如获至宝般捧在手心，眼睛弯弯如月牙："真的吗？"

江奈点头。喻思就开始脱身上的红色卫衣，虽然里头穿着毛衣，但江奈还是快速转过头去。喻思将蓝色卫衣套在身上，十分宽大，但好在款式新潮，倒也漂亮。

她拿出手机臭美地左照右照，后来还抓着江奈一起自拍。

江奈一米八五的个子，喻思才一米六，两人无法在同一个高度，她便用力地踮起脚，拉着江奈的手臂，远远对着镜头歪了下头。

"好喜欢啊。"

江奈的右耳，突然有些粉红。

06

喻思对江奈的崇拜，那是毫不掩饰且真诚澎湃。

江奈会玩花式纸牌，他的手指很灵活，尤其是中指和食指，单手握着一副牌，可以随意且轻松地让牌进行翻转、悬跃，动作唯美。

一张纸牌向斜四十五度飞出，绕身回旋至另一只手上，帅气十足。

喻思聚精会神正看得入迷，突然听到外头电视机中响起熟悉的旋律。她突然坐直了腰，指了指外面，露出洁白的牙齿："元气少女缘结神！"

江奈习惯性地将耳朵往前凑了凑："嗯？"

喻思突然很小声地说了句话，江奈捏着纸牌看着她，显然没有听清楚，随后喻思提高音量再次说道："我可是有着一只叫巴卫的非他不嫁的狐狸！"

江奈手中的纸牌原本拿得稳当轻快，突然间全部散落在地，他重新捡起来洗牌。

刚刚，她明明不是这样说的。

第一次很小声说话的时候，她说，我可是有着一只叫江奈的非他不能的学霸。

07

学霸一般不休息，休息只休年三十。

江奈陪喻思玩了一会儿，便伏在书桌前看书、写作业。喻思觉得无聊了，盘腿坐在床边的地毯上，抱着自己的唢呐，想吹又不敢吹。

她打了一会儿滚，爬起来匍匐前进。

"江奈哥哥，要不我给你吹个小曲吧？"

用妹妹喻玥的话说，我姐姐吹唢呐的穿透力，堪比地球版的宇宙射线。江奈下意识地动了动耳朵，握着笔看着她，字正腔圆地问："吹什么？"

"《菊次郎最后的夏天》……啊！不对！"职业病犯了，喻思赶忙更正，"《菊次郎的夏天》。"

江奈看了眼窗外天色，估计大家都吃了晚饭在等着看春晚，外面的大人们还在桌子旁喝酒聊天，他关了窗，带上了门。

书桌旁边摆着一架电子琴，江奈过去打开琴套。

喻思见过江奈弹钢琴，却没见过他弹电子琴。喻思盘腿坐在地上，听着江奈试了几个调，他回过头来没有说话，但是眸中含意却在询问调子可不可以。

喻思直点头，表示可以。

她尽量小声吹动唢呐，江奈用琴声附和，曲子清新欢快，优美流畅。待一曲终了，外头传来江老爷子的声音："思思啊，让江奈写作业吧，别让他耽误你练习！"

果真是亲师父。喻思抿唇扬起下巴，似乎在告诉江奈，学霸没用！吹唢呐有用！

江爸劝说老父亲："爸，您也别这样说，术业有专攻……"

江老爷子毫不留情地怼他："术业跟你说了不能多攻啦？"

老喻在一旁搭腔："专攻多攻一样攻，都能攻！"

小不点喻玥也不知道什么时候回来的，嗑着瓜子插了一句嘴："不是所有人都能攻。"

众人一脸疑惑地看着喻玥，李华芝回过神，一巴掌拍在她头上："大人说话，小孩子别插嘴！"

屋外头的人据理力争，屋里头的人盈盈一笑。

这里不是菊次郎的夏天，是喻思和江奈美好的冬日啊。

08

大年初三刚过，喻思就被江老爷子叫过去练习。江老爷子不跟子女住在一起，他在郊区乡下有一套大房子，自己开辟院子种了瓜果蔬菜，还养了一条大狼狗，叫春喜。

春喜是跟着喻思一起长大的，看不得别人碰她一下，是条忠心护主的好狗。

喻思就站在菜园子中吹着唢呐,狗子刚开始乖乖伏在脚下,看到江老爷子闭目小憩就开始扯喻思的裤脚。

狗嘴往门外一努,意为:走,出去玩啊。

喻思摇摇头:不太好。

狗子四脚来回踱步:走嘛!

喻思看了眼躺在藤椅上的师父,郑重地点点头。于是一人一狗悄悄地溜走了,喻思以为春喜要带她去闯一番事业,没想到是让她去偷其他狗子家的酱骨头!

喻思翻墙入室被对方狗子逮了个正着,可想而知,人狗大战有多么惨烈。

出来寻人的江老爷子恨铁不成钢,揪着她的耳朵说道:"老祖宗的东西是宝藏,你不好好学,将来就只能跟你那几个师兄一个样儿!"

喻思的大师兄垄断了南城的服装市场,二师兄卖猪肉买了七套房,三师兄卖羊肉盘了十二个商业铺子,就四师兄低调点,回家继承家产,每天嗑点瓜子去收房租,月收入五万块。

喻思作为最小的师妹,穷得叮当响。

她被师父教训得噘起嘴,极不情愿地背诵班规:"江家班倍儿棒,唢呐响人要敞,一不偷二不抢,三要爱国和爱党,父母在要奉养,兄弟朋友凑一场,长长短短人生路,欢天喜地庆洋洋……"

"师父,我能把庆洋洋改成乐滋滋吗?"

"你说能不能?"

"不能。"

09

喻思回了城就跑去二师兄家的猪肉店,二师兄胡老板恰好外出,只有他胖乎乎的儿子胡有七坐在长凳上看电视。

"嘿,大侄子,你爸呢?"

胡有七跟喻思可是同龄且同班的同学,他嫌弃地翻了一个白眼:"滚。"

虽然嫌弃,但无奈辈分摆在那儿,他再不愿也得应承。

喻思的四个师兄虽然都不怎么吹唢呐了,但交情仍在,年龄差距越大感情越深。尤其是卖猪肉的二师兄,十分疼爱这个小师妹,哪次来都得给她拎上二斤猪五花。

二师兄这会儿不在,喻思自己拿刀割完猪肉,顺手还拿了几个大棒骨留给春喜。胡有七在旁边看《七龙珠》,中途回了一次头,他看喻思拎了半个猪腿瞪大眼睛:"你是猪吗?吃这么多!"

"你姑姑我正在长身体呢。"

胡有七扑过来就要阻止喻思,喻思躲得灵巧,两人正拉扯着,发现店门口走过一人。江奈穿着羽绒服,围了条米色围巾,背包塞得满满当当都是在书店买的资料。

他站在那儿,风雪沓至。

喻思眼睛一亮,大声喊着:"江奈!"

江奈看到两人嬉嬉闹闹,面无表情地转身走了。喻思还在喊,胡有七嘟囔一声:"他是个聋子,你喊也听不到。"

喻思把五花肉和大棒骨套进塑料袋中就去追,走之前不但不给钱,还踩了胡有七一脚。

雪越下越大,喻思跟在江奈旁边,踩了一路的小脚印。

除了喻思,江奈几乎不跟身边的同龄人交流,更别说做朋友。

因为在他的感知里,这个世界上只有两种人,健全人或是和自己一样有身体缺陷的同类。而喻思能和他玩到一块,是因为她开拓了江奈感知的第三种人——"中二患者"。

喻思仰面冲他笑,晃着手中的塑料袋说:"到我家吃五花肉啊。"

雪花落在鼻尖上泛起晶莹的小点,喻思卷起舌尖想舔,却只舔到了空气中的碎雪。喻思随即歪着脑袋,吐舌头做鬼脸,扮演中毒了。

江奈心底的闷气骤然消失。

他唇角有了笑容,随即缓缓开口问:"你 sǐ 欢……"他总把"喜"字说成"死",他抿抿唇再次重复,"你喜欢雪。"

"我喜欢雪。"喻思望着他笑,雪花落满眉间。

我喜欢雪,但我不追雪。

我要留在人间,追随你。

10

第二天,喻思要出门的时候家里只剩一把伞,李华芝坐在客厅里嗑瓜子,她盯着电视机说:"待会儿玥玥出门要用。"

"好嘞,我头大不怕。"喻思将卫衣的帽子戴起来,出了门。

南城的雨夹雪冷得要命,喻思将唢呐包护在怀里闷头往前跑,却生生撞进江奈的怀里。江奈撑着伞站在雨中,揉揉发痛的胸口。

他有着最好看的睫毛,只要轻轻一眨就能让人欢喜。大人们爱说他俊俏,在喻思眼中,他更是漂亮得不得了,漂亮得像一只小狐狸。

喻思就喜欢盯着他的眼睛看,永远都是笑脸相迎:"小狐狸!"

江奈喊她:"小仙女。"

喻思"扑哧"笑出声来,然后钻进他的伞下,抬头看他:"这位哥哥可爱得犯规啊。"

江奈抿抿唇,难掩欢愉。他将伞往喻思那边遮了遮,先送喻思去公交车站,自己再去图书馆。

江奈有些怀疑爷爷是不是在苛刻喻思,下雨天还要去练习,于是就问她:"爷爷,对你好不好?"

喻思直点头:"好啊!春喜有的我都有!"

江奈无言。

好久,他低沉的声音再次响起:"要是不好,告诉我。"

11

别人对喻思好不好都是次要的,她本人并不在乎。

以前有大人开玩笑说,喻祖德卖女儿,一把韭菜换给人做学徒,包吃包住包做人。喻思从三岁半起就跟着江老爷子,一直到念初中才回来。

江老爷子只要听到这样的话,就牵着春喜去理论。

"什么叫卖女儿?说我是人贩子喽?那把韭菜是学费!学费懂不懂?唢呐是国粹,那个胡有七想学我还不教呢!"

喻思每每都是蹲在院子里嗑瓜子,吐着瓜子皮:"是因为胡师兄肉没给够吗?"

"不,"江老爷子背着手,"是因为我爱吃韭菜。"

喻思和春喜对视一眼,一人一狗差点倒地吐血。

其实,江老爷子是这个世界上对她最好的人。

12

虽然不在乎别人对自己好不好,但喻思对人却是极好,尤其是妹妹喻玥,从不让别人欺负她。

喻玥个子小，偏爱玩滑板，天天跟在小区一帮男孩子后面当跟班。过年的时候被别家孩子骗了两百块钱买了个二手滑板，没玩两天轮子轴承就坏了。

跟班就是跟班，喻玥去理论还被扔了一脑袋雪。

然后，喻思带着妹妹去找他们理论。一帮孩子就在喻思平时吹唢呐的那块空地上玩滑板，远远看到喻思过来，就有人指着说："看，那个给死人吹喇叭的来了！"

喻思念高中了，是大姐姐了，她在心里跟自己说"可不能跟小学生一般见识"，下一秒开口装得奶声奶气："哎呀，小哥哥，把玥玥的钱退给她好不好呀？"

"装嫩！不给！呕……"

喻思咬牙，一帮兔崽子！

稳住别慌，问题不大。

喻玥也是个窝里横的，出来就怂，躲在姐姐后面话都不敢说。喻思又跟卖二手滑板的小男孩好言说了几句，转眼看到楼上窗口处的江奈。

喻思夸张地跳起来挥手，身后小男孩哼哼一声："你是韭菜换去的恶魔，恶魔配聋子，正好。"

"熊孩子"戳到了喻思的痛处，她唇角的笑敛于冷空气中。

她回了头，挑起眉："你说谁是聋子？"

江奈远远地瞅见喻思动手推人，引得一群孩子蜂拥而上，便拿了羽绒服就往外跑。江妈端着切好的橙子有些愣怔，她没见过儿子这般火急火燎的样子。

打小孩这种事情，好像谁没经验似的。

喻思把人摁在地上，对着"熊孩子"的脑袋就是三连发弹指神功，江奈喘着粗气跑过来时就听到她在怒喊:"姐姐不是恶魔,姐姐是小仙女!说!姐姐是小仙女!"

小男孩哭唧唧道:"我妈明明说了,给死人吹喇叭的都是恶魔!"

13

江奈的耳背式助听器就是在推搡中被踩碎的。

"熊孩子"哭着回家找妈,小不点喻玥有些急了,她怕朋友们去跟李华芝告状,撇下姐姐先溜为上。

喻思看着地上稀碎的渣渣心中不安,江奈没有助听器是彻底听不见声音的。

江奈安慰性地说了句:"我没事。"

"我有事。"喻思沉默半晌,一脸悲痛,"我得吹多少场丧礼才能赔得起啊。"

当天喻思就把躲在床底的喻玥给拖出来,要拿着碎渣渣去给江奈买个一样的。专卖店的工作人员积极科普深耳道式、耳道式还有耳背式的区别,姐妹俩懵懵懂懂地扒着柜台看。

喻思长长"嗯"了声,眨眨眼睛:"真好,都特别好,唯一的缺点就是有点贵。"

小不点喻玥拉着脸站在一边,毫不留情一击:"贵不是它的缺点,是你的缺点。"

于是有点缺点的喻思把自己的零花钱东拼西凑装在了一个红包里,带着稀碎渣渣去找了江奈。江爸江妈都不在家,江奈开了门就看到喻思把一个红包塞进他的口袋。

喻思掏出手机给他发微信:你的那款太贵了,要好几千,我只有七百块。

江奈看了看,开口说道:"不用,我还有,一个。"

不知道是不是没有助听器的原因,江奈的发音并不是那么清楚,喻思用了几秒才反应过来,而这样子的江奈在喻思眼中,最惹人怜。

喻思突然蹲下身,江奈发现她在给自己放裤卷。喻思抬起头来说了句:"小狐狸别冻着呀。"说完嘻嘻笑,"你可是我的宝贝。"

反正江奈听不见,喻思索性唱了起来:"我的宝贝宝贝,给你一点甜甜……"

江奈紧握的手心出了汗,好像没告诉过她,自己很早以前就读得懂唇语。

14

李华芝教训孩子的铁律——不给吃饭。

喻思带着喻玥把人家小朋友揍了一顿,对方父母揪着小孩找上门来跟老喻一顿控诉,李华芝越听越来火,索性将门拉得敞亮,撸起袖子就要大干特干。

别说,泼辣有些时候就是好使,李华芝一顿炮轰之后,对方不仅沉默了,还退了那两百块钱。关上门后,老喻都被李华芝吵架的阵仗吓着了,他就说了句:"邻里邻居的,以和为贵嘛。"

"忍一时月经不调!退一步乳腺增生!"

老喻顿时沉默,李华芝又将炮火转向喻思:"回房间去!不准吃饭!"

"好的,妈……"随后她走了两步,挪到阳台边躺在自己的床上。

喻玥给姐姐偷饭那是老手了,将一个塑料袋塞到衣服里,端起碗扒拉饭菜的时候全都往领口倒。李华芝也是疑神疑鬼的,盯着喻玥看了半天,还摸了摸她的肚子才罢休。

喻思跑到妹妹房间吃饭的时候,问了句:"那你把饭藏哪儿了?"

"压在了屁股底下。"

喻思咀嚼着饭食:"怪不得如此美味。"

15

江老爷子打来电话,说明早六点集合上活去。"上活"是唢呐班的行话。

喻思睡到了五点半,十分钟洗漱,二十分钟后准时和师父碰头。

江老爷子裹着厚重的大棉衣,哆哆嗦嗦地问了句:"吃了没?"

"没吃,去客人家吃吧。"

"灵芝没给你弄早饭?"

"师父,灵芝是中药,我妈叫华芝。您吃了?"

"没啊,我也要去客人家吃。"

师徒俩默契地撞撞拳头,互相给了对方一个肯定的眼神:优秀。

现在不比二十年前,以前江家班一个月能上十几场活,后来慢慢地一两个月接不上一场。江家班的成员陆续离开,目前就剩下两个全职、四个兼职。

喻思和江老爷子排排坐嗑瓜子,喻思忍不住琢磨起来:"是人活得越来越长寿了吗?怎么不见有人去极乐呢?"

"你这丫头……怎么跟我想到一块去了。"

"师父您今年贵庚啊?"

江老爷子吐了口瓜子皮:"怎么了?想从我身上赚钱?"

"那使不得,但我一定要给您大办特办,找六个班给您吹《百鸟朝凤》。"

"为什么是六?"

"因为六六六啊。"

江老爷子脱了鞋子就朝喻思扔了过去:"孽徒!"

16

客人家虽然从简,但招待得还不错,喻思吃得很饱,还装了只鸭腿在背包里。

喻思和江老爷子双唢呐齐奏,吹的都是悲伤凄楚、催人泪下的怀念曲,中间休息的时候,有个小孩子跑过来扒拉喻思,他是去世老人的孙子。孙子问:"你会不会吹《孤勇者》,来一个。"

喻思一脸问号。

"我妈说爷爷的财产都是我的,我现在很有钱,你给我吹一个。"

"不会。"

"那《凉凉》你会吗?"

喻思黑脸,瞪着熊娃子:"这个时候你让我吹《凉凉》?"

"嗯啊,我妈这几天天天哼《凉凉》。"

喻思彻底无语了。

事后,喻思把这事说给师父听。江老爷子将那白包点了点,抽了三张给徒弟,自己留了两张。喻思感动抱拳:"师父,您对我真好。"

"那可不,万一你将来给我吹《凉凉》。"

"我给您吹《夜空中最亮的星》。"

"我谢谢你啊。"

17

喻思把上活的钱交给李华芝,就去江奈家吃饭了,江老爷子也在,江爸江妈弄了满满一大桌子菜。江老爷子不爱和子女住在一块,他性子耿直，不会拐弯抹角，觉得人活在家长里短中就是浪费时间。

江奈在钢琴房弹琴，江老爷子坐在外头大声说着："西洋玩意儿有什么好？我家思思才是厉害，唢呐、笙箫、笛子、鼓样样精通！还特别会演戏！现在不是都流行什么女团吗？思思说她就是唱跳型选手……"

喻思的演戏是江老爷子发展的副业，无非是客人家哭不出来的时候，他就派徒弟上去哭两嗓子，这样轻轻松松就能拿上五百块钱。孩子年纪小的时候能哭，后来慢慢大了，他也就不让喻思哭了。

江爸给江老爷子添了茶水，嘘了声："别让江奈听见。"

江老爷子哼哼："他能听见啥。"

江老爷子和江奈的爷孙感情并不是很好，严格说起来，江奈跟谁的感情都不好，因为他的世界观里就两种人，后来是硬被喻思给塞进另一种。

江奈懂事的时候江老爷子想教他吹唢呐，他不仅不吹，还将唢呐拆得四分五裂，把黄铜碗口塞住养了一条小金鱼。

江老爷子暴脾气，将小金鱼捞出来丢给春喜一口吃掉。

爷孙俩的梁子可能就是那个时候结下的。

喻思陪着江老爷子坐在客厅里说了好一会儿话，才抽空去琴房找江奈玩。她像变魔术一样从口袋里掏出了一只大鸭腿，剥开塑料袋递给江奈："给你吃。"

江奈看着那只油腻腻的鸭腿，摇了摇头。

喻思咧嘴笑呀笑的："不，你想吃。"

江奈只好咬上一口，他原本以为重油重盐，可是嚼在嘴里肉感鲜美柔韧，即便凉了也很有风味。喻思拿着鸭腿让江奈吃了好几口，她笑弯了眼睛："多吃点肉，看你瘦的。"

江奈话少，安静地坐在那里弹琴，凳子给了喻思一方地，让她继续啃鸭腿。

喻思看着黑白琴键和身旁的朗朗少年，突然就想起书中一段话。

  王尔德说：要是一个人吸引我，他无论选择什么方式表达自己，对我来说都很可爱。

18

只要江老爷子去江奈家吃饭，喻思必然是要跟去的。一顿美味佳肴后，还总能装点什么回来，她提着大包小包开心地冲江爸江妈挥手告别，江爸关上门笑说："看把她开心的。"

江老爷子说："能不开心吗？跟着后妈有什么好日子过，那个灵芝保管把所有好东西都留给喻玥了，思思还能图到什么好？"

江爸连忙一声嘘，江奈坐在旁侧垂下眼帘，看不清神色。

江妈给江老爷子递上水果，温柔地提醒："爸，是华芝。"

在李华芝这点上，江奈和江老爷子倒能达成共识，江奈对李华芝也没有好感。

很早以前，江奈看李华芝在人前对喻思特别好，就以为喻思得到善待，过得舒适，可直到有一次——

那时候喻思刚升初一，裤子上染了血迹。

江奈微微红了脸，问她："你，是不是，初潮？"

喻思反问："初潮？初潮是什么？"

"就是，那个……"他指了指喻思屁股后面。

喻思也是愣了，又问了句："初潮是什么？"

一直到后来再见喻思，喻思还是在问这个问题，显然家中的妈妈并没有给孩子讲相关的事情。也许是江奈多想了,他总觉得李华芝并没有把喻思当亲生的孩子来对待。

喻思的生理期没有人能记得住,除了江奈。

19

喻思回家的时候,他们已经吃过晚饭,正要收碗筷。

"妈,我来!"喻思放下东西就去收拾桌子。

李华芝的颧骨高,印堂窄,一副尖酸刻薄之相,她冷着脸说:"怎么现在上活给的钱这么少?"

喻思义愤填膺地跟着说道:"就是,小气得很!"

李华芝天天都觉得自己一拳打在棉花里头,只能嘟囔:"那学这个有什么用?"

喻玥在旁边插嘴:"怎么没用?你死的时候得姐姐吹啊。"

李华芝暴怒,拍案而起:"家门不幸!我怎么生了你这个败家玩意儿!"

后妈的女儿,永远护着唯一的姐姐。

晚上大家都睡了,喻思收到江奈发的微信,简短的两个字:下来。

她从阳台的窗户往下看,路灯下站着高挑少年,他捧着个盒子挥挥手。喻思一个鲤鱼打挺从床上跳起来,套了件毛衣就出门。

江奈给她带的是水果,颗颗饱满红润。喻思打开盒子,"呀"了一声:"是车厘子?"

"就,在这里吃。"

喻思抓了一把塞进口袋,嘻嘻一笑,随后就站在原地吃了起来。江奈什么话都不用说,喻思也可以没有任何主题,两人就很开心。

"车厘子和樱桃有什么区别啊?"喻思自己想了想,"在国外的樱桃叫车厘子,在国内的樱桃就叫樱桃,怎么我们和外国人晒的不是一个太阳吗?"

"车厘子是音译,都是樱桃的品种。"江奈看着她,突然又说,"是同一个,却又不一样。"

同一个和不一样的区别,就如喻思在别人眼里是喻思,在江奈眼里却是思思。

吃了车厘子,喻思回到家一开门,喻玥就冷不丁地出现在眼前,吓得她心脏一紧。喻思压低声音说:"黑灯瞎火的,你干什么呢?"

喻玥跟个小大人似的,抱着胸说道:"我看到你跟江奈在楼下见面……"

喻思连忙捂住妹妹的嘴,将人一路拖回房间。房间特别小,只能放下一张床和一个半人高的衣柜,再加上书桌就满满当当。

两姐妹挤在床上打闹,直到喻思掏出车厘子,妹妹才算消停。

喻玥吧唧着嘴很不满江奈:"我不喜欢他,他不配和你做朋友。"

"乱说什么啊。"

"胡有七配,因为他家猪肉多。"

喻思困得不行,只当哄小孩,她闭着眼睛说道:"傻了吧,江奈哥哥家才有钱,姐姐要和他做最好的朋友,以后好处少不了你的。"

于是第二天小不点遇到江奈,大声喊了下:"喂!"她满脸怀疑地问,"你家真的有钱吗?我姐姐说要和你做最好的朋友。"

少年眉眼如星,笑意缱绻,他竟然回话给喻玥:"嗯,有钱。"

20

临近开学,学生们都得去剪头。

喻思去喊大侄子胡有七一起的时候,大侄子还在看电视:"正月里剪头死舅舅。"说完,他只是随意地看了眼外头,只见江奈面无表情地站着,却帅得一塌糊涂。

胡有七把瓜子一扔:"走!我舅坚强!"

于是,喻思、江奈、胡有七再加一个小不点喻玥,四人一起去了理发店。

胡有七率先抢了个凳子,指着江奈的头说:"托尼老师!我就要这样子的发型!"

托尼老师看了看,语重心长地说:"他就像女娲藏起来的精美手办,而我们只能让女娲感到难办……兄弟,认清事实,活着不累。"

最后胡有七的发型是三七偏分,中间不动,两侧推平。

同样的发型,别人是杨洋,他是"懒洋洋"。

"姑姑"喻思还带头笑话他,胡有七真是有气也不敢撒,不知道怎么回事,他甚至还有些怕江奈,只能回到家打开软件,去庄园把喻思的小鸡给揍了。

回家的路上就剩喻思和江奈,喻玥逮着空子去跟小朋友们玩滑板了。

喻思只是稍微剪了下发梢的分叉,此时头发安顺地贴在肩上,添了些恬静温婉。江奈没有说话,把她衣服的帽子给拉了起来,怕她头发没吹干受凉。

喻思停了脚步,冲江奈勾勾手。

江奈微微弯身,喻思也将他卫衣的帽子戴上。可她却突然用力拉紧了两边的衣绳,江奈被包裹得只剩鼻子露在外面,眼前人发出欢畅的嬉笑声。

江奈拉开帽子,她淡了笑容,脸上的表情真诚如霜雪,亮亮堂堂。

"新的一年,祝你白白胖胖、健健康康。江奈,你要快乐呀。"

第二章·
木目心上，单人尔旁

草在结它的种子
风在摇它的叶子
我们站着不说话，就十分美好

01

开学的那天，喻思差点睡过，跑了一段路发现江奈就在岔路口等她。

两人并肩一起来到学校，看到致远中学的校长背着手，盯着鱼贯而入的学生，正在检查头发合不合规。

"都跑起来！我就知道你们喜欢卡着点，早一点到校养的膘能掉还是咋的？笑什么？待会儿让你们都笑不出来！"

"神兽"回圈，"食物链"顶端的大佬必震之。

校长唾液横飞，指着慢慢挪动的"神兽们"恨铁不成钢，待看到慢悠悠的喻思时，一副欲言又止的表情。喻思十分热络地冲校长挥手，大声喊着"新年好"。

校长撇撇嘴，喻思曾是他家最尊贵的客人，他母亲逝世的时候恭请江家班吹了《百鸟朝凤》。吹唢呐是老母亲弥留之际唯一的要求，她见证了三个世纪，一生劳碌，和善至终，那场喜丧在乡下足足吹了三天。

江老爷子受人尊敬，连带着徒弟都沾光。

校长清清嗓子扭过头去,双手背在后面挥了挥,意思让喻思快些走。喻思虽然是个女孩子,但有时候比男孩子还调皮。校长对于她,格外有耐心。

这点喻思的班主任深有体会。

经常下课铃刚响喻思就翻上窗户,因为座位靠墙,挨着教室外的过道,她只需要双手往窗台上一撑、腿一迈,便能快速离开教室。

这样翻出去倒也罢了,可她偏偏想起来上厕所忘带纸,又翻了进来,边翻口里还边念叨着:"哎,我出来了,哎,我又进来了。"

班主任林老师就站在过道上冷眼旁观,喻思双手撑在窗台上,冷不丁看到班主任盯着自己,她正准备收敛德行,就听到林老师指着窗口道:"翻,继续翻!今天放学后你还要留下来翻,翻不完四十五分钟不准走!"

就在喻思纠结到底是收回手,还是听老师的话继续翻出去的时候,恰好经过且目睹了全过程的校长清清嗓子,准备发话了。

说话之前,他先给了喻思一个眼神。喻思接收到校长的眼神示意,赶紧趁班主任一不留神收回手去,端正地坐在了课桌旁。

校长"啧"了声,苦口婆心道:"你看,多好的苗子,不要让'神兽'一不小心就成了'妖魔',你要陪着她'打怪'而不是成为她的'怪物'!"

林老师一脸问号:"我……是个怪物?"

校长语重心长地拍了拍林老师的肩:"教学相长啊!"

02

喻思和胡有七都是二班的,他们班总体成绩中游偏下,个个性格迥异,颜值飘忽不定,但有一个共性——团结。

读作"团结",写作"护短",翻译为"膨胀"。

胡有七当时特别想和隔壁三班的班花交朋友,那位班花也自带警示属性,她叫花贝。有些调皮的男生看到她,往往一拍大腿,开玩笑说:"哎呀!花呗还没还!"

花贝跟江奈同班,两人都属于高冷型的。但花贝对喻思很友好,因为喻思曾在校门口给她借过校徽,这才免了班级扣分。

喻思热情地帮胡有七谋划结识花贝的法子,她先去借人家的笔记本,回头再让胡有七去还。当胡有七抱着花贝香喷喷的笔记本时,心都要融化了,掏钱买了皮子给本子包好,翻看前都得洗手消毒。

就在胡有七鼓起勇气要去还笔记本的前一晚。

胡家猪肉店。

胡老板刚收拾了几头猪,此时铺前有人喊割肉,他随后翻开胡有七书包上的本子,"哗"一声撕了两张擦手,再"哗"一声撕了一张擤鼻涕。

可想而知胡有七有多愤怒,他老爹轻飘飘来了一句:"装什么?九门功课的分数加起来,连我半头猪的利润都不到。"

"真是亲爹啊!"

胡有七耷拉着脑袋去找喻思,喻思帮忙把残破的笔记本还了,顺便问了下花贝觉得什么样的人比较优秀,才可以和她做朋友。

花贝看见了躲在远处的胡有七,脸上没什么表情:"江奈那样的吧。"

回去的路上,喻思和胡有七一同耷拉着脑袋。

"姑姑,我心里有点不是滋味。"

"姑姑也是呢。"

03

音乐教学楼中,喻思拿着唢呐欢乐地跑上楼梯,却脚跟一滑险些摔倒,江奈因为在后面带了她一把,导致手中的几本书被撞飞了。

喻思笑嘻嘻地帮江奈捡起书来,随后弯下身给江奈的鞋带重新绑了个蝴蝶结。江奈本想要缩脚,却被喻思轻拍了下脚背。她抬起头来,弯了眉眼:"别动。"

江奈喉咙滚了滚,脸红了。

喻思直起身来,丝毫没觉得不好意思。她看到江奈手中抱着的书,指着《音乐鉴赏》中的"鉴"字问道:"这个怎么念?"

江奈沉默两秒,开口:"jiàng——酱……"

"不对。"喻思笑眯眯的。

"jiāng——江……"

"哈哈,看我。"

江奈看着喻思漂亮的嘴巴,跟着再次念:"jiàn——鉴。"

"你也太厉害了吧!不愧是致远学霸!"这个世界上能如此盲目吹捧江奈的,就只有喻思了。

江奈心中生出说不清道不明的滋味。他看着喻思偷偷掏出手机,打开自拍,在自己还没有面对镜头的时候,便按下拍摄键。

江奈看着她,小姑娘笑得满脸灿烂。

"每一个你进步的瞬间,我都要记下。"

她很珍惜此刻,江奈决定晚上回家把"鉴"字读一百遍。

04

江奈念初中的时候,曾被一些同学戏弄过。

他们刻意表现出关心和鼓励的样子,希望江奈有集体荣誉感,能一同去学校的活动上表演合唱。于是江奈每晚回家勤加练习，只为了不辜负同学们的期望。

在那个灯光璀璨、众人夺目的位置，大家本该齐唱的瞬间却只有江奈的声音，粗哑、跑调、怪异、难听，那刻的卑微与刺痛，江奈此生难忘。

他第一次产生了恨，以及对这个世界的怨怼。

在那般无助绝望的时刻，是底下的一个掌声软化了他。

喻思当时瘦瘦弱弱的，她踩着椅子登高，卖力地给站在聚光灯下的江奈鼓掌。

江奈十分贪恋那道照耀自己的光芒，他暗暗下定决心，一定要健康平安地长大，一定要在未来的岁月长河中守在她的身边，谁都不能将他们分开。

喻思事后还劝解江奈要懂得宽容，学会谅解，可下一秒她就把做主戏耍江奈的男同学给揪出来了，单枪匹马地将人堵在巷子里。

少女的张狂，也就只在那个年纪。

江奈远远地看着二人，他看不清喻思的五官有多狰狞，也听不见喻思揪着那人的衣领如何示威，只记得那日云卷云舒，清风拂面，是最好的天气。

05

江奈一直知道喻思是个善良的姑娘。

喻思因为常年吹唢呐需要增加肺活量，养成了游泳和晨跑的习惯。开学之后，她每天都会早起，先绕着小区跑上半小时，到点再吹会儿唢呐，作息比街坊邻居的闹钟还要准时。

有一日还没到大家起床的时间，喻思透过蒙蒙亮的光线，看到一个男人鬼鬼祟祟俯身在车子前,隔着风挡玻璃扫了又扫。

男人是偷窃者,在刷盗 ETC 的钱。

喻思的喇叭吹得那叫一个震天响,估计连马路对面的小区都听到了。

男人被那声惊天巨响吓得慌不择路,后来被警察带走的时候,他还揉着耳朵跟喻思说:"跟你同个小区的人,真是倒了血霉。"

倒了血霉的邻居们讨回钱后,还不得不去跟喻思道谢。

她大手一挥:"no thank you(网络用语,意为不用谢)!"

这些人大多是平时嫌弃喻思吹唢呐的邻里,但是她从来没有将那些小事放在心上。

江奈觉得喻思不仅是善良,更是骨子里的好教养,喻祖德没怎么教她,这都是江老爷子的功劳。想到这儿,江奈对爷爷便多了一分喜欢。

06

开学没多久,又下了一场雪。

大人们说开春后的雪,跟春雨一样都是为了新生万物。

喻思作为高一新生,哪怕上了半学期依旧是新生,于是新生扫新雪,浩浩荡荡一帮人开始忙碌。喻思班的分担区恰好和隔壁三班以一道灌木丛为界限,三班就是花贝和江奈的那个班。

两班互把积雪给掀到对面,激发了矛盾。

喻思班的班长叫季良才,小伙子块头大,嗓门也大,在两方唾沫横飞的时候,他大手一挥:"喻思!把喇叭给我们'躁'起来!"

喻思一张小脸纠结着,迟迟没有动作。

江奈就站在不远处,面无表情地看着,花贝更冷静,扫着雪头也不抬地说:"抬一下脚。"

胡有七本来是要翻过去帮花贝的,却被隔壁班误以为他要动手,齐齐将他摁进了灌木丛里。可他们低估了胡有七的体重,他肥硕的身躯压塌了积雪,树枝划伤了脸颊。

大战一触即发。

季良才怒了,一跺脚:"喻思!攻击敌方'水晶'!"

喻思翻了个白眼,往前走的时候直接踩到冰被撂倒。

后来几个主事的同学站在办公室里,在各自班主任面前据理力争,控诉对方的恶行。

林老师头都大了,因为自己班各方面能力都比不过隔壁班,多少有点尴尬。

季良才还不服,指着喻思做最后辩解:"林老师,真的不是我的错啊,咱班'辅助'不行,我叫她吹号子鼓士气,谁知道她却倒戈跪拜敌军,不然我早就'爆炸输出'carry(游戏术语,意为团队核心,主力输出型的英雄,带动全场)全场了!"

喻思和林老师异口同声:"我谢谢你啊。"

07

经过这么一战,二班和三班的梁子算是结得硬实了。

林老师处罚他们回去把两边雪都清扫掉,季良才越扫越气,团了一团雪往喻思脑袋上砸去。

被砸到的喻思"啊"了一声,回过头来叫道:"干吗?"

雪团小,重量也轻,季良才就是故意逗弄她一下:"我算是发现了,你跟你那大侄子都胳膊肘往外拐。"

大侄子胡有七卖力地扫着花贝曾扫过的地方,喻思翻翻白眼:

"我比他有骨气好不好……"话语间,她眼睛一亮,露出甜甜笑容,"江奈同学!"

季良才喷着嘴,一副"我早已看透尔等,皆是叛徒"的模样。

江奈是过来帮喻思的。两人离众人远一些的时候,喻思悄悄地问:"冷不冷?"

"不冷。"江奈音色清冷,如同这雪。

喻思突然伸手掸去他肩头的泥土,蓝白的校服上留下一个黑点。

"什么时候粘上的啊,我去给你找个湿巾擦一擦。"

"不……"江奈回应的时候,喻思已经跑走了。

他嘴唇动了动,眸中隐着一丝欢愉。

季良才跟幽灵一样从江奈肩后探出大脑袋,眼珠子骨碌碌地转:"都打入我方'野区'了。"

江奈这才回眸正视眼前人,季良才被他看得浑身不得劲。

"少靠近她。"这冷不丁的四个字,被江奈说得字正腔圆,寒气逼人。

要问季良才有没有听懂此话的内涵,实际是——没有。

第二天江奈就发现季良才还跟喻思在教室过道上窃窃私语。其实没什么事情,就是季良才想要吹一吹唢呐,喻思不让。

"那你给我吹一首《我怎么这么好看》,我就放过你。"

喻思眯眼笑了笑:"行啊,要不你躺着听吧。"

季良才气得跳起来勾住她的脖子:"大胆刁民!竟敢跟朕如此说话!给我拿下!"

江奈转身就走,经过楼下花园的时候,年级主任正叉着腰痛骂:"是哪个兔崽子把嫁接月季的枝干子全给折了!"

江奈走了三米远又回来。

"主任，应该不是二班的季良才。"

主任拳头一握，咆哮着冲上了楼："季良才！"

08

胡有七说要给花贝写信。

喻思问写什么。

胡有七的肥脸红了红："邀请。"

当时两人在课堂上传小纸条，喻思没看明白，又回传："约会？"

林老师以迅雷不及掩耳之势接住纸条，胡有七当即把脑袋埋进书本里，喻思抛物的小手还停在半空，万分尴尬。

"来，让我看看咱们的小神仙写了什么。"林老师解开纸团，"约会"二字写得清秀隽美，颇有小楷之风。

字虽然漂亮但不能夸，她指定得飘。

喻思和胡有七的关系班上都知道，林老师估摸着这"姑侄"二人又在捣鬼。他将那纸团揉吧揉吧，抬手往后一抛，命中后排一位打瞌睡的男同学，纸团再从脑袋弹起，落进垃圾桶内。

男同学陡然从梦中惊醒，神色略显木讷，他瞪大眼睛念着："判断机械能守恒的三个方法，第一……"

同学们发出哄笑，林老师唇角颤动，也不知是该哭还是该笑。

下课后，喻思和瞌睡男同学一同被叫到办公室，挨训也是要排队的。喻思乖乖地站在那儿，而就在校长进来的时候，喻思突然往地上一扑，卖力地将那些堆在地上的教材资料给摞起来，一副在卖苦力的样子。

她重重地喘着气，捶着胸脯咳嗽："我没事的，老师，只要干不死就往死里干……"

林老师蒙圈了,看看喻思,再看看黑着脸的校长。

他弱弱抬手:"校长,我要说她在演戏你信吗?"

校长背着手显然是生大气了:"林子义,跟我去办公室!你们两个回教室去!"

林老师耷拉着脑袋被叫走之后,瞌睡男同学一脸兴奋地凑过来,竖起大拇指:"不愧是季良才亲封的'金牌辅助',优秀啊。"

09

喻思将胡有七花了一天写好的信,随身揣在身上。信中也就三四行字,纸上带点小碎花,闻着还有橘子的香味。

胡有七将碎花信纸对折,外侧写着"敬邀花贝"。

花贝同学:

兹定于3月18日(周六)上午11:30在彩虹街9号举行胡家肉铺分号开业典礼。

开业大吉统一口号:你来到,福来到,胡家猪肉能出道。

敬请光临!

高一(2)班 胡有七

喻思抽动着唇角,看着胡有七署名最后画的那个猪头符号,发出轻蔑的嘲笑。她问胡有七为什么自己不去送,胡有七难过地望天:"我是阿尔卑斯的弟弟,阿尔卑微……"

喻思冷哼:"你应该是阿尔卑斯的爸爸,阿尔卑鄙。"

喻思回家的时候妹妹喻玥早就放学了,正滑着个不知从哪儿搞来的破板子，小不点微微弯曲着膝盖，俯冲的时候像一只燕子，飘逸又灵活。

喻玥是典型的玩物丧志，上了小学后就没有跌出过第三名，班级倒数第三名。

喻思作为姐姐，那种恨铁不成钢的心痛旁人很难理解，她着急地跺跺脚："下来！给我滑一下！"

别说，"真香"！

江奈回来得晚，喻思看到人就想炫耀自己的"踢翻转"技巧，谁知飘过头了，当着江奈的面结结实实来了个过年拜。亲妹妹毫不掩饰地哈哈大笑，丝毫不顾及疼出眼泪的姐姐。

江奈伸来的手让人更委屈，喻思挤出泪花来，抿着双唇："江奈哥哥……"

"嗯。"江奈将人扶起来，先替她掸去膝盖上的灰尘，而后检查她的骨关节是否有碍，好在没事。

"哥哥，我滑得怎么样？哥哥，我超厉害吧！哥哥快点夸我！"

这是只有江奈才能听出来的娇嗔，他淡淡地笑着，点点头。

喻玥重新踩上滑板，在一旁做了呕吐的动作："整天'哥哥''哥哥'的，你是鸽子吗？"

小不点刚吐槽完，脚跟子一软，差点跟姐姐一样栽跟头，虽然幸免但还是一屁股坐到了地上。

江奈目不斜视地走过，别说伸手，连半点安慰的眼神都没有。

喻玥拉下脸："双标。"

10

喻思拿着手机给江奈发了信息，说胡有七家开分店的事情。

江奈回复：不去。

喻思：我去。

紧接着，她又发：花贝也去。

江奈的"去"字就接着这条信息跟了过来。

喻思龇龇牙，很是不满。她狠狠地戳着手机屏幕，嘟囔："过分！她去你才去！"

嘴上飞刀，手下柔情。

喻思发：好呀，到时候我们一起去，再给他买棵金橘树！

江奈回：我不买。

少年的傲娇无处不在，喻思哄他：你不用买，因为你就是一颗甜甜的小金橘。

"盐"以律己，"甜"以待你。

这毕竟是我的人生信条啊。

11

喻思给江老爷子打电话，问去不去看二师兄新店开张。

江老爷子说："忙得很，不去。"就将电话挂了。

喻思在学校的时候，耐不住胡有七夺命催，跑去三班把邀请函送给花贝。她扒在三班窗户口外面，冲着花贝的方向吹了吹口哨。

江奈的座位就在不远处，他伏案捧着书在看，低头垂眸的样子又乖又可爱。花贝什么时候走出来的，喻思都没有发现，还沉浸在漂亮少年的侧颜中无法自拔。

花贝顺着她的视线看去："怎么了？"

喻思回过神来，将那香喷喷的邀请函双手奉上。

花贝直接就打开看了，然后回她："我不想去。"

"为什么?"

"我跟他不认识,而且我们家也不怎么吃猪肉。"

喻思拧眉:"猪肉多好啊,蛋白质多,还能补钙补铁的……我更想说的是,咱俩是朋友,那胡有七是我侄子,也就是你的侄子,四舍五入,熟得很啊。"

花贝拢了拢秀丽的长发,瓜子脸上黑葡萄一样的眼睛眨呀眨。

喻思:"去吧,不让你吃猪肉,他家还有土鸡呢。"

花贝其实跟喻思是属于有眼缘的那种朋友,说不上来具体感觉,就是遇见了忍不住想要笑一笑,哪怕没说什么话也觉得对方很亲切。

花贝犹豫片刻,还是同意了。

胡有七知道花贝要来,快两百斤的小胖子张开双臂似要飞翔,听到江奈也要来的时候,他双臂一软,险些摔着。

他说:"没有邀请函不准来。"

喻思没耐心地勾勾手指头:"来,到姑姑耳边再说一遍。"

胡有七憋着气不敢撒,头一扭咬牙走了。

12

喻思光顾着给别人办事,自己的事情还没有办。她想去乡下把春喜带过来一起去二师兄的新店。

熬到周五那天,致远中学放学比较早,喻思马不停蹄地坐班车赶去乡下,春喜就被拴在院子门口,江老爷子并不在家。

想要把一条大狼狗带到城里去,不是那么简单的事情。

春喜小的时候她还能将它抱在怀里,三个月后她就只能抱个狗腿,它再大一点,谁抱谁就得交换位置了。

喻思去村里找了一位大叔,他家有辆小皮卡,小姑娘嘴甜,三言两语就哄得叔叔开车送她回城里。

春喜进城，精力旺盛。

喻思紧紧地拉着牵引绳，绳头还有狗牌，牌子上印着大大的"江春喜"三个字，底下附有小字：别抓我，我爷爷有很多钱，电话：×××××××××××。

春喜的大鼻子不停地嗅着空气，喻思拉拉绳子："吸什么，全是雾霾。"

它看到路边的小孩子总想扑上去，喻思拍拍它的脑袋："人家只跟泰迪玩。"

好不容易将春喜牵回小区，她在单元楼后的废棚子里铺了一些试卷。

"这是姐姐最珍贵的东西，给你盖。"

试卷上布满了红叉叉，春喜似乎也看不过去，张嘴就将卷子给撕了。喻思在那儿教育了半天，最后拍拍它的狗头："听话，坐这儿等我。"

那天晚上李华芝没做什么饭，煮了点西米粥，人都没够喝，哪还有给狗吃的。等大家休息的时候喻思拿了件大棉衣，将自己的零食裹在里面，悄悄地下楼去。

春喜是真的很乖，它只听喻思的话。

喻思再去的时候，它还是她离开那会儿的模样。废棚子密封性不错，天气也没有那么冷，春喜窝在棉衣里头吃着饼干、香肠，别提多自在了。

"这就是露营的感觉，知道吧？"喻思再三强调，"晚上不要叫，等我来接你。"

喻思上楼之后还给江老爷子发了信息，就怕狗不见了让他担心。

谁知人家回了一句：终于不用给它做饭了。

她又问他去哪里了。江老爷子悠悠回了一句：浪去了。

喻思无语凝噎，回了个"您真棒"的表情包。

13

胡家猪肉新店开业，不少人来捧场。

他们见到春喜的时候都很震惊，生意好到大狼狗也来了？

花贝也是第一次看到比人还高的狼狗，有些新奇："它咬人吗？"

胡有七为了表现自己的男子汉风范，一个箭步挡在前面："我保护你。书上说遇见此类危险不能跑，不然它会把我们当成猎物。专家建议站在原地，不要怕，跟它对视，就像现在这样……这样死得就会有尊严一点。"

花贝终于开始正视胡有七了："同学，哪本书这样写的？"

江奈跟喻思在后院玩耍，春喜就窝在旁边啃着肉多汁满的大棒骨，过了一会儿，二师兄来喊人，喻思这才拿上唢呐跟着出去。喻思把春喜交到江奈手中的时候，江奈想摸它一下，却被它给躲开了。

喻思作为江家班台柱子，简称"C位"，在红事上也十分受欢迎。

今日选的几首曲子既欢快又喜庆，整条街的人都跑过来凑热闹，最后的《喜洋洋》彻底将现场气氛推向高潮。底下人嚷着再来一曲，二师兄满面笑容挥手道："我师妹出场费贵着呢，不行啦不行啦。"

听曲子的人大多不好意思，多多少少会买点肉走。

等到中午的时候，二师兄做了炭烤五花，因为花贝不吃，就单独给她烤了鸡胸肉。鸡肉蛋白质高，热量却是最低。

花贝说："我不喜欢变胖。"

狼吞虎咽的胡有七刚用生菜卷好五花，正要塞进嘴里，随即又默默放下。

喻思嘴里塞得鼓鼓囊囊的,眼睛眯成小月牙:"你胖点好看。"

饭桌上江奈不说话,小口小口地吃着,偶尔给喻思递上餐巾纸抑或水杯,随后他就发现对面的胡有七看自己的眼神充满幽怨。

他每做一个动作,胡有七就跟着学一个动作。

事后回家的路上,江奈犹豫了下,还是问:"胡有七想跟花贝做朋友?"

喻思牵着春喜走在前面,她回头调皮地眨眨眼,好看的眼睛里落满了阳光:"嗯。和我们一样,做一辈子最好的朋友。"

14

春喜回了废棚子,喻思拎着二师兄给的猪五花上楼,推开门就看到李华芝在教导喻玥写作业,一个脸红脖子粗,一个抽泣抹眼泪。

"四七二十八,七四怎么就变三十二了?四年级了,到现在连乘法表都背不熟,我还指望你能考初中?干啥啥不行,吃饭第一名,光吃又不见长,矮得跟冬瓜一样!"

喻玥抽泣着:"我比冬瓜高一点……"

李华芝一拍桌子:"犟嘴!再犟!"

喻思眼看状况不对,蹑手蹑脚地溜进厨房,放好肉后准备躲到妹妹房间里去。可屋子就这么大点,李华芝从她进门就看到了。

"你过来!教她!"

"好嘞妈!"

喻思接替了李华芝的位置,开始给妹妹辅导数学作业,她随便看向一题。

"五年级一中队和二中队要到距学校 20 千米的地方去春游,

第一中队步行每小时行4千米,第二中队骑自行车,每小时行12千米,第一中队先出发2小时后,第二中队再出发,第二中队出发后几个小时才能追上一中队?"

喻思眉头紧锁,喻玥抠着指甲憋着眼泪看着姐姐。

"嘶……不对啊。"

李华芝和喻玥都看着喻思,她指着开头几个字很认真地说道:"妹妹是四年级啊,这说的是五年级!"

喻玥活生生把眼泪笑出来了。

李华芝捂住心脏:"我的静心丸在哪儿……"

15

李华芝那段时间本就心情不好,知道喻思在小区藏狗后,更是气不打一处来。

春喜是一只十三岁的老狗,它很喜欢跟别的狗一起玩,白天躲在废棚子里看到遛弯的小狗直接吠出声,要不是因为有绳子拴住,早就蹿出去了。

扫地大爷发动老年情报网,挖到了喻思遛狗的线索,直接把狗送楼上去了,李华芝看着吐着大舌头的春喜险些背过气去。

那天喻思连人带狗被撵了出去。

老喻沉着脸说道:"学什么不好,非学偷狗。"

如果春喜会说话,此刻一定反驳:我虽然姓江,但我是喻家的狗。

喻玥气呼呼地站在爸妈身后,看着姐姐下楼后,突然阴阳怪气地说了句:"有些狗是狗,有些人不是人。"

下一秒,喻玥就遭到了"双人快打"。

那天晚上，月亮很圆。楼下的香樟树枝繁叶茂，喻思就坐在花坛边，春喜乖巧地伏在身侧。

她的声音又软又甜："你是不是很想自由啊？"

春喜看着主人，哼唧了一声。

"别怕，这个世间有很多人爱你，一定会让你快乐又自由。"

她顿了顿，抬头看向遥远的亮光。

"要是没有……再等等，等等就好了。"

16

喻思去上学的时候，江老爷子亲自来领的春喜。

李华芝可不敢给老爷子什么脸色，还笑眯眯地目送人走。

江老爷子牵着狗忍不住说了一句："灵芝，你知道思思为什么那么喜欢狗吗？"

李华芝皮笑肉不笑："老爷子，我叫华芝……"

江老爷子打断她的话，神情肃穆："那是一个残忍的故事，说了你也不懂。"说罢头也不回地牵着春喜就走了。

江家人没有养小动物的习惯，说来也巧，喻思小时候刚去乡下没几天，就在院子门口捡到了一只小奶狗。江老爷子出来寻人吃饭的时候，春喜正和小姑娘一起玩球，这本来没什么，可他却看到喻思抱着春喜，口齿清晰地喊着："妈妈。"

向来硬心肠的江老爷子无比动容，甚至感到鼻子酸酸的。

他"啧啧"唤了两声，招招手。

小姑娘和小奶狗齐齐回头。

"乖，回家了。"

17

喻思比平时早起了二十分钟。

她绕着小区跑着步,经过江奈家楼后的时候,她停下来重重地喘息着。

没五分钟,江奈卧室的窗户开了。

喻思咧起嘴,双手举过头顶,比了个大大的爱心。

江奈只是挥了挥手,没有什么其他动作。

"我就想让你给我比个心这么难吗?又不是要你的心。"喻思嘴上抱怨着,手又诚实地再朝他发射了两颗小心心。

日子还是美好的。

南城温度越升越高的时候,喻思要去游泳馆训练,胡有七突然说要跟她一起去。

"我去是为了锻炼肺活量,你是干吗?"

胡有七看着自己的大肚子,有些忧伤:"说减肥你信吗?"

喻思诧异:"大侄子,你什么事情那么想不开?"

"反正我就要跟你一起去游泳。"

"办会员卡要八千多。"

"什么!摔!比我家猪肉还贵!"

"那还去不去?"

"猪才去!"

喻思当即甩下书包,扑上去就把人按在地上"摩擦"。

18

游泳卡太贵,胡有七只得另寻出路,他不知从哪儿冒出来的自信,非要挤到篮球队里去打球。

放学后的操场晚霞缤纷，少年们挥汗如雨。

喻思拉着花贝坐在高高的看台之上，脚边全是男生们的衣服和书包，喻思摸着自己的唢呐来回翻看，偶尔吹几个音调。

花贝在背高阶词汇，捧着本《牛津词典》依旧是"冰山上最美的一朵花"。

胡有七多次看过来，都没有得到想要的应援。

小不点喻玥背着书包滑着板子过来，喻思愣了，问："你怎么进来的？"

喻玥不以为然："从栏杆缝里进来的。"

喻思心痛，摸摸妹妹的脑袋："好一个身残志坚的小矮人。"

此时，胡有七朝场外大喊一声："pick me！"

喻思这才反应过来自己还有任务在身，一双月牙眼顿时闪亮亮的："哇，胡有七好帅好厉害啊，花贝快看！"

花贝神游在知识的海洋里，抬头看去："pick, pig！"

喻思扬手吹起唢呐，用胡有七最爱的流行曲子助威。唢呐音色敞亮，曲调悠扬，吸引了球场上的一众目光。其中有个男生转过身来，露出清秀的面容，少年灿烂一笑："我喜欢。"

中场休息的时候，那个灿烂少年站在篮球架下朝这边"嘿"了一声。

"小妹妹，来。"他喊的是喻玥。

那边有胡有七在，所以喻思不怎么担心，她示意之后喻玥滑着滑板过去了。

男生叫秦见，是校篮球队的。

秦见弯下腰来，十分友好地问道："小朋友，吹唢呐的是你姐姐吗？"

喻玥狐疑地拧着眉："干什么？"

秦见从篮球架下翻出自己的外套，拿出手机点了两下，递给喻玥："让你姐扫下我微信呗。"

"我为什么要帮你？"

秦见指尖挠挠鬓角，汗珠泛着晶莹的光，他努努嘴："我教你几招转圈技巧。"

"成。"

喻玥堪比小饼干，干干脆脆。

19

喻思和秦见就是这样认识的，两人性格也很投缘。

但没几天，喻思攥着一张电影票，冲到对面高二教学楼将秦见揪了出来。

无人的角落里，喻思捏着秦见的后颈，恶狠狠地说道："谁让你请我看电影的？还只请我一个人！你这是让我背叛其他朋友搞小团体活动。还请不请了？再请头给你拧下来信不信！给我道歉！现在就道歉！"

秦见哭笑不得，举白旗投降。

后来某一日放学回家，江奈拿着两个猕猴桃碰见了喻玥。

两人很少说话，这一次喻玥却停了下来，主动喊了声哥哥："你要是能给我一个猕猴桃，我就告诉你一件事情。"

江奈淡淡地回道："你说。"

"你的好朋友在球场加过其他男同学的微信，叫秦见，是胡家那个胖子带姐姐去打球的。"

喻玥拿走了一颗猕猴桃，走了两步突然回过头来，又拿了一个：

"刚才我说了两件事，这个应该也给我。"

20

篮球场再遇，风云突变。

江奈卷起上衣擦了下脸庞，额前的发丝已然湿透，长天白云远在肩上，细软微风落进眼中。

秦见被碾压得毫无反抗之力，胡有七的肺像炸开一样，落地时还崴了脚。

向来温柔的江奈突然做了一个手势。

拇指向上，遂而倒下。

唇边的讥诮告知了在场所有人，你们都是失败者。

喻思很久没有看到江奈如此大汗淋漓的样子，他单肩挂着书包，校服外套拿在手中，仰头喝着矿泉水。

身边的女同学们嘻嘻哈哈的，喻思被拉回神，敷衍几句再看向江奈。

他就停在路边，扬起漂亮的嘴角。

有这样一句诗，写得很美。

草在结它的种子，风在摇它的叶子，我们站着不说话，就十分美好。

喻思明白，美好的从来不是春光，而是春光下的人。

第三章·
光而不耀，与光同尘

我最好的朋友
有光
光而不耀，与光同尘

01

江奈在小学的时候，接受过很长一段时间的语言恢复训练。他口腔的发音姿势跟正常人不太一样，因为说不好话，所以就更不想说。

江奈内向的性子，就是从那个阶段开始的。

初中的时候，江奈的发音有所进步，喻思当时调皮，总爱拿着巧克力酱的瓶子在他眼前摇晃："想吃吗？"

江奈点点头。

喻思又道："那你说想吃。"

江奈张张嘴巴，可以感受到自己发音时的那种僵硬和怪异感，"嗯"字发了半节，就不说话了。

喻思便拿着小勺子挖出一点，要递到他嘴中的时候突然上移，点在了他的鼻尖。江奈拧眉，可还是伸出舌尖去舔。

漂亮的少年，笨拙又费力。喻思哈哈大笑，眼睛像是流淌出蜜一般："你跟我家春喜一样可爱啊。"

喻思又将巧克力酱点在他人中的位置，江奈依旧费了好大的力气才吃上一点。与江奈一样有听力语言障碍的人群，他们的舌头上卷困难，为了锻炼和攻克，都会建议家里人给孩子做这样的练习。

小的时候江奈不愿意，大了反倒频繁试验。

"书上说，世界上没有免费的午餐。"喻思特别无辜地看着他，"你得给我唱首歌，就《小星星》吧。"

"一闪，一闪，亮晶晶。"

"不对，重唱。"

"一闪，一闪……"

"嗯，不对，再唱。"

"一闪……"

"不对啊，你看我的嘴……"

直至很多年以后，只要江奈想起巧克力酱，便心软得一塌糊涂。

他太过于自卑了，以至于不敢告诉她一句话——我在哪里都可以高歌，唯有你的身边才愿意放声，你知道这是为什么吗？

02

喻思批评胡有七没有江奈的毅力，说要减肥的是那张嘴，可吃猪肉的还是那张嘴。

胡有七撕着猪肘子义愤填膺："我现在到哪儿都能见到江奈，我烦他。"

"你再当我的面说他坏话试试。"

胡有七一噎，急忙转移话题："游泳卡能不能便宜一点啊？你那么穷，哪儿来的钱？"

说起这事，喻思可就骄傲了，她大拇指一歪："我那卖服装的大师兄啊，他给我办的。"

大师兄现在沉迷赚钱,算是彻底与唢呐无缘了,江老爷子喊他上活,他说去不了,公司要上市。

某日,江老爷子对大师兄说:"你这半工半读的可不行啊,要不这样,你直接入股我们吧。"

给唢呐班入股,这真新鲜。

江老爷子深谋远虑:"给你五师妹买个上活的家伙吧。"

没几天,他又去电:"那个,你五师妹该交保险了。"

随着时代的猛烈发展,科技融入生活,江老爷子问:"你师妹老说'苹果'好,是不是想尝尝啥味啊?"

后来,大师兄懂了,关于入股的细节,他只需要回复两个字:"买它。"

得知这事后,胡有七化身"柠檬精",酸得大牙都要掉了。

03

喻思竟然在游泳馆碰见了花贝,想必是缘分使然。

喻思说:"我们既然这么有缘,干脆就结为异父异母的姐妹吧!"

花贝一本正经地拿过她的手指就要咬:"泳池就血,义结金兰。"

喻思震惊,狠下心点点头:"有违此誓,天打雷劈。"

两人笑作一团。

花贝是因为爱游泳,喻思则为了锻炼肺活量。

花贝问喻思:"你以后是想考音乐学院吗?"

喻思摇摇头。

"那你吹唢呐是为了什么?"

"为我师父啊。"

喻思说得理所当然的,没有觉得哪里不对。

两个小姑娘依偎在一起，花贝微微探过头来认真地看着她："一定是喜欢，才会去做某件事情，不为别人，而为自己。"

喻思难得固执："我就为我师父。"

花贝拍拍她的脑袋："好吧，但总有一天你会懂的。"

04

喻思上学后就很少回乡下，好不容易回去一趟，却发现春喜被拴在门口，主人又不在家。她给江老爷子打电话："您又去哪儿了？"

"不能说的秘密。"

喻思无奈只能折返。

后来，当她撞破师父秘密的时候，她整个人都惊呆了。

致远中学通往商贸市场的那条地下通道里，喻思看到江老爷子吹着唢呐，脚边放着一个包，包上还挂着一个二维码。

通道中不止他一人，对面还有个拉手风琴的。

"师父您……"喻思咬在嘴里的香肠突然就不香了，从匪夷所思到勃然大怒，她怒喊，"太过分了！赚钱为什么不喊我？"

江老爷子就知道，他这徒弟的思维跟普通人不一样。其实每到开学季江老爷子心中都十分空落，他又不愿与晚辈同室相处，有些话，老人总爱藏在心里。

江老爷子回她："活到老，赚到老。"

喻思茅塞顿开，愤然而起："要让更多的人了解中华瑰宝！"

江老爷子："对！"

"我们不能故步自封、裹足不前！"

"对对！"

"我们要重传统不守旧，开辟时尚新潮流！"

"对对对！"

然后师徒俩在地下通道吹响了唢呐，二维码放在显眼处，当天收入 240 元。

三七分，江老爷子三，喻思七。

"为什么你是七？"

"因为我是门面担当。"

05

江老爷子为什么要隐瞒自己在地下通道表演，就是为了避免眼前的麻烦。

一开始是江爸的朋友无意发现，将其父街边卖艺的事情告知，后来一看竟然还带着喻思，那这件事情就麻烦了。

于是江爸江妈，还有老喻和李华芝，都坐到一起开会。

江老爷子和喻思可怜兮兮地坐在对面，等待着批判。

江爸很委婉地说道："爸，咱家不愁吃穿，如果您觉得在乡下待不惯，我可以给您在这边买一套房，您怎么舒服怎么弄。"

江老爷子："我现在就挺舒服的。"

喻思跟着插嘴："我也挺舒服的。"

李华芝很生气，指着她："你给我闭嘴！"

江老爷子眼睛一瞪，护徒弟的毛病瞬间就犯了："怎么着，这是要我们师徒俩不舒服呢？"

江妈给添了热茶："我们不是这个意思，爸，您喝茶。"

李华芝讪笑："不是这个意思……"

江老爷子一拍桌子："我看你们都是这意思！什么意思，啊？我就不能有点自己的空间了……"

大人们先争论起来。

江奈就坐在旁边沙发上，翻着手机。

喻思口袋里的手机振动了一下，她悄悄拿出来。

江奈发来信息：*想不想吃巧克力？*

喻思眼睛一亮，迅速回复：*想！*

江奈：*来我房间。*

喻思偷偷躲开炮火，溜到江奈房间去，看他拿出一个黑色盒子，里面摆着五颜六色的巧克力球。

喻思捏了最大的一颗放进嘴里，口感丝滑，香气十足。她又拿了一颗，眨眨眼睛，稍微降低音量，是江奈可以听到的程度："你是不是也想批评我啊？"

江奈摇摇头，他随意自然地抚平喻思翻起的衣领："注意安全。"

巧克力在指尖捏久了有些融化，喻思快速地将它在江奈的人中上一按。

江奈失笑，被迫伸出舌尖去舔。

他看到喻思口型动了动，却没有发出声音。

——到底是我的江奈。

她这样说。

06

李华芝和老喻说："人家都是去住儿子女儿家，天天遛鸟打麻将，老爷子可好，一把年纪去地下通道吹喇叭，说出去江家儿子能不丢人吗？"

老喻背着手叹气："别说了。"

"我看喻思也没必要跟他学了，现在可都流行钢琴、小提琴。"

老喻深深看她一眼："你给她买吗？"

李华芝一噎，向来伶牙俐齿绝不饶人的妇人，这回沉默地走了。

江老爷子离开江家的时候，喻思还跟在后头。

师父在前面嘟嘟囔囔："凭本事赚钱怕什么笑话？家里两个狗东西要吃饭，能不拼吗……"

身后的一只"狗东西"探出脑袋来："嗯？师父叫我？"

江老爷子回头瞪了瞪："回你家去！"

喻思拉住了师父的衣角，她看着眼前老人斑驳的白发，皱纹布满脸庞，突地心一软："师父，我只要有空一定回去看您，您不要觉得孤单。"

江老爷子被戳中了软肋。

喻思还是明白的。

那一刻，他觉得这个徒弟没有白养。

喻思缩回手，认真汇报："我每天都在运动，练习也没有断，我妈天天给我做好吃的，身体可劲棒！"

江老爷子内心吁叹。许久，他戳戳喻思的脑门："你可给我长点心吧！"

07

月考过后，喻思的班主任林老师有了一个新爱好——拖堂。

下课前的一分钟，喻思已经做好了百米冲刺的准备——她攥着拳头、抖着腿，就等铃声一响就冲去厕所。还有坐在不远处的胡有七手持一块酥糕，只要号角响起，就将它塞进嘴里。

林老师站在讲台上，冷眼旁观，他轻哼一声："下课都不准走，我再讲五分钟。"

顿时，底下哀声一片。

喻思作为班上的"金牌辅助"，她举起手来："报告老师，拖堂是恶习，得改。"

林老师一截粉笔头扔了过去："谢谢啊，我不改！"

好不容易去上了厕所，回来后同桌说林老师有请，喻思只得提着脑袋去见。

办公室里，林老师敲着桌子上的成绩单，笑眯眯地问道："这是几？"

他指着自己教的物理那栏。

喻思抿了抿嘴，哼唧出声："四十……三。"

"真棒呀！继续努力，加把油闯进倒数前十！胜利的曙光就在前方！"

喻思缩缩脑袋："老师别这样，我害怕。"

"别气馁啊，上课继续开小差、传小纸条，你以为把试卷底子裁了我看不见啊！"

"其实有些时候我裁的是整个小组……"

林老师"嚯"地站起来，指着座椅说："来，您坐这个位置，我坐不了。"

喻思讪笑："不太好吧。"

林老师也是恨铁不成钢，他从桌子上抽回一沓试卷，摔在桌子上："全给我拿回去做了！"

"好嘞。"

喻思捧着卷子出来，愁眉苦脸。

这让本就不快乐的日子雪上加霜。

08

林老师斗不过喻思,索性给老喻打电话。可想而知情况的严重性,喻家当晚就开了三个小时的会议。

第二天在学校,喻思卧在课桌上,眼皮不停地打战,季良才给大家发练习册,用本子敲了下她的头。

"林老师让我问你卷子的进度。"

喻思头也没抬:"进度条卡了,正在重启中。"

那就是没写。

季良才靠在她的桌边唠了两句:"林老师真可以,越塔强杀,直接给你家里打电话,这是要公开跟你宣战。"

"我有坚强的后盾。"

"你说校长?"季良才拍拍她的肩,"我都替校长感到丢脸。"

喻思被他扰得烦心,抓着写了一半的卷子自言自语:"不行啊,得想办法……对了,花贝!"

胡有七真是狗耳朵,闻声后,一个箭步飞过来:"我去我去,这点跑腿的小事就不劳姑姑亲自动脚了,让我去吧。"

喻思犹豫了一下,点点头,将一沓又一沓的册子放在他的手中。

"组织对你委以重任,别让姑姑失望。"

胡有七沉重地点点头:"组织等我消息。"

喻思佯装很劳累的样子,挥挥手示意他退下:"姑姑近日有些乏了……"等胡有七一走,她拎上唢呐包蹦蹦跳跳,"吹曲喽。"

09

喻思有个吹唢呐的秘密之地,她站在面朝湖泊的空地上,正将哨片含进嘴里,这时一个高大的身影兜头扑了过来。只见秦见灵活地运着球，绕着喻思转了一圈，还凹了个从她头顶抛球接球的造型。

喻思被突如其来的大脸给吓着了，险些把哨片吃进去。她翻了个大大的白眼，斜眼看着秦见。

秦见刚从室内篮球场出来，眉间还冒着点点汗珠。少年爱笑，一双亮堂堂的眼睛中盈满了欢喜。他俯身凑上前来低声问："刚才什么感受？"

喻思做深呼吸，龇牙回道："这么好的天气别逼我打你。"说罢拎上包就走。

秦见跟在后面追着，一路没话找话要同她聊天。

喻思被他缠得厌烦，反手就用胳膊肘撑他脸上。秦见吃痛地捂住下颌："我这该死的……洁白诱人的下巴啊。"

快到教学楼的时候，秦见想起什么，问喻思："有个叫江奈的，你认不认识？"

喻思终于停下脚步，警惕地回头："怎么了？"

"他什么来头啊？好几次打球火气旺得不行。"

"他不是一般的人。"

秦见诧异："你们二班的？"

喻思没说话，指指对面的高二部，意思是你可以走了。

"你还没跟我说再见呢，怎么对学长那么没礼貌啊。"

喻思只觉脊背隐隐发凉，拔起腿便跑。果不其然，秦见在她背后阴阳怪气地大喊："小思思，晚上来看哥哥打球哦！"

那条道上的所有同学都在看喻思，喻思觉得秦见是故意的，心里有火气，转身又跑了回去，冲着秦见的膝盖上去就是一脚。

当她再跑回去的时候，路的尽头站着江奈。

他越过喻思，与秦见的视线相撞。

10

江奈收拾书包准备回家的时候，花贝喊住他。喻思让胡有七送来的几张物理卷子，她已经做完了，想让江奈帮忙带回去。

江奈看到卷子上的喻思的名字，有些疑惑："她让你写作业？"

花贝点点头。

江奈将卷子放进书包里，面上没什么表情，就是语气有些冷："知道了。"

胡有七其实还在外面等着，花贝看到他的时候才记起他当时说"放学来拿"的话。

花贝在前面走，胡有七缓了步子跟随。

他想去替花贝拎书包，腹稿已经打了无数次，可勇气这个东西是一鼓作气再而衰三而竭，他咽咽口水还是怂了。

前方就是花贝回家的公交车站，胡有七半个字都没憋出来。

直到车辆进站，胡有七喊住花贝："等等！"

他当即弯腰，用衣袖擦去了她鞋子上的灰尘。

"有泥。"

胡有七紧绷着身体，五官拧得跟包子似的。

花贝欲言又止，最后只给他道了谢，其他什么都没说。

等车走远，胡有七抱头痛喊："啊啊啊，为什么要用袖子擦！她肯定嫌弃我衣服脏啊！"

11

喻思去江奈家拿卷子时，江妈正在厨房做饭。江妈看到喻思十分热情，抓了把栗子递过去："我刚炒的，快吃。"

"阿姨您真是太厉害了，让我来尝尝。哇，人间美味！"喻思瞪大眼睛，朝江妈竖起大拇指。

江妈被她的表情逗乐了，说去找个袋子给她装上一些。

江奈在房间写作业，喻思搬了个小凳子坐过去，将栗子直接放到试卷上。栗子被划了道口子，一掰就"咯嘣"裂开，软软糯糯，香甜可口。

喻思很快就发现江奈的低气压，他只要有心事，唇角就会忍不住紧绷。她歪着脑袋看江奈，直至江奈察觉到她的目光，他放下笔："嗯？"

"你是不是受了什么委屈啊？"

喻思咬着栗子，红润的双唇一张一翕，江奈看着她，心跳莫名地开始加快。

他说没有，并且别过脸去。

喻思不高兴，捏着江奈的脸颊，轻轻地用力："可这里写着不开心……"

江奈突然抓住她的手腕，将人往前一带。两人微弱的呼吸交织着，她一双小鹿眼睛在躲闪。

江奈一字一腔："哪里写了？"

他的语气里有戾气。

喻思口中还未嚼碎的栗子硬生生地被吞咽了下去，她一霎忘了呼吸，嗓子被呛得火辣辣地疼。

江奈瞬间就软了心，他松开手，开始轻抚她的背，且沉默不语。

"这栗子怕不是成了精。"喻思自顾自说着话，想要舒缓尴尬的气氛，期间还偷偷瞄了身侧人一眼，"少吃，少吃。"

江奈拿起笔，继续写作业。

喻思可以确定，这只小狐狸生气了。

哄人她最拿手。喻思指着他的作业本说道："学霸，这道题怎么做？"

江奈不得不给她讲题，讲过之后又接受一波她真诚热情的夸赞。

她很自然地挽着江奈的臂弯："求你啦，救救孩子吧，啊呸，教教我吧。"她在说以后的作业。

江奈可以感受到她微凉的手心，点着头慢慢抽出手臂。喻思直接抓住了他的手掌，并将一颗栗子放进他的手中，弯了弯眉眼："我就喜欢你教我。"

她的"撒娇"是江奈永远抵抗不了的美好。

12

喻思想请花贝吃饭，为了感谢她帮自己做作业。

"我妈做饭特别好吃，你去我家一定没错。"喻思就是那么有自信，她还特地去胡有七家门店拿了些猪大骨，"我妹妹得补补，再拿一个，这个也要。"

换作以往，喻思敢这么明目张胆地打劫，胡有七早跳脚了，可今日他彬彬有礼还笑得特别腼腆："花贝，你想不想吃猪皮冻？胶原蛋白可多了，对皮肤好。"

喻思险些口水横流，猛点头："要要要，胡萝卜猪皮冻！好吃！"

胡有七咬牙切齿地挤出两个字："闭嘴……"随即露出八颗牙齿的标准笑容，"花贝你还想吃什么？"

"高岭之花"对猪肉摊避退三舍。

末了，喻思在胡有七耳畔感叹："你说你要是生在三师兄家卖羊肉多好。"

"马不停蹄地滚。"

喻思拉着花贝就走:"大侄子让我们拿着皮冻滚。"

胡有七气到爹毛,冲着她们的背影怒喊:"皮冻,我没有!啊不是,花贝,我没有!她冤枉我,你要相信我啊!"

13

花贝去喻思家做客,真的是生平一次惊奇的体验。

喻思拍着自己阳台上的那张单人床说:"别客气,坐。我房间够大吧。"

吃饭的时候老喻和李华芝确实很热情,不停地给花贝夹菜,一旁的喻玥大口大口地扒拉着米饭。花贝看着小不点,说:"上次见面忘了问,妹妹念幼儿园吗?"

喻玥一口白米饭差点喷出去,喻思忍住笑,解释道:"四年级了,属于慢生长类型。"

这顿饭吃得妹妹郁郁寡欢。

席间,李华芝问花贝家里做什么的,花贝想了想:"能源方面。"

李华芝没听懂,但还是"哦"了一声:"待遇怎么样啊?"

花贝又想了想:"不太好。"

"为什么?"

"因为他们刚在委内瑞拉买了一个岛。"

喻姓全家哗然。

三秒后,李华芝弱弱地问一句:"买岛干啥,养鸡?"

14

花贝去喻思家吃了顿饭,回来赠了些礼物。

她定制了一扇折叠屏风，让喻思立在床边，圈出一片属于自己的私密的空间。屏风是梨花木，屏面纹理清晰，整体偏淡黄色，摸起来手感极其顺滑，细嗅之下还有股清香。

"这个摆在房间是不是有点多余啊？"

花贝纠正喻思的话："那不是房间，那是客厅。"

喻思真正开心的不是那扇屏风，而是花贝给她的几盒钙片。

"我妹妹总是长不高，食补药补都补过，没怎么起效。"

聊起喻玥，花贝倒是觉得两姐妹感情很好，但是有一点："你们长得不像。"

喻思俏皮地挑了挑眉："关键我还比她聪明。"

花贝看了她一眼："想听实话吗？"

"你大胆地说。"

"你的脸皮比妹妹厚。"

喻思一挥袖子："从此青山绿水，再也不见！"

"作业拿回，关系断绝。"

"杀人诛心啊……"

两个小姑娘笑着。喻思面上大大咧咧，可内心深处却隐匿着几分酸楚。那种微痛对于少女时代的喻思来说，也许还需要更多的时间才能治愈。

15

今年南城夏天热得晚，但是温度上升猛烈。

临近期中考的时候，所有人都在书桌前埋头苦学，包括喻思。

因为人多的原因，教室里的气味比较丰富，最难过的是，林老师还不给开空调。

英语老师是位优雅的女士,她来上课时差点窒息,扶额说:"你们班有一股八种语言都无法言说的味道。"

于是很多同学就会洒花露水,气味再次弥漫。

喻思特立独行,她庄重地将一个小瓶放置在桌上,周边的几个同学撑着脑袋看她表演。

"瞧我这高贵的祖母绿器皿,一定要是晶莹剔透的成色方为上品,现在让我们戴上手套。"喻思从抽屉里翻出一次性塑料手套,十分做作地戴好,"用之前一定要上摇三次下摇三次,多了少了都不行的哦。"

她将绿色的小盖轻轻拧开,挑了下眉:"啧啧啧,这螺旋纹的手感设计,只有大师才能做得出来。"

有股凉凉的香气散出,大家已经憋不住笑了。

喻思脱下手套,示意双手是干净的。

"来,让我们先点一滴在手腕,轻轻擦一下。"喻思的手腕交合在一起,随即放在耳后,"这里也是,我们不能用力,不然摩擦会让香气变质,最后一步重要了,看清楚。"

她又点了一滴在指尖,轻轻氲开,闭上眼睛用指尖在两边的太阳穴上揉啊揉,此时气味已经很明显了。她微笑着:"我这款香水……"正打算睁开眼睛的时候,刺痛袭来,"辣辣辣辣辣辣辣……"

一系列动作之下,没拧盖子的风油精被碰倒在书本上,喻思骂了有生以来第一句脏话。

十分钟过后,喻思站在校长办公室门口,痛哭流涕,捶拍胸膛:"救救孩子们吧,我已经热得三天没有吃饭了……"

校长按下电话就喊:"林子义!把空调给我开起来!"

16

喻思会有此举当然不是自己一人之力，以季良才为首的几个班干部早就等在教室门口。待她远远地举了个"OK"的手势，他们钻进教室就把空调给打开了。

凉风吹来，那个舒适、惬意啊。

当天下午，林老师就将座位大调整，喻思从教室最后的"高级避暑VIP专区"调到了最前面的"学霸区"。

她搬着桌子弱弱地在林老师讲台对面坐下，举起手："老师，我现在知错了还来得及吗？"

林老师冷冷地笑："坐火箭都来不及。"

喻思往桌子上一摊："自作孽，不可活。"

17

隔壁三班班主任听了二班的传奇故事后跟班干部说，想开空调就说，不用演戏。

江奈今日就听见有同学在一起议论着。

"你们知道吗，二班那个喻思真厉害，她可以一秒掉眼泪！"

"开玩笑，你忘了她的老本行是什么。"

有个女生突然插话："我不喜欢她，不知道为什么。"

"我也不喜欢她，挺好看的人为什么要去吹唢呐啊！"

"你觉得她长得好看？"

"呃……不好看。"

"这还差不多。"

江奈握着笔的手顿了顿，他抬眸，正好撞见一个女生在偷看他。她算是带头讨厌喻思的那个。

课间去饮水机处倒水的时候,她就排在江奈的后面,如果忽略右耳上的助听器,江奈的侧颜很是能打。

那女生主动开口聊天:"江奈,刚才老师讲的解析,能不能给我发一下?"

江奈刚好接完水,他回过身来面无表情地说:"我不想给你。"

那女生一愣:"为,为什么?"

"因为你丑。"江奈出言讽刺,毫不遮掩。

那女生顿时恼羞成怒,她都不知道自己什么时候得罪了人,也没有想到江奈竟然会人身攻击,她张口就喊:"你以为你好到哪里去!聋子!"

三班的教室,顿时鸦雀无声。

18

江奈会与人吵架,是个稀奇事。

那女生趴在桌子上爆哭,还跟好姐妹说以后再也不要"粉"他了。大家看向江奈的眼神十分有探究性,但他本人无所谓,毕竟这十几年来最不缺的,就是别人异样的眼光。

花贝听来的版本,不知被加工了多少回,她虽然不感兴趣,但是心里好奇喻思知道江奈是怎样的人吗?

那天放学,花贝值完日下楼,发现江奈就站在楼梯口处。

落日余晖给少年的侧脸镀了一层薄金,他垂眸立身,有些孤单。

看来江奈是在刻意等她。

花贝走下楼梯,江奈还是以往那副"我跟你不熟"的冷淡模样,他说:"今天的事情,不要说。"

花贝是个聪明人,她懂,故而没有说话。

江奈又追加一句："无论什么时候，都不能告诉她，就算她知道后问起，你也说不知道。"

喻思发起脾气来，从不管是不是江奈的错、对方是男是女，都是先按下，教训了再说。

江奈今日此举无疑暴露了自己的软肋，花贝觉得有意思，倒不是觉得自己掌握了江奈的"弱点"，而是向来有语言障碍的江奈，说起长话来竟然这么顺？

那每次跟喻思在一起的时候……这得多累啊。

花贝笑了笑："好。"

19

喻思在楼下陪着妹妹玩滑板。

江奈远远地就看到她欢喜的模样，她的马尾扎得有点歪，校服也是随意地挂在肩上。

"姐姐你不去看书啦？"

"我就算不看，也不会像你那样考倒数的。"

喻玥从鼻孔里哼气，说："你能不能不要像垃圾桶一样，装啊装啊装。"

"皮痒了是吧？"

"你来给我抓抓！"

"妖怪往哪里跑！"

喻思踩进最后一缕余晖中，金色光芒从脚下滑走，留下的只有她清甜的笑声。

江奈只要能看到她，再浮躁的内心也能被抚平。

喻思隔着晚风冲他挥挥手。

二人相视一笑。

我最好的朋友，有光，光而不耀，与光同尘。

20

期中考试结束的那天，林老师跟大家提起了高二分科的事情。

同学们逮着这个话题聊了好几节课，胡有七又给喻思传小纸条。

胡有七：你问问花贝选什么。

喻思：不用问，肯定是理科。

胡有七满意地点点头，随即想到什么，又写：那江奈是不是也选理科？

喻思没有再回，胡有七"哗哗"几笔，团了纸条扔了过来。

胡有七：我就知道他不安好心，一直盯着花贝！

胡有七：我绝不认输，我要跟他宣战！

胡有七：我叫你一声姑姑，你敢帮我吗！

喻思一个字打发：滚。

喻思听到要分科的事情也很激动，她想发信息但还是忍住了，放学的时候追着江奈后面跑："同学同学，如果上帝给了你一个逻辑的左脑，又给了思维的右脑，只能选一个你选哪个？"

江奈垂眸浅笑。

她走得急，书包的带子频繁落肩。

喧闹的街道上，车水马龙，人头攒动。

江奈将她往路里头推了推，还把那书包托起，替她抚平了衣领。

他真温柔，喻思忍不住弯了弯嘴角。

"左脑右脑缺一不可。"江奈说，"非要选，我只选你选的。"

第四章·
心动有时,不负有时

再等十分钟
为什么要等十分钟
因为,会"十分想你"

01

春喜有一阵时间没见到小主人,喻思回到乡下的时候,它四肢并用扑腾过去,狗脸上写满了激动。

江老爷子背着手,俨然一副严师模样:"我怎么听说你文化功课特别差。"

"谁说的?"

"灵芝。"

喻思嘴角扬起四十五度假笑:"灵芝是棵草,它不会说话。"

江老爷子翻了个白眼,跟喻思如出一辙。

是亲传无疑。

"文化功课差就算了,我得检查你有没有偷懒不练功。"

喻思拍拍胸膛,满脸骄傲:"气足着呢,随时检验。"

画风一转,师徒俩端着比脸还大的海碗,里头盛着清汤阳春面,嫩绿的葱花漂在上面,顺着面条一吸溜便滑入口中,味鲜清爽,香味扑鼻。

喻思气是真足,咬着一挑面,吸溜声响亮又不间断。

江老爷子呛了一口,输了。

喻思捧着碗"咕噜咕噜"将汤喝了个底朝天,江老爷子拧眉注视着她。

"今年的粮油又该涨了……"

喻思一抹嘴:"师父,您的还吃吗?"

02

喻思跟春喜分别,总要上演几场大戏。

她一开始先是把狗子骗到菜园子里,试图让它在那儿吃草嚼花、捉捉蚂蚱,可它却很没形象地随地大小便,甩甩尾巴冲刺回来。再然后,她把一个球扔到树林中,春喜像离弦的箭一样飞奔过去,很快又叼着球出来狂追小主人。

喻思匆忙逃离的背影在狗子眼里,以为是主人陪它玩乐,它便奋力追上去将人扑倒,开始用大舌头舔舐她的脸。

喻思挫败地坐在地上,看着一旁的傻狗上蹿下跳。

喻思觉得春喜大抵能听懂人说话,于是一本正经地和它说:"老主人去买大棒骨了,那么——大。"

她张开双臂示范这根骨头究竟有多大,神情肃穆:"你现在已经是一条成熟的狗了,要学会独立。你去把骨头叼回来,一定要自己叼回来,就用嘴,哇呜,这样……"

春喜歪着脑袋看着她,黑黑的眼睛圆溜溜的。

"你要做风速狗,风速狗记得吗?犬类宝可梦中最厉害的,就朝着我指的方向去找,我喊一二三你就开始跑好不好?"喻思弯着腰,摸摸它的脑袋,"预备,要开始了哦,一,二,三!"

春喜顺着她指的方向再次飞驰,喻思当即往车站跑去。

好不容易坐上车,她戴上耳机靠在车窗旁,准备小憩一会儿。

公交车刚起步转过弯,司机师傅就看见后面有一条大狗追着车跑,当车速起来之后,狗再也追不上了。

春喜看着渐行渐远的车子,吐着舌头瘫坐在地上,一双眼睛湿漉漉的。

03

喻思回家之后,李华芝特地瞄了几眼,就怕她又把狗给弄回来。

小不点喻玥还在悲催地写作业,李华芝教得着急,拿着钢尺往她脑袋上敲了两下。

喻玥觉得有点伤自尊,她一拍铅笔:"不写了!"

"你来劲了是吧?"李华芝这次拿着钢尺打在她的手背上,"还敢跟我犟嘴!"

喻玥吃痛,眼泪瞬间簌簌下落,抱着手抽泣出声。

"妈妈妈,别动气,我来教我来教。"喻思赶紧过来抱住喻玥,妹妹躲进姐姐的怀里哭得更大声了。

李华芝就见不惯喻玥这么没骨气的样子,心底的火"噌"地就上来了,她一把揪过喻玥的后衣领,使劲一拉,喻玥连人带凳子后翻倒地。

喻思看着就心疼,出声道:"妈,你这是做什么?玥玥快起来,摔哪儿了?"

李华芝还用力拍着桌子:"你就笨死得了!"

喻玥哭得上气不接下气,她指着李华芝大声喊道:"什么样的人生什么样的孩子,姐姐漂亮又聪明,因为人家的妈妈比你好!"

童言一出,李华芝的心紧了紧。

喻思也很不是滋味，连忙捂住喻玥的嘴："妈，妹妹不懂事……"

"不用你在这儿装好人！你走！你们都走！"

李华芝突然就红了眼，她吼完转身回了卧室，用力将门甩上。

04

两姐妹都蹲到了楼下小花坛。

喻玥拿着小树枝戳着土，嘴里还碎碎叨叨的："她一定是更年期到了，书上说更年期的女人都比较狂野。"说完抬头认真地看着喻思，"姐姐，我发现你也比较狂啊。"

喻思一个弹指神功过去："你什么都好，就是长了张嘴。"

喻玥鼻子哼了哼。

许久，喻思轻声道："以后不要再说那样的话，妈妈会伤心的。"

喻玥停下手中的动作，顿了顿，又继续戳起来。

"姐姐。"

"嗯？"

"你快些长大吧，长大后就再也不用受苦了。"

小小的孩子突然说出这样的话来，喻思眸子沉了沉，随即又挤出一个微笑："小孩子家家，每天胡思乱想些什么，你姐我幸福着呢，有你，有爸妈，有师父，还有……江奈哥哥。"

"我要快些长大，保护姐姐。"喻玥折断手中的树枝，龇着牙，"如果谁欺负你，我就教训他。"

05

提交分科意向表的时候，喻思再次看了眼文科后面的钩。

胡有七美滋滋的，亲了亲理科选项："花贝我来啦。"

季良才来收表,看到选项还比较疑惑:"喻思,胡有七不是说你们都选理科的吗?"

"嘘。"喻思赶忙制止他说话,她做了鬼脸,意思是不和胡有七一起。

季良才点点头:"那回头你就惨了。"

喻思之前和江奈说好的,大家都选理科,但是喻思背着他反水了。她偏科严重,也知道自己不能一直跟在江奈身边,他终究会有自己的天地。

至于那片天地间有没有她,不太重要。

花贝事后才和喻思分享了选科情况,两人都是文科。喻思很诧异:"你不是理科好吗?"

花贝倒是一脸认真地说道:"只要有江奈,我在理科就拿不到第一名,现在文科魁首非我莫属。"

喻思啧啧叹道:"学霸这该死的胜负欲啊。"

花贝又反问她为什么不选理科。

喻思摊手:"'学好数理化,走遍天下全不怕',话是这样说,可谁能走遍全天下呢。"

"高岭之花"点点头:"还是学渣明事理。"

06

江奈在家的时候,话很少。

江爸会说好多工作上的事情,抑或和江妈聊一些家常,每每跟儿子说起话来,得到的永远都是"嗯""好""谢谢"。

江妈端了水果出来,一家三口坐在沙发上。

寂静,在客厅里蔓延。

江爸拿起一小瓣橙子,突然感慨:"咱们家啊,就缺个思思这样能活跃气氛的人。"

江妈轻轻拍了他下,有意提醒别伤到儿子自尊。

江爸就笑了笑:"我的意思是,咱们以前还想要个女儿,却没那好命,倒不如认思思做干女儿怎么样?"

江奈吃水果的动作顿了顿,他敛了神色,垂眸不语。

"这个主意好,我之前怕你不同意。"江妈早有此意,一家之主既然说话了,她赞同,"那我们得跟华芝、祖德好好商量一下,要经得他们的同意。"

江爸点点头,很开心:"嗯嗯嗯,就这样办。"

"江奈,你说呢?"江妈转头询问一直沉默的儿子,江爸也看了过去。

换作以往任何时刻,江奈都不会参与父母的话题,他只会说些语气词。

但是今天,他很不一样。

江奈放下水果叉,脸上没有半点喜悦,他言简意赅地回应:"我不要。"

江爸江妈都愣了,他们坐在江奈对面,有点没反应过来。

三人互看,神色不一。江奈觉得自己没说清楚,再次阐明自己的立场:"我不想要喻思做我妹妹,以前不想,现在不想,将来也不想。"

儿子是认真的,甚至语气有一点点凶。

江爸咽了口水果,险些被汁水呛住,他想问问为什么,江妈在桌子底下抬腿碰了碰他,赶忙回应:"好的,我们知道了,爸妈尊重你的想法。"

江奈道了声谢，起身回了房。

江爸一脸困惑："什，什么意思？他们两人不是一直玩得挺好的吗？吵架了？"

倒是江妈若有所思，只说了"快点吃水果"，再无其他。

07

某一日，喻思追着江奈后面喊哥哥。

她从书包里掏出本子，上面记着各科要做的作业，她一项一项问着江奈有没有，想借来抄一抄。

江奈沉住气，按着她的问题挨个回答。

"我的江奈哥哥就是不一样，简直是天生……"喻思正准备例行一番吹捧，被江奈给打断了。

"别叫我哥哥。"

喻思的脑门上冒着隐形的问号。

"以后，都别叫。"

江奈离她近了两步，身高的差距让二人有些异样的空间感，喻思需要抬起脑袋去仰视他。

让人仰望的江奈，有种清冷的疏离。

喻思第一次说话磕绊，她往书包里边揣着卷子，眼睛乱瞟："哦，不叫啊……"

"看着我说。"江奈突然捏着她的下巴，微微摆正，两人四目相对。

"不叫了。"喻思蒙蒙的。

随后喻思想到什么，她弯了弯眼睛："是不是以后过年，你都不给我红包了呀？"话间微微一动，将自己的下巴脱离江奈的指尖。

她的小动作过于明显,江奈目光沉了沉,又朝她走近了一步。

"给。"他垂下的手指颤了颤,柔软温润的触感依旧还在,"你想要的,我都给。"

喻思挠了挠眉心,偷偷看了眼江奈。

她的小狐狸今天有点反常啊。

08

胡有七最近又有新动作。

5月4日那天,他鬼鬼祟祟招来喻思,一起躲在树后窥探着操场。

喻思看到他手中似乎捧着什么,但被黑色塑料袋套得严严实实,瞧不清楚。

胡有七扒着树干冒出脑袋尖,操场上三班在跑步,周边站着几位老师。他眯着小眼睛说道:"姑姑,你眼神好,看看那是不是三班的班主任?"

胡有七有事叫姑姑,没事叫全名。

喻思就帮着看了看,慢条斯理地说道:"今天我就把前辈传下来的经验教授给你。听好了,校长一般手背在后面,班主任喜欢抱胸,教导主任腰板挺直,双手自然落垂,体育老师偏爱叉腰。"

胡有七长长地"哦"了声,看着远处的教导主任和体育老师。

"只要不是他们班主任就行。"

二班、三班如此对掐,班主任那儿明里暗里都得防着。

胡有七将黑色塑料袋拿下来,显露出怀中东西的真面目,那是一大束翠绿旺盛,还开着淡白色花朵的——大葱。

"你这是?"

胡有七娇羞得不行,脸颊升起红晕:"今天是什么日子你不知道吗？"

喻思望天，想了想："成绩发放的日子？"

胡有七唾了她一口："你活着真是浪费空气。"说着又回归正题，"今天是五四青年节，为了表达我渴望进步的决心，我决定向真正的进步青年，花贝同学，进一步靠拢。想来想去，只有葱花最能代表我的心。"

喻思一脸震惊略带点匪夷所思。

胡有七说道："它的花语是，没有任何香味比我更霸道，对你的敬重亦是如此。"

喻思嘴角抽动，满脸鄙夷："你这是硬配啊。"

09

花贝收到那束葱花的时候，身边的女生们笑得合不拢嘴。

"这得有多讨厌你啊。"

"等我有钱了，我要把所有种葱的人都抓走。"

"送葱花等于宣战，表明我很反感你。"

"那不一定啊，人家就单纯地送点蔬菜呢，大葱炒鸡蛋可好吃了。"

花贝沉默地抱着葱花往教室走，老师们起初颇为诧异，随即点点头一脸欣慰："尖子生就是不一样，操心成绩和烟火。"

江奈在教室后门碰见了花贝，花贝破天荒地喊住他，犹豫地问道："你跟胡有七熟不熟？"

"不熟。"他答得又快又利索。

江奈看着那葱花，似乎明白了什么，眼底闪过一丝蔑视。

花贝本来想着如果江奈跟胡有七熟，让其代为转话，毕竟男生之间很好聊。但此时捕捉到江奈的眼神之后,她就突然有点小脾气。

胡有七这是哪里得罪过江奈,竟被嫌弃了。

花贝漂亮的脸蛋上带着微笑:"江奈,今天你有收到礼物吗?哦,对不起,我忘了……"说着又敛去笑容,"思思惦记着放学要去胡有七家吃烤肉,可能记不住你这个好哥哥。"

江奈紧绷下颌。

如果喻思能听见,早就借来十张嘴解释:苍天啊,大地啊,我哪敢忘,分明是胡有七不让!

10

第二天,胡有七从家里装了一袋吊炉花生,还是热乎的,他揣进书包里的时候被爸爸看到了。

胡老板问:"是给思思带的吗?"

"她吃屁。"

胡有七当即头上挨了一掌,亲爸龇牙咧嘴地冲他吼:"你让你姑姑吃屁,就是让你爸吃屁,听懂了没有?!"

"听懂了……"

"听懂什么?"

"爸爸想吃屁……"

"屁股撅过来挨打!"

在学校一整天,胡有七都没舍得将那袋花生掏出来,他硬是等到放学才拿出来,追在花贝后面喊:"花生同学你好,花贝你吃吗?"

周边同学哄然大笑,他想捶死自己的心都有了。

公交站台上,胡有七掏出一颗花生递给她,笑得明朗:"给你。"

花贝犹豫了半响,还是拒绝:"我不爱吃花生,谢谢你。"

胡有七递出去的手停在半空,收不收都很尴尬:"没,没事。"

花贝看着他失落的神情有些不忍,说道:"我和喻思是朋友,你和喻思也是朋友,所以我跟你勉强算得上是朋友。如果我说的话让你觉得哪里不舒服,我以后会尽量不打扰你。"

瞧瞧,瞧瞧"高岭之花"多么体贴啊,不仅不怪他,还在自己身上找原因。胡有七又感动又心伤,但更多的是开心,虽然勉强,但他总算是花贝的朋友了。

他摆摆手:"不不,我没有不舒服,你千万不用考虑我,我没感受的,真的。"

原来这就是传说中的卑微。

花贝坐车走后,胡有七还在重复着那句至理名言:"没事没事,不用考虑我,我没得感受。"

小伙子拿出手机,激动地"啪啪"打字:姑姑啊,我终于和花贝成为朋友了,呜呜呜……

11

那日之后,胡有七开始网上冲浪。

他加入了一个圈子"彩虹屁聚集地",圈子里形形色色什么人都有。管理员会搜寻很多"励志名言"激励大家,胡有七一条条翻着背诵,绝不落下半句。

只不过,大家的实践效果,好像不是太好。

△我终于鼓起勇气问她是喜欢"狼狗"还是喜欢"奶狗",她说喜欢"狼狗",我就问她觉得我家的狗是哪一种,她说是"土狗"。

△今天我看到你发的朋友圈了,你说你这么可爱怎么没有人愿意找你玩,我才知道原来我不是人。

△也不知道在等什么，就是想再等等。

△怎么想起找我聊天了，是TIMI（网络流行词，本意指腾讯游戏旗下的游戏研发工作室，代指：玩游戏）输了吗？

胡有七看着网友们的"悲惨遭遇"瞬间重燃信心，他不一样，他现在是花贝盖章认证过的"勉强算是朋友"的朋友，所以他一定要努力变得更优秀，成为花贝真正的好朋友。

想通之后，他给喻思打了个电话："姑姑！我要去跟你一起游泳！"

他要变瘦变帅变优秀！变成花贝的好朋友！

12

小不点喻玥多少听到些关于胡有七的事情，她可聪明了，蹦跶到江奈那儿，下巴一抬："介意拿你家车厘子来交换消息吗？"

江奈本就要给喻思带水果的，他顺手就给了妹妹。

喻玥说："胡胖子非要跟姐姐一起去游泳，两人还一起去了店里选泳裤。"

江奈漂亮的薄唇微不可察地抿了抿。

喻玥想当然地补充："我看他是不安好心想欺负我姐，江奈，你可得保护好我姐。"

喻玥抱着车厘子很是满意，眨眨眼小声嘀咕："等我姐以后嫁人，聘礼我一定要让姐夫给我十箱这个。"

江奈去了才知道，胡有七根本就没钱办卡，是蹭喻思的卡去的，说累计多少钱最后拿猪五花抵账。

喻思坐在泳池边，看着白花花的胡有七："我看你就像猪五花，拿你结账吧。"

胡有七确实有些胖，一米八几的大高个，肚子上全是肥肉，像极了《超能陆战队》里面的机器人大白，喻思说起的时候遭到胡有七反击："我还觉得你像《精灵宝可梦》里的宝可梦呢。"

"皮卡丘？"

"皮卡车。"

喻思扑上去就将胡有七按在水里，两人很认真地扭打成一团。

花贝和江奈各站泳池的一边，远远地看着池子中间，眼神可热闹了。

13

青春期的少年，生理上会有一定特点。

喻思没想到江奈会来，她不知怎的，突然有点不好意思。

胡有七穿泳裤她会觉得好笑，就想嘲讽一番，可是看到江奈这样的身材——她顿时双颊臊得通红，这个少年真是只可远观不可亵玩的高贵存在。

喻思这般胡思乱想着，一个人在深水区游来游去。

江奈从浅水区过来，从后面追上了喻思，两人齐肩划行，一起抵岸。

喻思白净红润的小脸上全是水渍，她抹了一把脸，看到江奈在旁边，就笑了一下。

那个笑容是有些不自然的。

她避开眼神，不敢去看江奈的身体。他的身材十分漂亮，不胖不瘦刚刚好，如果没瞄错的话，下腹还有明显的腹肌。

喻思踩着水正要往回游的时候，江奈抓住了她。

因为猝不及防被阻拦，喻思下意识地反抓江奈，水流将二人推近,她觉得脑子里瞬间炸开了一万朵水花。

江奈神色如常,游泳不能佩戴助听器,他便开始打手语,喻思能看懂大概意思。

他问:"跑什么?"

喻思:"没,没有啊。"

江奈突然扶住她的腰,发力一举,将她放置到台子上,他又双手一撑台子自己也坐了上去。

喻思彻底傻了。

他什么时候这么有力气!

喻思巴巴地看着他,曾经那个幼小瘦弱的小朋友不见了,变成了高大俊朗的男生。

"待会儿想喝奶茶吗?"江奈打着手势。

"可以啊,叫上他们一起。"

江奈果断拒绝:"不要。"

喻思咧嘴笑:"花贝也不要?"

江奈拧眉。

喻思赶紧转移话题:"待会儿我们就去胡家肉店那边,有一家做杨枝甘露特别好喝,椰汁配着西米,绝对是续命神器……"

她晃着腿轻快地说着,江奈突然伸手撩起她脖颈上的湿发,温柔地放在后面。

他捏了捏喻思细嫩的后颈,打着手势。

"只要你。"

他这样说。

喻思几乎是同一时间扎进了水里,溅起的水花美丽非凡。

14

那天，喻思第一次觉得幸福这个字眼，是那么快乐。

她快乐了，就有人痛苦。

花贝为跟胡有七保持距离去了深水区，胡有七当然紧随其后。

可谁知小胖子在深水区一口气没上来呛了水，人在危急的关头没有任何理智，他抓住花贝的脚踝就像是抓住了救命稻草。

花贝被突如其来的一股强悍力量死死按进水里，两人拼命扑腾，游泳馆的教练第一时间发现，火速扔过来一个救生圈。

所幸虚惊一场。

花贝呛得厉害，瘫坐在台子边大口喘着气。

胡有七要哭了，跪坐在旁边一个劲地搓手："对不起，对不起，对不起，对不起……"

花贝有气无力地摆摆手，表示没关系。

胡有七着实有些委屈，抿着唇可怜兮兮地解释："我真不是故意的，我……"

胡有七流下了两行热泪。

首次小团体游泳，有大悲有大喜。

喻思晚上躺在床上翻来覆去，她激动得不行，想到少年最后的那句"只要你"，咬着被子喃喃自语："这就是幸福的感觉吗？"

"什么感觉？"

黑灯瞎火陡然冒出一句话，喻思吓得弹了起来，这才发现床边趴着起夜的妹妹。

"把我吓死，好继承我的大红木唢呐吗？"

喻玥无声鄙夷，正要回房间时被拉住，喻思问她："你觉得江奈哥哥好不好？"

"他要是能给我买个滑板就好。"

"你还是做梦去吧。"

喻玥走回房间又折了回来,趴在床边小声说:"姐姐觉得好的人一定是好人。"说完快速亲了下喻思的脸颊,转身逃跑。

喻思抹了抹脸,"嚯"了声,笑笑。

15

喻玥太喜欢自己的姐姐,所以在李华芝或是喻祖德骂喻思的时候,永远第一时间站出来为姐姐撑腰。

当然姐姐也是一样,有人欺负小不点,那绝对是十万个不可以。

喻玥在学校跟同学发生争执被抓破了脸,李华芝都没当回事,喻思却执意要管,她直接冲到学校去找喻玥的班主任,这才知道跟妹妹闹别扭的学生大有来头。

"我管他是什么身份,做了错事就得道歉,不道歉这事没完。"

喻玥一贯的胆尿,拉着喻思的衣角:"姐姐回去……"

最终,事情闹到对方家长来了,这才让小朋友道歉,两人手牵手,以后要做好朋友。

事后喻玥跟个小大人一样,抱着胸:"韩星宇爸爸是谁你不知道?南城赫赫有名的大人物呢,要是得罪他了,我还怎么混啊。"

喻思往嘴里抛了颗花生豆,满不在乎:"我才不怕。"

远远地看到江奈的影子,她擦了擦嘴角,挥手喊道:"江奈,江奈!"

看她跳脱奔跑的样子,喻玥的小脑瓜算是明白了一点。

"姐姐啊,这个世界总有你怕的。"

16

致远中学在夏日要举办一场有意义的活动，立意为"传统文化进校园，少年志当存高远"。

随着新媒体时代的快速发展，大部分青少年对于传统文化的了解少之又少，少年们是时代前沿的新浪，由他们传承创新，是树立新时代文化自信最好的方式。

致远校长在这方面颇有建树，做了很多有意义的活动，而这次的传统文化进校园，则加了个压轴的表演项目。

喻思被林老师叫去校长室的时候，里面坐着七八个同学，他们都是由各年级老师带过来的。

喻思的出现让人眼前一亮，小姑娘长得机灵，眼睛弯弯的，恬静又可爱。她很会活跃气氛，等待校长的空隙就跟各个老师同学打成了一片。

老师们跟林老师夸赞，你的学生真有意思。

林老师靠在椅背上笑笑："没别的本事，就是话多。"

林老师此刻是骄傲的，因为校长跟他交了底，压轴项目是喻思带领几个学传统乐器的学生演奏，有意着重宣传喻思和唢呐。

调皮学生终于得了件让他脸上有光的好事。

校长跟他们开完会，直接敲定了民乐老师。喻思越听越激奋，当天就跑去乡下告诉江老爷子。

临别的时候，江老爷子亲自去送喻思，在那昏暗的路口，喻思亮着眼睛很是自豪。

"我能做师父的徒弟真好，师父，我一定会好好干的。"

十六岁的喻思，在最美好的年纪就懂得探寻更多的意义，所以她认为人生美妙，充满无限想象。

"师父,我要唢呐亮亮堂堂,一骑绝尘。"

江老爷子背着手,看着那光亮越行越远,不免欣慰喟叹。

17

传统乐器小组的同学来自不同年级、班级,性格不一,但都特别好。

民乐老师挨个跟学生们聊过,也测试了他们的等级,轮到喻思的时候,老师对她能熟练演奏多种乐器颇为惊讶。

"你可以啊。"

喻思挑眉,毫不谦虚:"那可不,江家班未来的大班主。"

"想过以后学音乐吗?"

喻思收好唢呐套回袋子里,她回道:"我没想那么远,我师父让我学什么,我就学什么。"

"这么喜欢你师父?"

"对啊,最喜欢我师父和春喜。"

"春喜是谁?"

"我养的一条狗。"

民乐老师直接笑出声来。

江奈那时候还不知道自己排在春喜后面,喻思确实是顺位第三告知了他这个消息。在江家蹭饭的时候,江爸江妈都特别高兴,一个劲地给她夹菜。

喻思鼓着腮帮子,说:"谢谢叔叔阿姨,我一定不会给江家丢脸的。"

江奈淡淡地笑着,喻思歪着头也笑眯了眼:"我也不会给哥哥丢脸。"

江奈点点头,把最后一个鸡翅夹给了她。喻思大口嚼着鸡翅,觉得此刻自己就是世界上最幸福的人。

18

小组训练还是有些困难的,各类乐器汇集需要不停地磨合。活动定在下个星期五,喻思每天都要抽两节课的时间过去练习。

组内有个高二年级的学姐,恰好跟秦见认识,这可不得了,秦见隔三岔五就打着探望的旗号过来观望。

"小思思,叫声秦哥哥来听听。"

他总是这样没脸没皮,害得喻思被大家笑话。

练习室外,喻思摩拳擦掌,把脖子扭得"咔咔"响,她勾勾手指:"你来。"

秦见乐呵呵地跑过去,喻思十分凶猛地拉住他的胳膊就来了个背摔:"瞧见没?谁才是大哥?嗯?"

秦见身子硬朗,他躺在地上大笑,差点挤出泪花:"喻思啊,你怎么那么可爱啊!"

看来他是病了,还病得不轻。

喻思像看傻子一样看着他,翻了个白眼。

她回到教室之后,语文课代表就站在她桌子旁,有些着急:"你作业还交不交?再不回来我就要翻你书包了。"

语文课代表特别老实,话是这么说,可每次都要等到喻思回来。

桌子上还落着一沓试卷,喻思喊后桌的同学:"你怎么不往后传啊?"

后桌懒洋洋地抬头,扶扶眼镜:"那都是你的卷子。"

语文课代表补充道:"林老师说了,应试、素质两手抓,尤其是你，老师还让我给你传话，'只要做不完，就往完了做'。"

喻思痛苦扶额，这世界还能不能好了？

19

致远中学将活动办得很丰富，还添加了几个体育项目。

季良才在班里跟胡有七说有篮球赛，问他参不参加。

胡有七："我不去。"

"我好像听说学校选了一支啦啦队，都是致远最美最聪明的女生，隔壁班花也……"

胡有七当即弹起，握拳："这么重大且有意义的活动我们怎么能缺席呢！立刻马上出发报名！"

课间他还鬼鬼祟祟溜去三班看花贝，透过玻璃看到花贝跟几个女生在聊天，别人都笑得张牙舞爪的，只有花贝仔细聆听，偶尔垂眸一笑。

胡有七猫着身子看得入神，一回头发现喻思拎着唢呐蹦蹦跳跳地回来，遇人就是"你好我好哥俩好"的那种恣意，他抽抽嘴角。

如果说花贝是高山之莲，那喻思就是大霸王花。

喻思仿佛能看透胡有七在想什么，人未到声音先传来："三班的花贝同学！窗外高能预警！"

花贝一转头就看到了躲藏的胡有七，她起身出去。

胡有七无处躲闪，也不想跑，他害羞地挠挠头："我就是路过，路过，你快进去吧。"

喻思跑过来，拍拍他的肩："怎么，你怕被三班群殴啊？"

胡有七摇了摇头，面上竟显露出几分楚楚可怜："我怕给花贝带来不好的影响。花贝，你快进去吧，被别人看到你跟我们在一起不好。"

花贝淡淡回应:"没事,就是下次你别来了。"

就这么一句话,让胡有七上了天。

事后他激动得脸颊绯红,晃着喻思的胳膊:"听到没听到没,花贝好贴心啊,还让我别去了,一定是担心三班的人为难我,真为我着想呢!"

喻思面如死灰,她好好一个大侄子啊!

20

秦见竟然在热身赛上见到了江奈。

江奈作为低年级代表,是最有冲力和秦见一搏的。

季良才和胡有七短暂地为江奈立起了战队。

江奈是特殊的,他可以感觉到所有人都在让着他。中途喝水的时候他摆弄了下助听器,不远处有人在说话,他虽听不清楚但也知道在说自己。

秦见觉得江奈针对自己的意图过于明显,他心里有点数,但不确定。

校篮球队的教练也在场内,他的目光一直随着江奈的步子走,时不时点点头,眼里泛出光彩。江奈看着文质彬彬的,一上场浑身上下都是刺儿,他个子高,身体硬实,攻击力极强,还很懂临场变通——这是教练需要的猛将。

结束的时候,秦见看到教练喊江奈过去说了些什么,因为队里一直在招新生,所以不难猜出他们的话题。

江奈抱着球回来,秦见就站在那里。

很明显在等他。

秦见开门见山："学弟，你对我是不是有什么不满？"

江奈将校服穿上，抹了抹额前的湿发，很乖很安静的样子。

他沉默会儿，终是回答："你知道。"

果然，秦见微微挑眉，眼里有笑意。他走近江奈，用只有两人听到的声音说道："喻思？"

江奈不语。

秦见漫不经心地用脚尖滑着地板，他环着胸，丝毫没有压力："其实，在我眼里你没有任何威胁，学弟，想要什么就抢，跟球场一样。"

江奈又等了一会儿，球馆门口有个熟悉的身影，正是喻思。

她拎着江奈的书包，正在探头眺望。江奈今天莫名要让她来送书包，平时两人基本不会在学校这样接触。

喻思清脆的呼喊声响起，球馆的人都看了过去。

江奈将手中的篮球随意颠了两下，回应道："她从来不是物品，我也不会给你任何机会，但如果你非要……"他笑笑，将球抛给秦见，"给你这个吧。"

喻思要跟江奈回家的时候，江奈说再等十分钟。

二人什么都不做，就站在那儿。

喻思："为什么要等十分钟啊？"

江奈背好书包，握紧带子的手心生出了汗。

因为，会十分想你。

第五章·
你的温柔，人间良药

你再说一遍
我说
风也温柔

01

喻思怕热，夏天爱吃西瓜。

李华芝这方面倒是做得挺好，经常给女儿们买瓜。

喻思放学后回来，先扑到桌子前抱起西瓜狂啃，她啃了大半觉得有些辣嘴。不用想，肯定又是李华芝用切瓜的刀拍了大蒜和辣椒。

喻思"嘶"了几声，嘴角两边火辣辣地疼。

喻玥拧着眉在写作业，回头时看到姐姐捂着嘴，她问道："西瓜里啃出金子了？"

喻思紧接着就开始咳嗽，喻玥这才起身过去，她尝了口西瓜转头就冲厨房里喊着："妈！你又不洗菜刀！把姐姐给辣着了！"

厨房里传出李华芝的声音："把嘴洗洗不就好了！"

喻思当时用清水冲了冲嘴巴没有在意，却不想半夜的时候双唇越发肿胀。

唇瓣四周生起密密麻麻的小红疹，又痒又痛，喻思摸灯起来去照镜子，这可不得了，她比《东成西就》里梁朝伟的香肠嘴还要红肿。

喻思险些吓软在卫生间，摸着嘴不停地说着完了完了。

后天就是活动的日子，校长对她寄予厚望，自己怎么能关键时刻掉链子呢？

喻思越想越心慌，便去喻玥房间把人喊醒，一起找药膏。

最终，药膏没找到，喻玥从冰箱里翻出冰袋给姐姐，说敷一敷应该会消肿。

喻思抱着死马当活马医的心态，敷上了冰袋。

就这样，第二天早上起来的时候，原本红肿的双唇上又出现了水泡，喻思仿佛被无情的天雷击中，她彻底瘫倒。

02

老喻带着喻思去医院的时候，喻玥在家中怒瞪李华芝。

"你明明知道姐姐对生大蒜过敏，每次切瓜都不洗菜刀，她后天有表演，你让她用鼻子吹啊？"

李华芝被小女儿说得很没面子，揪着她的衣后颈将她扔出家门："给我滚，我真想把你塞回肚子里！"

等了一个多小时，李华芝在家给老喻打电话："怎么样了？"

老喻回她："没什么大问题，输完液等着自然消。"

两人又说了会儿话，要挂电话的时候，老喻突然说："那个，记得把菜刀洗一下啊。"

李华芝闷声闷气地哼了声："要你说？"

喻思跟林老师请了半天假，下午回去的时候在班里引起了一级轰动。

林老师就等在教室里，看到喻思那张嘴的时候，他差点咬到自己的舌头："咋咋咋，咋这样了？"

班长季良才笑到牙床暴露："别致呀。"

喻思都懒得戴口罩，顶着那张香肠嘴坐回位置去，她将书本用力拍在桌子上，着实生气。

胡有七看热闹不嫌事大，还拿出手机拍照，说要发给最好的朋友看看。

喻思本就憋着气，抓住胡有七开始挠抓，两人还是被林老师给拉开的："别闹别闹，跟我去趟医务室。"

医务室的校医问了喻思的检查结果后，跟林老师说："没什么大事，过敏，养几天就好了。"

林老师犯了愁："可是她明天有表演啊。"

喻思心急如焚，口齿不清地急道："没关系，我可以，我很坚强！"

03

"喻坚强"的事情被校长知道了，被小组成员知道了，很快，半个学校都传开了。

喻思不死心地掏出唢呐来，音不成音，调不成调。办公室召开了紧急会议，决定把喻思去掉，让民乐老师立刻更改排练。

事到如今，喻思不认也得认。

那天她的情绪格外低落，甚至不敢跟江老爷子去汇报。她在学校磨蹭了好久，见事情无转机，这才踩着余晖回家。

喻思走到家中楼下，看见江柰在树下站着，她正委屈地想诉说一番，江老爷子现身出来。

她就更委屈了！

那小嘴……不，大嘴一瘪，四弦一声如裂帛："师父！救命啊！"

04

晚饭是在江奈家吃的，江家男女老少都盯着喻思的双唇看，她闷闷不乐地扒拉着米饭，夹了块红烧肉还塞不进嘴里。

江奈将那肉给戳成两半，再递给她。

江老爷子冷着一张脸不说话，江爸看出些什么来，开始劝说："爸，您待会儿别去找华芝，我下午看她面上很是愧疚呢。"

江老爷子一拍桌子："愧疚？她能有愧疚？"

江爸赶忙提醒："爸，孩子在呢。"说着他眼神示意还在埋头吃肉的喻思。

江老爷子只得把怨气咽回去。

这时候江妈端出绿豆汤，给师徒俩一人舀了一碗。

天色晚，江老爷子就在儿子家住下，他本来高高兴兴进城想看徒弟表演，现在心里头拔凉拔凉的。

喻思回家后，家里的气氛也不太活跃，喻玥估计又被李华芝给骂了，写作业都憋着眼泪。李华芝看到喻思就别开眼神，直到晚上睡觉，都没有跟她说话。

今晚的月亮特别圆，银光洒在屏风上，映得上面的小蝴蝶闪闪发光，它们像是要钻出木头展翅高飞。她看得出了神，困意全无。

手机振动了下，是江奈来的信息。

喻思起身看去，他就站在茂盛的香樟树下，朝她挥了挥手。

05

时隔多年之后，喻思还能记起当时的江奈。

他说："遗憾也是一种美，思思，世事难料，你最重要。"

江奈往她嘴里塞了颗糖，甜甜凉凉，还有点小清香。

那是一颗樱桃味薄荷糖。

喻思觉得，一定是江奈的这颗糖拯救了自己，第二天早上，她那张肿胀的双唇突然就消下去了。她抱起唢呐往学校飞奔，清晨的光洒在身上，微风从发间穿过，她的笑声仿佛是这自然中最美妙的音乐。

喻思那一刻，突然明白了点什么。

她总说自己学唢呐是为了师父，作为江家班最小的孩子，身负重任，力抗传承。但这都不是真正的原因，喻思觉得，她是因为喜爱，发自内心地喜爱，才愿意去做这件极具挑战和坚持的事情。

少年就是少年，初心贵重，始终如一。

06

喻思出现在活动现场，志愿者们大抵是听说过"喻坚强"的事情了，看到她时还盯着嘴唇看，其中有个相熟的同学调侃道："你来干什么呀，砸场子啊？"

喻思拎着自己的唢呐，一个箭步跨了过去，站到了舞台上。

她脑袋一歪，眉梢微挑："我是来告诉你，什么叫掷地有声的炸裂。"

小组成员们本来就因为改了谱子在苦恼，看到喻思回来，瞬间提起了冲劲。民乐老师特地看了看她的嘴，再三确认能不能吹。

喻思可爱地噘起嘴唇："什么都能吹，除了吹牛。"

这本该是一件皆大欢喜的事情，校长尽心尽力做好传统文化的宣传推广，就是想让领导们检验成果。可当喻思准备就绪的时候，看到了走过来的领导们，为首那位很是眼熟，正是之前跟妹妹打架的韩星宇的爸爸。

要么就说人倒霉的时候,没有更惨,只有最惨。

她想起自己当时批评韩星宇爸爸的模样,就觉得自己的嘴长得多余了。

于是一向舞台风超级稳定的她,险些一嗓子喊出"起棺上路喽",刚开音就被自己的口水给呛住,台上所有人都紧张地看着她,焦急地等着唢呐起调。

校长心头一紧,使劲给喻思使眼色。

这是一段不算顺利的开场,但喻思起调之后,二胡和琵琶紧随其后,还有竹笛相辅。民乐老师本意想打造高山流水般的意境,但是唢呐的穿透力太强了,喻思一出手,谁又能与其争锋。

她高调、强力、势不可当,甚至眼神里都透露出傲人的英气。

众人目不转睛地盯着最中间的喻思看,只觉这个小姑娘闪闪发光,比星耀眼。

07

喻思担心的事情还是发生了。

韩星宇爸爸认出了她,林老师过来领喻思去见面的时候,她心中疯狂打鼓。

偌大的会议室里,坐的都是大人物,林老师拍拍喻思的肩,示意她好好表现。

韩星宇爸爸笑着朝喻思招手:"小朋友,好久不见啊。"

众人疑惑,喻思略微尴尬地点点头,挤出一个笑容,好想不见啊。

喻思来的路上做了最坏打算,要是这个领导因为妹妹的事情而迁怒自己,那她就要据理力争,但是她没有想过,被夸赞表扬可怎么办啊!

韩星宇爸爸对喻思所在的民乐小组有很高的评价,他希望教育系统能对传统文化再多点扶持和包容,也建议其他学校多多学习。

他特地表扬了喻思:"小少年大能量,未来可期。"

校长心底乐开了花,致远不仅荣获名誉上的称赞,还额外得到教育补助。林老师坐在最后面,部分老师朝他看过来的时候,他还假意端着,可脸上得意的表情已经掩盖不住,就差写上:我的学生,我带的。

喻思从会议室出来的时候,着实松了一口气。

08

篮球赛打得晚,喻思跑去篮球馆找花贝,花贝穿着橙色的队服独自坐在看台上。当时人还没来齐,场下两三个球员站着闲聊,喻思坐过来就问:"胡有七呢?"

"应该在换衣服。"

刚说着,就看到胡有七从入口处跑了进来,胸口落着大大的数字"10"。

喻思略微嫌弃地点评:"一顿操作猛如虎,一看战绩'零杠五'。"

花贝望向场上朝自己挥手的胡有七,突然说道:"重在参与,喜欢就好。"

喻思饶有兴致地转头看着花贝,花贝淡然的神情似乎比以往多了些柔和。

花贝其实在前几日,经历了一点小插曲。

她练舞时总是记不住动作,无法与队员达成平衡,为此花贝没少遭到啦啦队其他成员的挤对,她们抱成小团时常议论此事。那时,胡有七站出来非要跟花贝一起跳,他很胖,动作难看,别人都嘲笑他,偏他不管不顾。

"有些人就是嫉妒你的美貌。"胡有七很认真地说道,"你跳得特别好。过于优秀就会遭到排挤,喻思曾说过,木桩扎在地里,大风偏爱刮它。"

木秀于林,风必摧之。

花贝终于明白,为什么自己喜欢喻思,为什么自己不喜欢胡有七却也不想排斥他。

因为他们都是善良的人,夸赞的语言脱口而出,没有半点诋毁之心。

花贝的成长环境其实要比喻思和胡有七优渥,她什么都有,却好像没有快乐。此时喻思捏着她的裙角,满眼真诚:"果然是喝花露水长大的仙女,这裙子只有你配得上。"

花贝淡淡一笑,眼角有些微红。

09
江奈拒绝了篮球校队的邀请,教练非要让他考虑一下。

"不考虑了。"

"为什么?"

"沉迷学习,无法自拔。"

两人一本正经的谈话,最终以幽默结尾。

秦见和队友们站在场外聊着,话题多半是猜测江奈要入队的事情。秦见拍着球百无聊赖地等着,待会儿教练可能要开会。

队友们对江奈看法不一,有贬有褒。

"他能翻出什么浪来,年纪小又没资历,靠什么,靠这个吗?"

秦见看到一个队友指指耳朵,十足嘲讽的意味。秦见当下就来了火气,将篮球用力往地上一扔,说道:"你觉得好笑吗?"

那队友微愣,讪笑:"我就开个玩笑。"

"玩笑也不行。"

"他来了对你有什么好处啊?"那队友看不过去,直言说道,"江奈要是加入进来,队长,用不了多久你的位置就保不住了,我们都是为你好。"

旁边有人小声插嘴:"我没说……"

"关键的时候咱能不能一条心?吃我火锅的时候你怎么不说不吃呢?"

秦见打断几人的争吵,走上前去说了些心里话:"咱们是一个团体,团体就要有团体的包容性,我们的原则就是扶持共进,对外不对内。江奈要有本事,队长的位置尽管拿去,谁都不能因为我而去欺负他。"

江奈要离场的时候,秦见主动跑过去打招呼:"这就走了?"

江奈看他一眼,淡淡说道:"嗯。"

"不开会?"

江奈不笨,能感受到来自篮球队队员探究的目光,他取下额头上的头带,漫不经心地回他:"开什么会?"

秦见没有丝毫的别扭,他笑道:"当然是加入我们的会议。"

江奈看着眼前血气方刚的少年,其实他们年纪是一般大的,球场上意气相合,如果不是因为某些原因,两人一定能做好朋友。

江奈走的时候,跟秦见说了这样一句话:"球场让给你。"

10

喻思可以说是在致远小小出名了一把,奖状是校长开大会颁发给她的,还有鼓励金,简直就是人生高光时刻。可惜她在班上蹦跶没多久,一个期末考试就把她打回了原形。

暑假来临,林老师让各科老师单独给喻思布置作业,喻思的抗议被驳回。

林老师:"给你开小灶还不愿意?你看谁有这待遇?"

喻思一脸委屈地说道:"此刻我想给您吹奏一首《明明说好我给你争面你放我游荡且不过问我风姿多彩的未来但却在这炎炎夏日给我灼心一击发誓再也不信你之悲惨命运》。"

林老师冷漠地转身拿了物理册子:"加一。"

美妙的假期,它不在了。

喻思暑假回乡下住,天天搬个凳子坐在葡萄架下写试卷,江老爷子"哼哧哼哧"在旁边吃瓜,从西瓜、甜瓜、木瓜、南瓜,甚至到冬瓜,春喜从大棒骨、小排骨、嫩脆骨,直至舔到自己的大爪子。

"此刻我想吹奏一首……"

江老爷子打断她的话:"闭嘴写作业,别打扰我们吃饭。"

春喜适时"汪汪"两声,意为附和。

喻思无助望天,感慨:"等熬到你们都老了,我就给你们挨个吹奏一首……"

11

喻思人在乡下,却接到了两个采访。

一个是电视台的编导,说要做关于青少年励志的纪录片,想把喻思和唢呐加进去;另一个是非物质文化遗产研究中心的老师,专门针对目前的几个唢呐班做田野调查。

他们先找到的学校,校长安排给林老师,林老师询问过喻祖德这才过来的。电视台的人由喻思接洽，非遗中心的调查则交给了江老爷子。

喻思坐在院子里，手握唢呐，浑身别扭。

林老师西装笔挺地在旁边站着，时不时整理一下领带衣角。看工作人员还在忙碌，喻思小声说道："老师，我不太想抛头露面。"

"你傻了？"林老师白了她一眼，示意凳子，"给我坐好，这么好的宣传机会不要，你打算绝了你师父的班子吗？"

喻思郁郁寡欢地坐了回去，再一转头，看到江老爷子跟非遗中心的老师侃侃而谈。

摄影师调整景别的时候，看了眼镜头里略为拘谨的喻思，跟编导说道："小姑娘上镜挺好看，待会儿引她说话要轻松点，别让人紧张。"

编导有经验，跟喻思聊起了琐碎的生活："思思学习怎么样？"

场外林老师脸上的神色一紧，眼神示意她不要乱说。

喻思吐吐舌头："班主任总说牛顿是被我气死的。"

所有人都憋住笑，林老师默默地捂住眼睛，他就知道是这个样子。

"在班上跟同学们相处得融洽吗？"

这个话题有意思，喻思想到同学们就不紧张了，她甚至还有些张扬："特别融洽，只要我们跟隔壁班打架就让我出战，班主任说了，成绩可短，志气不能短。"

编导笑了笑："你们班主任真有意思呢。"

林老师两眼一黑，觉得今天是过来自取其辱的。

后来，电视台工作人员又采访了林老师和江老爷子，一帮人折腾了整天，最后都筋疲力尽，喻思倒是来了精神，帮这个弄那个，时不时说个段子逗大家开心。

非遗中心的老师年纪较大,临走前还跟江老爷子说:"有徒如此,夫复何求。"

江老爷子一脸的自豪与骄傲。

12

江奈那段时间跟着江妈回了外婆家,也不在家。

他们会互通信息,偶尔视频。

今天视频的时候,喻思发现江奈戴上了眼镜,她急着问:"你眼睛怎么了?"

"没事,有点近视,看不清黑板,就配了个眼镜。"

喻思松了口气。她太紧张江奈了,戴眼镜肯定是近视啊。

另一边,小不点喻玥没跟姐姐来乡下,说每周都要去小组组长家写作业。

再细问,那个组长竟然是韩星宇。

喻思在电话里强调:"你可不能再打韩星宇啊!到人家家里也别总是拿吃的,别人没让你碰的东西坚决不能摸,尤其是看到长辈得问好。"

"这我当然知道了。姐,人家爸爸特别好,给我们每个去家里的同学都送了新书包,还说谁的毛笔字写得好就奖励毛笔。狼毫笔,你知道吗?说是用狼做的毛笔呢!"

"是黄鼠狼,我的妹。"

"反正都是狼!咦,春喜能不能做毛笔?"

"我看你的头也适合做。"

"姐姐,等学习周结束我就去找你,妈妈天天想打我,烦死了。"

喻思悠闲地吐着葡萄皮："没事，你皮厚。"

妹妹说要来，最终没来成，也不知是学习任务重，还是李华芝不让她乱跑。

喻思在乡下无聊间，终于等来了好朋友，花贝拎着行李箱过来找她。那大包小包的都是进口零食，尤其是榛子巧克力，入口浓香丝滑，江老爷子还吃上瘾了。

喻思挤眉弄眼地给江老爷子示意，别一副没见过世面的样子。

花贝乖巧地给江老爷子倒茶："麻烦您了爷爷。"

江老爷子摆摆手："不麻烦不麻烦，蹭饭嘛，一起吃香！"

喻思扶额，字都是咬碎了挤出口的："嘶……她家有岛，哪用蹭饭……"

江老爷子听过这个梗，一拍大腿："来扶贫！扶贫对不对？真是个好孩子！"

喻思一倒，装死过去。

13

江老爷子家前面有一片花海和一条小河。喻思带花贝过去的时候，一路上春喜都跟着花贝，狗子能讨到好多鱿鱼丝吃。

花贝摸着春喜的大脑袋说："小的时候我养了一只乌龟。"

等了很久没有下文。

喻思回头问："然后呢？"

"被保姆阿姨做菜了。"

花贝父母育子很严格，一直觉得孩子容易玩物丧志，除了学习，家中不让花贝有任何与学习无关的兴趣爱好。

喻思想安慰人，又不知道说什么，她喊了一声春喜："叫姐姐。"

春喜就冲花贝"汪汪"了两声。

花贝开心坏了,弯腰亲了下春喜。

喻思:"怎么样,春喜比胡有七还聪明吧?"

花贝微微一笑,没有说话。

那天花贝没有走,决定在这里住一晚。两人坐在花海里看星星,晚风微凉,花香扑鼻,花贝突然指向夜空:"是流星!"

等喻思探寻的时候,花贝已经双手合十,许完心愿。

"喻思,我的愿望会不会实现?"

"仙女的愿望都会实现的。"

花贝一声轻笑:"别骗我了,我又不是胡有七。"

乡间的夜晚寂静又美妙,喻思凑近些说道:"我不骗你,那颗流星只有你看见了,它就只会完成你的心愿。你这么幸运,就是仙女。"

花贝眸光闪烁:"真的吗?"

"我说的全是真的!"

花贝抱着膝盖仰起头来,突然就哭了:"我信!喻思,我刚才许愿要我们做一辈子永不分离的好朋友。"

14

假期快要结束的时候,胡有七给喻思打电话,言语混乱又急切:"我去她家看到有人打架,她妈妈好凶啊……离婚了你知不知道?"

花贝父母恩爱珍贵的情谊,停在了花贝十六岁的夏天。

花贝一夜之间长大,却又开始畏惧未来。

喻思急急忙忙去花贝家,胡有七就在附近等候。

花贝的家好大好大,三层复式豪华别墅,但是里面的家具都快要被搬空了。喻思站在跟小操场一样的空地上，就那么傻傻地站着，她没有遇到过这样的场面，不知道该怎么办。

最后还是把胡有七叫过来，三人坐在房间里聊天。

花贝给他们拿了一袋夏威夷果，喻思和胡有七都认为此刻不太适合直言安慰，就想先吃点东西。

胡有七将夏威夷果放进嘴里，"咯嘣"一下，险些把牙给崩碎。

喻思吸取教训，用拳头去砸，圆溜溜硬邦邦的坚果三百六十度旋转，飞了出去。

随后二人合力用房门去夹坚果，花贝端着西瓜汁上来的时候，看到两人一本正经地携手干活，多日萦绕在她心头的阴霾，一瞬间全无。

喻思和胡有七，比任何灵丹妙药都要神奇。

花贝取出袋子里的一个小钢片，插在夏威夷果细缝之间，轻轻一扭就开了。

喻思恍然顿悟："会读书的就是不一样啊。"

胡有七猛点头："比江奈还聪明。"

花贝主动说起家中情况，父母离婚闹得很严重，他们都在逼她做个选择。但是花贝又说，父母的性子她了解，她不管跟谁住或者自己住，他们都不会对她缺乏关爱，这一点，花贝是相信的。后来，她选择自己生活。

喻思走的时候，花贝站在门口喊了她，随即笑笑说："别忘了我们的约定。"

胡有七八卦地问喻思什么约定，喻思说："永远做好朋友。"

"为什么不能跟我永远做好朋友？"胡有七酸了。

喻思挑眉，招招手附耳道："因为……你这个二愣子，怎么配得上小仙女啊。"

胡有七扭动屁股,一下子就把喻思给撞飞了。

15

"二愣子"在新学期看到分班表时,蒙了。

他气势汹汹地去找喻思算账,当时喻思正扒着墙上的名单,看到自己和江奈排在一班,也正处于五雷轰顶中。

胡有七气不打一处来,指着墙上她的名字怒问:"你为什么在文科班?"

"呃,我报的文科。"

"你报文科就算了,花贝也报文科,你竟然诓我去选理科?"

"我不知道花贝选文科啊,事后才知道的。"

"那你为什么不赶紧告诉我啊!"胡有七急得满头大汗。

喻思戳戳手指头:"我那不是怕你知道了,江奈也就知道了嘛。"

胡有七将墙上的名单拍得"啪啪"响:"那你告诉我,为什么江奈跟你一个班?"

"你这个问题问得好,我也想知道。"

喻思当时的计划是跟江奈分开,让人家好好学习,但是江奈怎么就选了文科,她也很纳闷。

胡有七根本不信,他说:"你就是故意的,只管自己跟江奈在一起玩,完全不顾我和花贝!"

喻思挠挠眉间:"不是啊,大侄子,你和花贝,那是你一厢情愿想和人家一起玩……"

"你肯定也是一厢情愿!不然像江奈那样的高冷学霸,怎么可能会真的想跟你玩!谁会喜欢一个整天吹喇叭,还那么聒噪的人啊！真以为你和江老爷子上个电视就是明星了？大家背地里都不喜欢你们！"胡有七真是气急上头，才会说出这样的话。

喻思冷下脸来："胡有七，你再说一遍。"

江老爷子是喻思的底线，今天就算换作是江奈，她也毫不客气。

胡有七突然就怂了，支支吾吾没敢再吭声。

这下轮到喻思生气，她咬咬牙，道出两字："绝、交。"

胡有七委屈不已，红着眼睛道："绝交就绝交！谁稀罕！"

16

新学期新气象，分道扬镳不稀罕。

江奈不仅和喻思分在一班，座位还挺近，班上熟悉的同学不少，其中就有季良才。

花贝分到了文科四班，喻思和江奈在文科一班，唯独胡有七一人留守理科二班。

江奈见到喻思一点都不惊讶，还友好、善良地打了个招呼。

喻思往他桌子上一趴，叹息道："你是不是猜到我要选文科，所以你也选了？可是你理科好啊！而且花贝一心想要拿文科魁首，这下可好，你又树敌了。"

"起来。"江奈抽出湿巾，提起她的袖子，"桌子脏。"

喻思抿抿嘴，忍住了接下来的话。

我会败你气运的，还会惹事。

高高在上让我瞻仰不好吗？

17

江爸组织了饭局，在家里弄了一桌子好菜。

喻思一家全部受邀，江老爷子也准时到位。

首要就是庆祝孩子们升高二。推杯换盏间，喻玥坐在角落嘟囔："不知道的还以为给你俩定亲呢。"

喻思当即捂住她的嘴，用凶狠的眼神扼制住童言无忌。

可大人们都听到了，全部哈哈大笑，尤其是江老爷子。

他说道："小崽子想什么呢，我们思思将来要做音乐家，那肯定得找个霸道总裁做夫婿的，我之前就听说学校有个臭小子想请她去看电影，又高又帅又有钱。"

喻思吓得冷汗直冒："师，师父，求您了，吃饭吧。"

她真不该什么事都跟师父讲，还霸道总裁，一把年纪都看了些什么！

江奈挑了根青菜，放进嘴里慢条斯理地嚼着，明明动作很正常，可喻思怎么看都觉得怪怪的。

吃过晚饭，喻思下楼扔垃圾，发现江奈拿着手机站在路灯下，他低着头在翻看什么。小姑娘蹦蹦跳跳地跑过去打招呼："好巧啊。"

江奈看到来人，推了推眼镜，将手机屏幕对向她："想看什么电影？"

"我……"看来这事注定翻不了页。

江奈："秦见确实是一个很热情的人。"

喻思有些尴尬："其实我跟他……"

江奈一脸平静地收了手机。寂静无声的路灯下，人影单薄，他朝她走近了些，低头浅浅问："今晚的月色好看吗？"

喻思脑子转啊转，抬头望天，月亮又圆又大。

她经过认真思考后，郑重地说道："比闰土刺猹那天还好看。"

江奈静立半晌，唇角微动。

他突然什么话都不说，转身走了。

喻思丈二和尚摸不着头脑，急切地说道："你还没听我狡辩呢，不是，听我解释啊……"

18

喻思觉得自己失去了两个好朋友。

她跑去找花贝，恰好胡有七也在，人家直接白她一眼转头就走。

喻思气不打一处来，捋起袖子就想上去揪他过来教训——大侄子翅膀硬了，敢跟长辈甩脸。

花贝拦住她，劝了句："别这样，他还小。"

喻思的脾气来得快，去得也快，她说绝交也只是绝交一段时间，毕竟是二师兄的孩子，多少得留些情面。胡有七不上道，看来还得冷静冷静。

喻思先提正事，她抱着胸沉沉开口："仙女，我问你一个问题。有两个好朋友晚上站在树下聊天，其中一个朋友突然问另外一个，说今晚月色好不好看？"

花贝眼里有笑意，像是看透一切。

她说："你怎么回答的？"

"啧，我当然说比闰土刺猹那天还好看！"喻思脱口而出，想了想觉得哪里不对，她急忙更正，"不不，不是我，是我的一个朋友。她回答后，另一个突然默不吭声地走了，好像有点生气，你说是为什么呢？"

花贝故意逗她："也许闰土刺猹那天，月亮没有那么圆吧。"

喻思信了："真的啊？"

"当然是假的。"眼看喻思急了，花贝这才跟她解释，"日本作家夏目漱石曾以'今晚月色真美'表达月亮在他们心中的某种意象,你也可以理解为,特定情境下,某一种表明心迹的真实感悟。"

喻思越听越糊涂,花贝又说:"他问你月色好不好看,你说比闰土刺猹那天的还亮,在他的心境里是受到了伤害。其实你只要跟那个朋友说一句话,他就不会生气了……"

19

分了新班级,大家热情度不减,上学放学都要腻歪在一起。

喻思拒绝了女同学喝奶茶的邀请,焦急地坐在位置上,她悄悄转头看江奈,江奈还在写作业。

季良才过来敲敲桌子:"还不走?"

喻思:"你赶紧走。"

季良才沉沉一叹,倚在喻思桌子旁竟感慨起来:"选班长的时候我让你给我投票,你倒好,投给敌营,你忘了以前江奈那个班是怎么欺负咱们的吗?好在江奈放弃当班长,这才轮回了我,不然你一个辅助就算出打野装,也得死在人家门口。"

"你别再提这件事情了好不好?以后都不准提,尤其是在江奈面前。"

"怎么,你怕他?"季良才扭头就喊,"江奈啊——"

喻思"噌"地拎起书包揪着季良才就走,跌跌撞撞间引起了江奈的注意。

小姑娘仓皇而逃的身影像极了一只猫,弓着腰身来回躲避,可能害怕别人追上来,还特地回头看了看,在撞到江奈目光时,吓得撒起腿就跑。

江奈心弦微松,他看向窗外阴暗的天色,知道南城的大雨就要来了。

20

喻思撑着伞站在单元楼下,她看到江奈的时候跑上前去,踮起脚尖给他遮雨,动作有些迟疑和害羞。

"那个……"喻思刚想说话,雨势变得猛烈起来,她握住伞把靠近了些。

江奈微微扶住她不稳的身体,很快就将手拿开。

"那个,嗯,咳,林老师今天跟我说,就算分到文科,物理还是他教,跑得了和尚跑不了庙,好搞笑哦,哈哈……"

画面仿佛静止,江奈一动不动地看着她。

喻思抓抓头发,有些着急。江奈看出她的拘谨,体贴地说道:"先上楼吧,我们没……"

他刚想说"没写作业",喻思直接抓上他的领口,攥成一拳:"有救有救,还有救。"

她咬咬牙,一手撑伞,一手将人拉下来:"江奈,那天晚上我想回答你的是,风,风也温柔。"

倏地,一股骤风刮来,将喻思的伞面与铁丝直接抽离。

江奈和喻思被大雨淋了一脸,雨水打湿两人羽睫,他们对望着,像蝴蝶在亲吻露珠。

现实明明是悲催的,可他们却浑然不在乎。

他说:"你再说一遍。"

她说:"我说,风也温柔。"

第六章·
十七那年，就想要脸

我要让自己变得很甜
把你给哄好
这个世界我就不怕啦

01

喻思怎么也没有想到花贝会逗弄她，要不是查了夏目漱石的话中隐喻，她至今还被蒙在鼓里。

绝交是不能绝交的，毕竟这是她最后一个朋友。

就是星期天约好去逛街的时候，喻思放了花贝的鸽子，给胡有七去了一条信息。

胡有七还莫名其妙硬气得很，坚决不跟喻思和好，喻思只能去店铺找人。

店中，大侄子坐在电视机前正津津有味地看着《七龙珠》，喻思说了句："幼稚，这么大的人还看动画片。"

紧接着调到《元气少女缘结神》，喻思眼睛一亮，瓜子一嗑，上头了。

二师兄看到两个孩子都坐在一起看电视，还杵着胳膊闹别扭，于是贴心地端了毛豆和花生来，却不想被胡有七一个人圈在手里。

"你给姑姑吃点。"

"喊，还姑姑，我看是李莫愁。"

喻思吐着瓜子皮,乜了眼,随即挥手示意二师兄别管。

"姑姑本来约了花贝一起去逛街的,但现在我想看电视,要不大侄子你代替姑姑去吧?"

喻思话音未落,胡有七猛地转头,把花生、毛豆往她手里一堆,转身上楼换了身新衣。

胡有七去和花贝逛街回来后,手里还拿着花贝给他买的糖葫芦,他拉下脸来想和喻思和好:"那个啥,我们就嗯嗯嗯嗯嗯嗯……"

喻思十分高冷道:"叫姑姑。"三秒钟没到就皮起来,"叫爸爸也行。"

胡有七倒没生气,而是说道:"我就想问,你跟江奈在一起时也这个德行吗?"

大侄子戳到了自己的伤心事,喻思瞬间垂头丧气提不起劲来。

她在江奈面前丢人丢大了。

02

有一日,林老师在教室里跟大家闲聊:"你们可别跟喻思一块吃东西啊,她会把你们都带歪的。"

话题刚起的时候喻思就浑身竖刺,心道不好。

大家都是从不同的班级调过来的,对芝麻大的事情都能新鲜半天,众人怂恿林老师将喻思以前的小动作都说了出来。

比如她哄骗校长吃辣条,比如她一口能吃下半个西瓜大的面包,比如她连喝几瓶矿泉水都不带喘气的,比如她把薯片捶成渣渣灌在冰棍里吃……林老师颇为佩服地说:"她来回翻窗真的能翻半个多小时,那小细胳膊上全是肌肉。"

喻思将物理课本竖起来挡住脸,小声嗫嚅着:"老师,老师,别,别说了。"

随后就有同学起哄让她表演，说翻窗不文雅，就吃面包吧。

喻思隔着书本都能感受到大家热烈的目光，江奈当然也注视着她，想来平时塑造的小仙女人设今日是要崩塌了。

林老师冲她招手，喊她快些上来。

有人贡献了自己的巨无霸面包。

喻思红着脸上台，颤颤巍巍地给大家鞠了一躬："献丑了。"

她将一个超大的面包用力捶扁，使劲攥成一个小团，随即塞进嘴里，咀嚼两下就咽下了。

底下哄笑一团，但更多的同学感到莫名其妙，有人问为什么要这样吃。

喻思不敢去看江奈的方向，眼皮子朝下："这样子可以吃得多。"

那一天，很多人都笑了。

唯独江奈唇齿紧合，心间阵痛。

03

喻思的新班主任是一位女老师，比林老师还严格。

班主任有个好听的名字，萧明月。

萧老师虽然年轻，但是一点都不好说话，而且她总爱抽喻思背课文、回答问题，就连考试都着重盯着她。喻思"吹嘘拍马"的行为在萧老师那里处处碰钉，几次下来，只好作罢。

萧老师对喻思就一个要求："成绩必须进班级前二十。"

常年徘徊于五十多名次的喻思，当即感到很悲伤。

一次周测之后，喻思鬼鬼祟祟地招来季良才。

季良才听她在耳边叨叨，先是眯眼，后是挤眼，再之后翻白眼，他环胸道:"这勾当,不干。"

喻思不气馁,拉着他苦口婆心:"你得考虑长远,这个班里只有我能摆平校长,有了校长撑腰,咱还怕什么?"

喻思开启独家哄骗模式。

季良才耐不住诱惑,最终答应了。

他愿意拿萧老师给自己的办公室备用钥匙,去替喻思打开偷改卷子的大门。

谁知喻思在翻试卷的最后关头,萧老师突然杀了个回马枪。

季良才和萧老师四目相对,他灵机一动,扶额:"啊,好晕啊,我晕了……"随即往地上一倒。

喻思行恶被当场缉拿,季良才为此差点丢了班长之位,二人写了两千字的悔过书,还被罚站了一节课。

林老师闻讯赶来,一张口唾液横飞:"你们啊你们,出去都把我的脸给丢尽了!"

喻思事后也觉得自己的行为很没道德与素质,于是主动拿着悔过书跑到校长面前去念,校长又带着她去找萧老师、林老师挨个道歉。

最后萧老师念及她是初犯,且认错态度特别诚恳,罚她将悔过书贴到教室后的黑板上以示惩戒。

林老师则大手一挥:"原谅你很简单,别班级前二十名了,年级前一百名吧。"

04

萧老师更改了喻思的目标,年级前一百名。

喻思问季良才:"萧老师是不是暗恋林老师?怎么林老师说什

么话她都听呢?"

季良才鬼精鬼精的:"巧了,我也是刚知道的,两人都是 Q 大毕业,当然一个战队。而且,我还打听到……"说罢在喻思耳畔悄声说了什么。

喻思嘴巴张成圈圈:"暗恋啊,真看不出。"

萧老师不太赞成喻思学唢呐,曾多次婉转劝她放弃,希望她将心思都放在学习上。喻思一耳朵进一耳朵出,导致萧老师给她安排的任务越来越重,压力也越来越大。

这天晚上,喻思在家埋头苦写试卷,连妹妹被李华芝教训的号哭声都没听见。李华芝的心脏病都快要被小女儿给气出来了,她拍拍桌子:"笨死你算了。人家最起码有点上进心,你连人家脚趾头都不如!"

"人家"指的就是喻思。

事后喻玥吸溜着鼻涕过来,抓着姐姐的胳膊可怜兮兮地说:"刚才妈妈拧我耳朵了。"

"啊?"喻思赶紧放下笔,检查妹妹的耳朵,"没事,姐姐给你吹吹。"

可怜的小不点突然就将脸搁在喻思胳膊上,手指头挠呀挠:"姐姐,我想找妈妈要个滑板,她会给我买吗?"

"应该……会吧?"

事实上当然是不会,不仅不会,李华芝还在喻玥斗胆提出要求后,把她训了一顿。

05

喻玥生日快到了,她想拥有一个崭新的、属于自己的滑板。

喻思本想给妹妹看套优质的板子，却被专卖店里四位数的价格成功吓退。就像是回到了当初给江奈挑选助听器的时候，喻思保持微笑："嗯，都挺好，唯一的缺点就是有点贵。"

就在喻思绞尽脑汁想办法的那段时间，上学期带他们表演的民乐老师联系了她。

有个吹管乐器兴趣班要办集训，指导老师是国家级大师。民乐老师想到喻思，就要了个名额。这是件好事情，但教学十五天，学费要八千。

喻思没有被吓退，她和喻玥一样鼓起勇气去问了李华芝。

不出意外地被拒绝，还被骂了一顿。

同样地，她问了喻祖德，沉默被拒。

到最后实在没办法，喻思才去寻求江老爷子的帮助，但是她知道再亲的师父也没有义务来帮她。喻思拿出了全部的零花钱，剩余大部分靠师父去跟师兄们添凑。

喻思规规矩矩地给师父写了一张欠条。

最后一句话：*如若不还，天打雷劈。*

06

喻思在某一天，引起了广泛的关注。

因为她乌黑齐腰的长发，不见了。

原本温柔娇俏的形象变成了灵动可爱的短发姑娘。

喻玥生日的那天，姐姐剪了短发，并且给了她一个特别大的礼盒，小不点懵懵懂懂地拆开盒子，看着崭新的板子再看看姐姐的头发，瞬间泪如泉涌，大声爆哭。

小不点哭得撕心裂肺："你干什么呀姐姐！"

喻思也有些红了眼，她慢慢说道："姐姐比较自私，想去学习，所以就把攒的零花钱用来报兴趣班了，可是你那么想要一个属于自己的滑板，姐姐就想了一个聪明的法子。"她摸摸头发，挤出笑来，"聪明吧。"

喻玥哽咽不已，她抹抹眼睛，像个小大人一般成熟："姐姐，我妈妈她对你一点都不好对不对？我对不起你，等我长大了一定都补偿给你。"

等我长大，没有人能再欺负你，妹妹永远保护你。

07

喻思卖头发这件事情，无疑是往李华芝脸上打了一巴掌。

那天李华芝和老喻在房间内吵了一架，具体说什么没听清，反正二人谁都不理，各干各的。

喻玥是抱着滑板睡觉的，挤得那张小床完全没有翻身的位置。

喻思在自己的床上翻身打滚没有睡意，因为今天在学校的时候，江奈将她拉到操场，盯着她的脑袋看了半晌，才算是接受了这个事实。

他问："为什么把头发剪了？"

喻思不好意思地摸摸脑袋："天太热了，不想洗头啦。"

江奈唇角动了动，眸光很暗："你骗我。"

喻思顿了顿，她紧张地抿抿唇，眼睛看向别处。

江奈不会逼她，所以她最终还是没有说实话，但江奈回家一看喻玥滑着板子到处显摆就明白了始末。那一刻，他尝到了心如刀割的滋味。很多事情都是滴水穿石，积少成多，江奈心中的恼怒已然翻江倒海。

"你为什么，不找我？"

他自言自语，破天荒地，连话都说不利索，咬字更是不清晰。

江奈不怪喻思，而是在生自己的气。

这个夜晚，他伏案很久，黑暗笼罩，一灯如豆。

他从没有哪一刻那么希望自己快点长大，也深刻体会到年少的无奈。因为认清现实与梦想的差距，才明白没有什么比努力来得更重要了。

08

失去长发的喻思，心情当然也不会好。

她失魂落魄地去二师兄家找胡有七，胡有七正在品尝家中自制的甜酒酿，喻思一把拿过来就猛灌，喝得急了，被呛了一大口。

胡有七还端着一副"想和好，叫爸爸"的表情，转眼就看喻思"啪嗒啪嗒"开始掉眼泪。他觉得别人的眼泪是珍珠，喻思的眼泪是钢珠。

"别在这儿跟我演，我又不是奥斯卡。"

"小七。"喻思突然这样喊他。

胡有七啃猪蹄的动作一顿，他有些不敢相信，印象里喻思只有难过的时候才这样喊他小名。

"我是不是做人特别失败？"喻思没有表现出要哭的样子，可是那眼泪就是止不住地往下掉，她随手擦了擦，将甜酒酿喝了个底朝天。

"哎……"

胡有七这才有些紧张，他看出喻思没有在装。喻思不开心，他也吃不下饭，二人是从小一起长大的好朋友、好兄弟，就算每次喻思说绝交，他都没有想过要真的绝交。

"你不失败,你挺好的。"

喻思挂着泪珠,点点头,突然头一垂,"砰"地磕在饭桌上。

09

那天,喻思很晚都没有回家,李华芝等得有些着急。她先去江奈家找人,江爸江妈都表示不知道。江奈听说人不见了,穿上鞋子就跑了出去。

李华芝又想到胡家,但是打去电话没有人接。

江奈在去胡有七家的路上联系了花贝,花贝说喻思没有来她家。

到了胡有七家的店铺前发现门关着,江奈心中有些慌乱,他一路寻找的时候,花贝急匆匆地赶来。

"联系上了,两人在派出所。"

江奈和花贝赶到派出所的时候,胡有七正红着脖子极力辩解:"叔叔,我真的不是色狼,她在我家喝醉了我要送她回家去……不是我灌她酒,我们没喝酒……我没有骗她喝酒啊!冤枉啊,叔叔!"

喻思脸色发白,卧在椅子上盖着警察叔叔的衣服。

她是过敏体质,不仅对大蒜过敏,对酒精也过敏。胡二师兄做的甜酒酿,家里人一直当作饮料来喝,万万没想到喻思喝了一小碗后,竟直接昏醉不醒。

胡有七打车送喻思回家的路上,喻思有些想吐才下的车,可她下车后抱着路边的大树怎么都不肯走。

她哭闹着抚摸树干:"小狐狸啊,我错了,别生气好不好。"说罢还亲了一口,"睡觉吧,睡觉吧,晚安哥哥。"一通胡言乱语之后瘫倒在花丛里。

胡有七看着眼前这个四仰八叉的好朋友,就想把她扶起来,但是喝醉的人真的很沉，两人扯来扯去就被看热闹的群众给围住了，随后有人报警。

后来，胡有七被他爸揪着耳朵领回家，喻思稍微清醒过来的时候，发现自己在江奈的背上。

他稳稳地走着，一点都没硌到她，喻思满足地勾住他的脖子，呼出长长的热气。

江奈侧眸看她，少女红着脸，睫毛上又挂上了泪珠。

喻思闭着眼不敢去看江奈，声音起伏在微凉的夜色中："江奈哥哥，我对不起你。"

江奈的步伐变得缓慢，他轻声回答："没有，你做得很好。"

"让我们快些长大吧……我太想长大了。"

听着她的呢喃，江奈觉得心口发烫，脚下的路越走越长。

10

喻思在游泳馆的时候，花贝笑意盈盈地看着她说："还记得你那天喝甜酒酿醉倒的事情吗？"

"怎么了？"

"你抱着胡有七的大腿——叫'爸爸'。"

喻思一拍水花，来了脾气："肯定是他趁我不清醒，诓我的！"

"谁诓你？你自己非要喊我'爸爸'！"胡有七扭着肉墩墩的屁股过来。喻思上去就是一脚，将他踹进水里。二人在泳池中扑腾玩闹，又恢复了以往的氛围。

花贝跟胡有七说："女孩子都需要别人让着的。"而后又跟喻思说，"世界上每一个小胖子，都有一颗柔软的心。"

一直到很多年之后，旁人问起花贝的原生家庭所带来的影响，她说自己在悲伤无望的时候，有人朝她伸来一只手，还有一个人，为她点起了灯。

这些看似微不足道的温暖和光芒，让她相信了这个世界是有爱的。

11

喻思的乐器培训班在一条满是教育机构的街上。江奈对那条街很熟悉，因为他在那里上了将近五年的语言康复训练课和一些手语课。

手语有自然手语和通用手语两种，因各个城市的民俗人文不同，又分出了地方手语，江奈当时带有排斥心理，觉得手语比语言康复训练还难。

但支持他走下去的不仅有家人的陪伴，还有喻思的关心。

培训班跟手语班在同一栋大厦里，喻思在大门口遇到了一个拿手机打字问路的人，对方可能没有想到喻思会手语，诧异之余还给她点了个赞。

江奈远远地看着，想到了自己曾经苦学手语时，喻思趴在窗口笑眯眯地看着自己，样子有点傻乎乎的，却很可爱，她就那样跟着一起学会了。

喻思回身指路的时候发现了江奈，她欢快地奔跑而来，带着最动人的笑容。

她兴奋地说着这里的老师多么专业、同学们多么厉害，她还保证自己绝对不会给江家班丢脸。最后看江奈不怎说话，喻思嘻嘻一笑："你有没有想跟我说的话呀？"

她本意是想趁着气氛好，接受江奈对于上次醉酒的批评。

那天阳光大好，风也温柔。

江奈像是许下誓言一般："希望你永远快乐，热爱这世间万物。"

12

致远要举办秋季运动会，同时还出了一个关注度极高的活动。

学校将进行公开投票竞选"青春小达人"，男生女生各一位。

消息出来的时候，喻思第一时间就报名了，拍着自己强有力的胳膊说道："此时不报，更待何时。"

胡有七斜眼看她，说："你是真爱出风头啊，连校花、校草都要去争。"

喻思胳膊一抖，颤了颤："校花？校草？"

美其名曰"青春小达人"，实则大家都清楚这是要颜值、要成绩、要体力的"花花草草"大比拼。

花贝被老师推荐参加，连竞选照片都是请摄影师拍的，喻思眼巴巴地看着，觉得人得有自知之明。可当她看到还有奖品的时候，战斗之火熊熊燃起："我要给我妈赢那个空气炸锅！"

花贝拿来单反相机要给喻思拍照，胡有七自告奋勇说自己技术非凡。三人在小树林找了个风景比较好看的地方，喻思的一百零八种姿势蓄势待发，可胡有七的镜头对准了花贝就再难移开。

小胖子还自作多情地说道："我和喻思都能拍，我负责拍照，她负责拍马屁。"

江奈过来的时候，喻思摩拳擦掌正要揍胡有七，看到来人，顿时娇俏地喊了声："江奈！你看胡有七！"

胡有七接收到江奈投来的目光瞬间怂了，把相机交出，跑到花贝身后寻求庇护。

江奈拨动着相机的参数,喻思早已美滋滋地摆好姿势。

葱绿茂盛的大树之下,喻思抱着唢呐,双手环胸,俨然一副气派之相。

胡有七忍不住探出头说:"你现在是去竞选校花不是 CEO。"

喻思换了个姿势,捏住垂下来的枝干。

胡有七:"说真的,我奶奶都不喜欢摆这样嗅花的姿势……"

喻思佯装回眸、转圈。

胡有七叹气:"你跟广场舞大妈之间就差一块丝巾。"

喻思怒火狂烧,她追着胡有七就打,二人你追我赶,江奈取了一张她奔跑而来的身影。背景虚幻,人物突出,她笑得自然又灿烂,利索的短发在空中飞扬,活脱脱像一只小燕子。

她靠着这张照片,进入了女生组十强。

13

刘德华很早以前有一首歌叫《十七岁》,开头的歌词这样唱:"十七岁那日不要脸,参加了挑战,明星也有训练班,短短一年太新鲜。"

喻思改了改:"十七岁那年想要脸,参选了校花,别渴望一飞冲天,十强注定要靠练。"

她抱拳:"空气炸锅,我要定了!"

花贝凭着颜值和成绩上了榜首,喻思靠着才华紧随其后。因为性格好的优势,凡是跟她认识的都会帮忙拉票宣传。两个好朋友手拉手参加选举,互相鼓励。

要不是因为老师极力推荐,花贝是不太愿意参加这样的活动的,照片海报贴得到处都是,"高岭之花"实在不想抛头露面。

按着花贝这种消极应付的心理，喻思觉得自己很有戏，空气炸锅一定能到手。

谁知在投票最后一天，对面理科班的邵紫薇以黑马之姿碾压而来，夺得榜首。

空气炸锅，就这样没了。

喻思本来很悲伤，可看到男生组榜首是秦见的时候，又庆幸自己没与他并列。

那个秦见跟锅一样，让人看了就想炸。

喻思也是因为这件事，才与邵紫薇相识。

运动会女子800米项目的冲刺阶段，就数喻思和邵紫薇最凶猛。喻思最先冲过终点线，邵紫薇就在身后，当她高兴地举手欢呼时，对方绊了她一脚。

邵紫薇扎着高马尾，皮肤白皙，眼角狭长，在喻思摔倒在地时，她恰好一脚跨过去，姿态颇高。

喻思一脸问号地坐在地上，这小姐姐怎么回事？

喻思本来不想小题大做，可看见邵紫薇去给江奈加油的时候，她内心阴暗了。

喻思屁股一撅，毫不客气地将邵紫薇顶到一边，要不是有人伸手帮扶，邵紫薇就得摔跟头。"紫薇小姐姐"不仅没发脾气，还笑得特别温婉可人："没事的没事的，她不是故意的呢。"

这不是小姐姐，是"小绿箭"。

以前完全没有接触过的两个人，就这样狭路相逢。

花贝知道邵紫薇，高一的时候两人是同班，却没怎么说过话。

"邵紫薇钢琴弹得特别好，对江奈挺关心的。"

花贝话说得委婉，喻思当然是明白的，她开始绞尽脑汁地想着对策。

14

喻思决定先下手为强，课后跑到理科班去找邵紫薇。

她笑脸盈盈地伸出手："文科一班，喻思。"

对方狐疑地看着她，没有回应。

喻思抿抿嘴，开始表演。

小姑娘眉头一皱，霎时红了眼睛："实不相瞒，我有一个朋友特别特别欣赏你，他身坚志残，啊不，身残志坚。"

她用手往身上画了圈，像形容一个气球。

"但是他性格特别好，喜欢上网读些诗词，喜欢有气质的人，就是可惜人不行了，想临死前跟你聊聊天……"喻思痛苦地摸出手机，递上，"你看这微信？"

邵紫薇差点信了。

此时胡有七黑着脸跟幽灵一样探出头来，对着喻思耳咬牙切齿道："据我所知，你那身残志坚的朋友——是我？"

要微信打入敌方计划，惨败。

15

喻思跟胡有七坐在一家螺蛳粉店，她捏起鼻子紧锁眉头，一脸嫌弃地看着埋头苦吃的胡有七。

"我请你吃，就别生气了啊，一股生化武器味。"

喻思嫌弃得差点呕吐，可被胡有七逼着吃了一口后，真香，她又打包了两份。

一份给江奈，一份给妹妹。

三人坐在小区花园的石桌子上，喻思抢了妹妹的又去吃江奈的，江奈只是夹了几筷子就不再动了，他不着痕迹地往后挪了挪。

江奈问起喻思败选"青春小达人"的事情，是不是有点不开心。

喻思当然不开心了，鼓着腮帮子道："让邵紫薇夺了可还行？"

"哦，你想和秦见一起当选？"

"咳咳咳！"

原来两人都话中有话。

此时喻玥插话："姐姐，不吃饭的都去参加女团，像你这样吃饭的，只能参加美团。"

"我们是校花不是女团！"

"啥？笑话？"

喻思薅起妹妹的后衣领，微笑着说："见笑了，我先拖回去打一顿。"

江奈跟着起身，在收拾桌子前突然捏了捏喻思的后颈，只是两秒就收了手，喻思还听到他说："你最厉害。"

少年脸红如晚霞，少女心如小鹿跳。

16

江奈在学校的时候多次和邵紫薇打照面，她喜欢拿着琴谱过来问问题。

一开始秉承着同学之谊说上两句，可两句之后，他发现邵紫薇总是有意无意出现在自己方圆两百米以内的范围，图书馆、操场、食堂，甚至是卫生间外。

他开始闭口不谈，可他越沉默邵紫薇黏性越大。

一次邵紫薇指着远处经过的喻思说道："我特别喜欢这个女孩

子！好想认识一下啊。"

江奈很是认真地看着邵紫薇，良久，他选择开门见山："她不会喜欢你的，尤其是想抢她东西的人。"

邵紫薇神情尴尬，都忘了要为自己辩解或是说些其他的。

江奈笑笑："她不喜欢的人，我就更不喜欢了。"

喻思在江奈家做作业的时候，江奈主动提起邵紫薇，但他只是说了句"不要和邵紫薇过多接触"。但喻思还是很高兴，她撑着脑袋说："今天我要吃两碗饭。"

"不，"江奈铺开物理册，"今天你要做两道大题。"

喻思头痛："我是文科生，将来又不用考这些。"

江奈柔声说道："思思，我们努力学习不是为了考试，而是为了将来能拥有更多的选择和理性的思维。这个世界很大，社会很复杂，你要提前做好面对它的准备。"

喻思的腮帮鼓了鼓，双眸含笑："长得丑的水果知道自己丑，都会尽可能甜一点。我要让自己变得很甜，把你给哄好，这样我就不怕这个世界啦。"

江奈凝视着她，眼眸清明。

"你不丑，也很甜，不用去怕这个世界，因为你的世界里有我。"

17

喻思月考在班里前进了十多个名次，她将进步全部归功于江奈。

她觉得江奈比老师聪明，还有耐心和技巧，以至于多次说道："你以后不如去做老师吧，做最优秀的老师！"

萧老师看到喻思的成绩后，说不上高兴，就觉得没达到她的心理高度。

喻思趴在萧老师办公桌上,一副"小迷妹"的模样:"老师,您也太厉害了吧,长得漂亮又会教书,怪不得林老师一直夸您呢!"

果然提到林老师,萧老师冷冰冰的脸有了暖色:"他夸我了?"

"您不知道吗?林老师张口闭口就是您啊。"喻思双手托腮,睁着眼睛说瞎话,"我太羡慕你们了,以前是校友,现在是同事,将来说不定是……哇,厉害了。"

萧老师竟然红了脸,用笔敲着喻思:"没大没小的,去去去,赶紧走。"

"厉害的萧老师,您看我的作文还写一千字吗?"

"八百吧。"

喻思麻溜地站起身给萧老师鞠了个躬:"好嘞,我谨代表文科一班祝您和林老师早日牵手成功。"

萧老师卷起书来作势要打她,待喻思跑走之后,她淡淡说了句:"这性子,倒和他真像。"

18

喻思在集训结束后才发现,跟她一起学习的同学是要去参加大赛的。几番聊天,她才知道国内针对中国器乐设有各种大小赛事,很多人获得过金奖。

"纯金吗?"喻思的关注点显然有些倾斜。

当天她就跑去找民乐老师,斗志昂扬地说:"老师,给我一个金牌!我能吹起整个宇宙!"

喻思真的赶在最后一天报名参赛了。

决定去参赛这件事情她没有什么考虑,就是想去。

这是喻思第一次参加器乐比赛,赛制分为初赛和决赛,初赛靠递交视频作品评选，入围则进入现场决赛。老师替她报了管乐个人组比赛，需要准备很多资料。

喻思事后才想到比赛应该先经过江老爷子的同意，正要打电话汇报，江老爷子联系她，说周天要上活。

喻思如约而至。

江老爷子有段时间没看到爱徒了，第一句就是："你这头是被狗啃的吗？"

二人一路你贫我损地到了客人家。当喻思看到"邵"字的时候心里有些打鼓，可真是想什么就是什么，邵紫薇跟着她爸爸负责接待他们。

邵紫薇的爷爷过世，她爸爸作为长子，她作为大孙女，上下都是他们家操办的。

听说邵紫薇的爷爷很有名望，也很传统，白事吹奏的事情还是托人请到了江老爷子。喻思和江老爷子到的时候，大师兄、二师兄，还有许久未见的三师兄、四师兄早已到位。

可想而知，邵家多么重视这场丧礼。

邵紫薇红着眼睛，除了刚开始瞪了喻思一眼，后面再也没看过她。

吃饭的席间，邵家一直找不到这个大孙女，还是喻思在村上的马路牙子边找到了人。

邵紫薇哭得上气不接下气，看得喻思有些心软。她从包里摸出从桌席上打包的大鸭腿，递给邵紫薇："节哀。"

"要你管！"

邵紫薇突然拍掉喻思的手，那只肥油油的大鸭腿滚到地上，沾满了泥土。她嘶喊着："我讨厌你们！讨厌死了！你们出现就没好事！我不想看到你们！"

喻思深吸一口气，耐着性子说道："你是讨厌我，还是讨厌我师父和师兄们？邵紫薇，我理解你的痛苦，希望你注意身体，不要让家人担心，我们马上就结束，你不用再看到我们。"

喻思转身就走，身后传来邵紫薇的哭腔："你理解什么，这个世界根本就没有感同身受，我就是讨厌你们……讨厌这个世界……"

后来在学校，喻思很少再碰到邵紫薇，就算碰到了，两人也没有任何交流。

19

江老爷子对喻思参加大赛很有意见。他背着手，紧锁眉头说道："这事还得三思，你去了肯定拿冠军，对那些埋头苦练的孩子不公平啊。"

喻思："师父捧杀得好！"

江老爷子："去吧，走别人的路，让别人无路可走。"

喻思："徒儿去也！"

江老爷子真不是在夸大其辞，喻思天赋极佳，靠着坚持和努力，在唢呐这条技艺道上，几乎没有人能同她一战。

她入围了管乐个人组初赛，二十天之后将进入决赛。决赛现场是在南城最漂亮的大礼堂，民乐老师提前带她去看过，舞台上缤纷精致的灯光，瞬间迷了喻思的眼睛。

她站在空旷的台上，甚至有一些恍惚。

那种道路未知又渴望飞翔的感觉，是以前从来没有过的。

老喻知道女儿要去参加比赛，特意带着她去买了几身新衣服。可当喻思穿着那些花花绿绿去找江奈的时候，江奈误以为她要演花鼓戏。

江妈乐坏了,摸着演出服说:"你爸爸的眼光,可真独特。"

喻思还高兴得不行:"爸爸给我买什么我都喜欢!"

开心归开心,但上台的演出服各有各的讲究。

饭后,江妈拉着喻思进了卧室,从衣柜里拿出一条红色长裙,那条裙子的布料又软又光滑,在灯光的照射下还泛着金光。

江妈说:"江奈的外婆是个裁缝,这是她送给我的成年礼物,这么多年我一直妥善收藏,虽然款式不新,瞧着还算美观。送给你了,思思,你穿上一定很好看。"

喻思得到江妈的馈赠很是感动,她觉得自己撑不起来那条红裙。

江奈端着果汁进来的时候,看到一袭红裙的少女站在灯光之下,浅浅地笑着,玲珑秀丽的锁骨白到发亮。

江奈这一生,再也没有见过如此漂亮的姑娘。

20

喻思决赛的那天,很多人去了,就连小不点喻玥都带着一帮同学来加油。

韩星宇小朋友穿得一本正经的,还打了个白色的蝴蝶结,喻玥坐在他的旁边,话音带着奶气:"又不是你表演,你穿成这样干吗?"

"我爸爸说了,这是对表演者的尊重。"

"那我六一表演节目的时候你怎么没穿?"

"别人是表演,你是本色出演。"

"韩星宇!受死!"

另一边胡有七和花贝坐在一块,胡有七兴奋地左看右看:"好像结婚的地方啊。"

"那是教堂，这是礼堂。"

"那你喜欢哪里？"

花贝顿了顿，才说："教堂。"

"错！我的胸膛！"

花贝冷漠地看了胡有七一眼，胡有七默默垂下脑袋。

季良才就在两人身旁坐着，但注意力放在了别处。

他站起身把裤腰提得老高，跟指点江山一样："对，就坐这儿，没什么号……小孩全坐前面去，待会儿有个吹喇叭的小姐姐，厉害得很，那声音绝对是物理暴击加法术穿透，都给我喊起来啊，什么？不能说话……好，那我坐下了。"

家里一些长辈坐在一处，江老爷子特立独行非要自己坐，几个人来回说话，也就剩江奈比较安静。

他安安稳稳地坐在那儿，看着舞台中央，属于某个人的发光处。

比赛前，江奈对喻思说："很多人都说勇往直前，不是不会遇到黑暗，而是在黑暗里，要做一束光。我一直没有体会，但是思思，今天我看到了你，你就是光。"

能成为别人的光，是多么荣耀的一件事情。

但要做自己的光，才是最重要的。

喻思所在的吹管乐组高手如云，她拿到了第二名，与第一名仅相差 0.5 分。

多年学艺的道路上终是显现出方向标，她想要呼吁更多的人去喜爱唢呐，想要用勇敢的拼劲和无所畏惧的态度去告诉世人，中华瑰宝，万世不朽。

学贵有恒，初心不负，这也是师父的教导。

喻思抱着奖杯和鲜花，面朝台下深深鞠了一躬。

第七章·
器乐贵贱，只在人心

这是师父对你唯一的要求
哪怕你技不如人
我也要你堂堂正正

01

喻思和江奈的生日离得比较近，都在秋高气爽的日子里。

喻思掏出全部积蓄——八十元，买了一支钢笔，还想了个极具创意的祝福方式，要在浓浓月色之下摆一圈心形蜡烛灯，她站在中间唱首歌。

小不点陪着姐姐买来蜡烛，而后两人在楼下精心摆好阵容。正在点火的关键时刻，天公不作美，妖风拂骤雨，创意祝福就此告吹。

在江奈家吃饭，喻思把包好的钢笔拿出来，也不好意思让他现场拆，只说迟点看。随后她就等着自己的礼物，但是江奈没有动作。她有一点点小失落，想着江奈也许会在自己生日当天送呢？

饭后江奈去琴房弹琴，让喻思在旁边翻谱子，当谱子翻到第三页的时候，有一颗闪耀的星星垂落在手心。

一条银光细闪的锁骨链。

喻思蒙了。

江奈眉眼含笑，望着少女："天降福星，思思快乐。"

他起身给还在发愣的喻思戴上，再看向她的时候，小姑娘眼圈有些红意。

"不喜欢?"

喻思敛眸摇摇头,她捏着星星说道:"我以为,你会在生日那天送。"

"你以为我忘了。"江奈怎会不知道她的小心思,他说,"你永远都会提前收到我的祝福,这是我们说好的,要一起岁岁年年,快乐向前。"

他记得的。

喻思心中欢喜,用力点点头:"嗯!"

"坐下。"江奈拍拍凳子,"我们一起弹。"

说起来喻思的钢琴还是江奈教的,她弹奏音阶的速度又快又准。二人相邻而坐,一声叮咚像雨落清泉,在他们的心上绽开花朵。

江爸在客厅听着独奏变为四手联弹时,突然就感慨:"他十八岁了呀,是个大人了,时间过得真快。"

江妈朝琴房看了看,半掩的房门遮挡住了屋内景象,她若有所思地笑笑。

"可有人嫌慢啊。"

02

喻思四处显摆藏在衣领中的项链,胡有七最气不过,回家第一时间就翻箱倒柜找工具,他也要给花贝做一条项链。

胡有七去找花贝的时候,还把冰箱里他爹做的五香牛肉干给卷走了。他不敢亲自给花贝送礼,只能偷偷摸摸地放在她家门口。

花贝不愿同父母住在一起,家里便请了阿姨照料她的起居。阿姨买菜回来发现门前放着礼盒,上头贴了粉色标签,歪歪扭扭写着:

旷世仙女，贝贝是也。

胡有七自认为写得比江奈要接地气，花贝拿到之后一定很开心。

花贝确实收到过很多礼物，但手中的这条小花项链的质地还是第一次见，材质虽说有些坚硬粗糙，可胜在颜色鲜艳，像是童话故事里的七色花。

她把项链挂在台灯上，夜夜相眠。

后来喻思替花贝问项链是什么材质做的，胡有七一脸自豪："你猜不到！"

"到底是什么啊。"

"就不告诉你。"

直到有一天喻思去看二师兄，二师兄给她装猪蹄的时候抱怨："有段时间兔崽子把猪脚趾全给我拧掉了，也不知道拿去干什么，没脚趾的蹄子看着怪瘆人的……"

喻思猛吸一口气，想起那硬邦邦的七色花："我的大侄子，眼光独特啊。"

03

今年的秋天冷得特别快，几场秋雨过后，喻思给江老爷子打电话说要注意保暖。

江老爷子在电话里回道："春捂秋冻的道理不懂？"

"请问您老贵庚啊？"

人都说老小孩老小孩，喻思每到换季的时候都要苦口婆心一番，以至于见到江奈还忍不住喷怪两句："你爷爷啊，有你半分让我省心就好了！"

"你先照顾好自己吧。"江奈伸手将她衣领整一整，难得话多，

"期中考试要到了,我给你圈的重点有些复杂,先背红色的,再看黑色的,你现在只有背才能……你看我干什么?"

喻思眯眯眼,半是疑惑半是诧异:"我突然发现一个问题。"

"什么问题?"

"你今年说话……好像越来越清晰了。"

江奈面无表情地看着她。

半晌,他道:"我,森么(什么),时候,青丝(清晰)了?"

喻思简直匪夷所思:"你这退化得也太快了吧!"她挠挠眉间,有些头疼,"看着我说,喻、思、是、仙、女。"

江奈的眸中仿佛落了月光,温柔且明亮。

他看着喻思的唇瓣,念了出来:"喻思是,仙、驴?"

"仙女!"

"仙驴。"

"仙女啊!"

04

喻思最近摸索出一种快速记忆法,她以前总是对着江奈家的方向吹唢呐,现在是冲着那边唱课文。

她用自己熟悉的曲调,把各科内容编唱出来,先将知识点分成很多小段,挨个对应音乐符号,现在只要吹起某个音符,她就可以默念出相应内容。

喻思甚至可以一边吹唢呐,一边在心里默背。

萧老师在课堂上看喻思开小差,故意点她起来背句子,谁知喻思越背越溜,还给大家哼了首曲子。萧老师把这事讲给其他老师听,很快就传到了林老师办公室。

林老师搬来椅子,兴致盎然:"师妹,展开说说,喻思什么时候改唱 rap 的。"

两位老师只有聊起喻思的话题才显得亲密。

江奈跟喻思说:"其实你这个方法符合记忆宫殿背书法,两者大同小异,但是再好的方法,前提是你得勤奋。思思,你很勤奋,值得表扬。"

喻思当时就飘了,大拇指一歪:"我可是江家班未来的班主!"

她给江老爷子发消息:师父,快给我禅位!

江老爷子回复:你这是篡位。

05

喻思向上的同时,江奈更是突飞猛进。

他超越了同年级所有理科生,拿到了市里数学奥赛和英语竞赛的双第一。

林老师找他私聊,内心又酸又辣:"就因为分科后不用学物理,所以它就不香了?让友校拿走第一,你拿第二……咱们致远的教学宗旨是,走别人的路,让别人无路可走。"

江奈还是那副寡淡的表情:"不可以。"

"为什么?"

江奈就把赛前喻思鼓励自己说的话,一字不漏地说了出来:"给别人留一条生路吧,太优秀可怎么办。"

于是他就给人留了一条生路。

林老师一脸震惊:"江同学,你飘了啊。"

后来林老师很认真地跟江奈谈过,如果他愿意转科,学校会帮忙处理,但是江奈拒绝了。

这事不知道怎么被胡有七给知晓,他跑到办公室中撒娇:"林老师,我才是你亲亲的学生!我要转文科!"

林老师将人扔出去:"给我老实待着吧,《出师表》只能背三行的人。"

胡有七委屈,跑去跟喻思哭。喻思沉思了会儿,说道:"等你跟51号元素符号一样的时候,你就能转理科了。"

第二天,胡有七是提着棍子去找喻思的。

因为他问了花贝,花贝告诉他元素周期表第51号元素是锑,元素符号是Sb。

06

喻思成绩有进步,李华芝看在眼里,行动在手中。

她敲喻玥的力度更重了,小不点每晚蓬头垢面泪眼汪汪地做题,边做边生气:"我滑滑板又没有曲子,要是也送我去吹唢呐,我早就考上清华北大了!"

喻玥曾拿着作业本去请教江奈,江奈说不会。

小不点问:"哪里不会?"

江奈说:"哪里都不会。"

小不点气恼:"你明明会,就是不教我!"

江奈望着她:"会,但教不了笨蛋。"

江奈从来不教任何人功课,哪怕是班里同学恳求,他都只是借笔记,或者讲两句。喻思怕耽误他的时间,在班上请教了身后同学一道数学题。

于是那晚回家的路上江奈沉默寡言,等喻思追问时他才说:"为什么不让我教?"

"你不是不教笨蛋吗？"

江奈说："你不是笨蛋，你是超级大笨蛋。"

喻思眯起眼睛："你要教超级大笨蛋吗？"

"嗯，因为我是无敌超级大笨蛋。"

喻思笑出了泪花，两人歪歪扭扭撞在一起，指尖微触，闪耀出道道光芒。

身后有一条小尾巴就站在他们的阴影当中，发誓一定要成为无敌超级大笨蛋。

07

某日天暖，校长找喻思说南城各校高中部即将联合举办冬季音乐会，学校研究准备让她参加。但此次主奏定的是琵琶，不是唢呐。

高中冬季音乐会是针对艺考生的一次演练，到时候会有很多名家莅临现场，学校挑选了部分艺考生，最后综合评选确定的有三十位，之前和喻思组过队的同学几乎全在。

而喻思，作为普通文科生，是校长和民乐老师特地点名的。

编曲之后的半个月，他们进行了第一次合奏。

老师们之前担心喻思会不会因为不是主角而心有落差，但他们到底还是小看了她，小看了有"流氓乐器"之称的唢呐。

喻思的闪耀根本压不住。

这让老师们犯了难，再次调整谱曲。

那段时间也不知道是谁编了几句顺口溜——

千年琵琶万年筝，一支唢呐定终生。

喻思力压艺考人，百般为王不留神。

08

致远中学演练曲目为《十面埋伏》,主奏琵琶手的女生是高三的,和秦见一个班,她跟喻思认识,两人处得不错。

喻思被民乐老师减少曲谱后,她就天天坐在琵琶手旁边看对方练习。

有人调侃她:"喻思,你是不是嫉妒了啊,人家李念可是主奏。"

李念停下指尖,扶了扶琵琶:"别听他胡说八道。"

喻思靠在旁边,摸了摸李念的乐器:"弹那么好谁不嫉妒啊。学姐,你弹得真好听。"

李念知道喻思一直想弹琵琶,就趁着休息的时间教了教她,就那么一会儿,李念终于知道民乐老师为什么说喻思是小天才了。

喻思喜爱民乐,别人只说一遍技巧,她就可以融会贯通。

李念说:"思思,你转艺术生吧,跟我一样去考音乐学院。"

喻思抱着琵琶玩得正起劲,她问:"考音乐学院还能同我师父去上活吗?"

这个问题把李念难倒了,她说:"应该不行吧。"

"那我就不去。"

李念便没有再提此事。

09

活动组委会开始陆续安排各学校去指定地点彩排。

那里是比南城大礼堂还要宽大气派的音乐厅,致远中学和一所比较知名的艺术学院排在了一起。艺术学院带来的是西洋乐器,各种大提琴、中提琴、小提琴之类的摆满了舞台。

从某种意义上来说,国乐与西洋,关系是比较微妙的。

喻思很明显地感受到对方看自己的眼神充满不屑与嘲讽，他们聚在一起闲谈，目光不停地瞥过来，神情丝毫不做收敛。

她忍了，指尖将音孔按满，发出清脆的声音，那是各种昆虫的叫声。

喻思的刻意，更让对方不高兴。

李念拎着琵琶包去舞台中央的时候，突然被什么东西绊倒，她跪在地上只觉膝盖一阵刺痛。向来温柔的她还没起身，转头便骂："你是不是有病！"

对面椅子上坐着艺术学院的男生，他收了收腿："你骂谁呢？"

李念毕竟是高三生，胆子也大，她顶上话去："谁绊我，我骂谁。"

"自作多情什么？一个弹琵琶的。"

于是两所学校的乐团就这么杠上了。

10

艺术学院的乐团队长是个女孩，一脸狂傲的劲儿，眼皮子像是长在了头顶："致远是吧？叫你们队长出来说话。"

他们哪有什么队长，喻思觉得有些可笑，反诘她："这里没人叫致远，所有人在一起叫致远。"

吵架什么的，她可从来没输过。

谁知那个女孩嗤笑出声，以为喻思是队长，满眼的瞧不起："你们民乐没人了？什么猫啊狗啊都能做队长？"

喻思这个暴脾气，她还没发飙，队里的学长们就看不下去，上前指着人："小姑娘，我看你长得有鼻子有眼，嘴巴摆正行吗？"

艺术学院的男生"嚯"地起身："指谁呢？有没有素质！"

"来，我让你看看什么叫素质……"

两方有轻微的肢体接触。

那个女孩队长应该是知道喻思，她说："以为自己上了几次电视报纸，就懂乐器呢？我可听说你成绩烂得不行，现在转做艺术生了？呵呵。"

那句"呵呵"很欠，李念将喻思往后拉，生怕这个学妹冲动，但喻思脾气上来了是拉不住的。

喻思抬起下巴道："你们还不都是艺术生？"

绊倒李念的男生是对方的钢琴手，他就站在自家队长身后，一脸骄傲道："我们队长的文化功课可是年级第一，跟你们这种想靠艺术分念大学的学渣不是一个档次。"

喻思叉腰："说得好像谁没有年级第一似的。"

刚想转头找人，她才记起江奈要晚点来。

那个女孩抱着胳膊睃了喻思一眼，随而挥手道："散了吧，跟这种人没什么可吵的。"

"给我道完歉再走。"

喻思的话压根没人理会，她突然甩开李念的手大步往前，在女孩前面伸出了脚。

她没绊人，却狠狠地跺了对方一脚。

这一跺彻底激化两方矛盾，两边乐队成员推推搡搡，把舞台中间的架子、电线弄得混乱不堪。

女孩被喻思弄哭了，大骂"唢呐垃圾"。

喻思撸起袖子，奋勇应战。

老师们回来的时候，这场纷争才算是偃旗息鼓，双方都很尴尬，大致了解后也不管是不是自家的错，反正先给别人认错。

江奈过来得晚，看到两家乐队在台上做交替，喻思搬着凳子一脸不高兴。

他上去帮忙的时候,捡到地上遗落的谱子,问了好几个人都没有得到回应,所有人都闷闷不乐。

喻思彩排时心不在焉,总是吹错调。

下了台,她耷拉着脑袋问江奈:"我是垃圾吗?"

江奈此时已经知道他们与艺术学院的矛盾,轻轻拍了下小姑娘的脑袋:"你是珍珠,所有爱音乐的人,都是。"

11

喻思想不明白,为什么有人看不起唢呐。

她委屈地给江老爷子打电话告状,说有个坏丫头特别讨厌,她想回家牵狗来。江老爷子等她发完一大堆牢骚,这才问话:"她看不起民乐,你是不是也看不起西洋乐?"

喻思一噎。

江老爷子虽然不喜西洋乐,但每次对喻思教学的时候,都要告诉她,天下器乐是一家,即便不同宗也同理。

喻思年纪稍小的时候总爱捣乱,但凡碰到有学西洋乐的孩子,总要对着人家吹上一嗓子。

唢呐穿透力何其强大,人人都被她吼得捂着耳朵跑。

喻思小心思被戳破,还嘟嘟囔囔:"我哪有,江奈弹那么多年钢琴,我不也是……"越说越心虚,也就因为那是江奈,要不然少不了她一顿磋磨。

"思思啊,学任何东西之前,都要学做人,什么样的人做什么样的事,你要懂得包容与尊重,这是师父对你唯一的要求,哪怕你技不如人,我也要你堂堂正正。"

12

江奈那一天在钢琴旁给喻思让了位置。

他捡来的谱子应该是艺术学院不小心落下的,小提琴曲目《告白之夜》,他手中的则是钢琴曲谱的部分。

喻思坐在那儿翻着谱子,嘴上有些逞强:"还不如我们的呢。"

直到弹到高潮部分,两人心情随之荡漾起伏,她的指尖又细又长,在黑白琴键上恣意跳跃。

江奈安静地坐在一旁,投以温暖的目光。

她一定懂的。

喻思完成演奏,有片刻失神,良久,缓缓说道:"我错了。"

她想起很小的时候,每次回城里都要在江奈的琴房待好久,缠着他学琴、看谱子,她并不是因为江奈才喜欢钢琴,而是器乐发出的声音会与心灵相契。

因为那种美妙,才会喜欢江奈。

"你永远是最棒的。"

他也永远懂她。

喻思七分愧疚三分羞赧,耳尖有些微红:"因为,有你……"

江奈垂下眼帘掩去情绪,慢慢靠近她:"有什么……"

喻思一缩脑袋:"有,有问题!我再给你弹一遍!"

13

正式演出的那天,江奈在卫生间碰到了秦见。

场面有些不太好看,秦见和几个高三学长堵着一个男生,正说着:"听说你想见我?聊两句?"

此时江奈打开水龙头洗手,像是没看到他们一般。

被堵的男生穿着演出装,脸上的妆容化得比蜡笔小新还红,他哆嗦着:"我不认识你啊……"

"你不是喜欢年级第一吗?"秦见手插口袋露出一口大白牙,突然冲洗手池那边抬抬下颌,"喏,那个是致远高二的年级第一,我是高三的,两个够不够?"

江奈转过身来默默地看了眼秦见,这是要拉他下水。

是已经拉下来了。

秦见笑得一脸痞意,他三言两语就能把人唬住。

江奈走的时候还是提醒了下:"别太过分。"随后很体贴且自然地,将卫生间的门给关上了。

14

喻思那组最先上场,花贝和胡有七坐的位置离舞台很近,本来胡有七的位置是江奈的,硬是被他给霸占下来。

候场的时候身后有人说到了喻思,他们对着节目单指向舞台:"你看那个唢呐很奇怪,传统不传统、现代不现代的,就不应该加在里面……"

花贝和胡有七正纳闷着,就听到有人抢先回复,言语十分刻薄:"莲花一摆就以为自己立地成佛了?"

开口替喻思说话的人竟然是邵紫薇。

花贝和胡有七对视一眼,都未说话。

邵紫薇坐在位置上,神情冰冷:"小心她送你们一程。"

那几人轻咳两声,没有回嘴。

喻思这组演出很顺利,她虽然分配的声部不多,但还是获得了很多关注。

她在后台跟大家热烈讨论的时候,艺术学院的乐团成员们个个表情严肃,队长抱着小提琴生气地喊着:"人还没联系上?你们都干吗了!"

喻思低声问李念:"怎么了?"

李念附耳说道:"弹钢琴的那个男生不见了。"

漂亮!

喻思准备去观众席好好看这场戏。

她刚走到门口,看到艺术学院的一个女生在发微信,声音有点急切:"妈妈,不知道我们还能不能按时演出,有个同学不见了,但是你先别跟爸爸说……"

15

江奈的位置就在安全通道出口处,喻思一过来就看到了他。

喻思坐下后很小声地说:"江奈,艺术学院那个乐团出了意外,少个人。"

江奈没有什么反应,只淡淡地"哦"了一声。

喻思憋了半天,有些急,她说:"要不你去看看?你不是弹过他们的谱子吗?"天知道她怎么突然冒出这个想法的,但是江奈拒绝了。

"为什么?"

"因为他们是致远的竞争对手。"

"有,有点道理哈……"

音乐会说是演练,其实还是要评奖的,喻思鼓着腮帮沉默着。

江奈微微笑,突然说:"你不是也弹过吗?你去。"

"我去啊？"

"嗯。"

喻思像一条河豚鱼胀气又泄气，她的脑子里快速转着《告白之夜》的谱子，指间不停地搅动交缠。

她拧眉痛心道："他们会把我打死吗？"

16

这是一场华丽的冒险。

喻思回了后台，找到那个女孩队长，提出挽救办法。

对方完全不敢相信："你在说什么啊……"

但是最后，喻思代替男生上台了。

她观看过他们现场的彩排，也清楚钢琴的声部，对方老师觉得这是个很荒诞的决定，但在减去声部和让喻思替代中，最终选择了后者。

他们在一起对分谱将近二十分钟。

上台的时候，喻思紧张得手心都出汗了，她下意识地看了看江奈的位置。

他冲她竖了竖手指，加油。

胡有七看着钢琴的方向，还跟花贝说："你看那个人跟喻思长得一模一样。"

花贝眨眨眼，胡有七随即瞪大眼睛。

"她怎么坐到了敌方阵营！"

喻思毕竟没有西洋乐的经验，她表现得并不完美，所幸钢琴声部不多，并没有破坏节奏。

内行人看门道，外行人瞧了个热闹。

那一天，致远中学和艺术学院都获得了优秀奖。

事后很久，弹钢琴的男生到处哭泣："致远的人使阴招！把我从厕所架到小黑屋里念了一百遍校训！"

17

喻思事后进行了一场深刻的自我反省。

她觉得是自己成绩不够好，才让别人戴了有色眼镜，如果她和江奈一样，是个拔尖的好学生，旁人就会对自己更加信服。

她跟萧老师说："您以后让各科老师全部点我回答问题！我都可以的！"

各科老师在自己班里说到文科班的喻思——一举手能戳破天，站起来胡说八道。爱学习的积极劲是有的，就是有时候小脑瓜转不过弯。

可江奈给喻思提问的时候，她几乎都能答对，他就笑说一定是老师提问的方式不对。

胡有七当时就坐在旁边，握着笔愤恨地看着他们，难得凑到一起写作业还要被辣眼睛，他恶意说道："江奈，喻思说你是51号元素，51号是'Sb'的意思。"

喻思撑着脑袋傻呵呵的："对呀，sweet baby（甜心宝贝）。"

胡有七只觉得一口老血涌上，自掐人中，咽了下去。

18

喻思下定决心好好学习，源于江奈会哄人。

小不点看着姐姐的成绩一路飞驰，厚着脸皮又去问江奈："能不能教教我？"

"不能。"

"我也是超级大笨蛋啊！"

江奈点头："你知道就好。"

喻玥龇着大门牙："我不要你做我姐夫了！"

此时喻思蹦蹦跳跳跑过来，开口就问："江奈江奈，你说为什么星期五离星期一那么近，星期一离星期五却那么远呢？"

江奈声音低沉，眸光温柔："为什么呢？"

"因为星期一到星期五要上学，所以度日如年，而星期五到星期一，要睡觉吃饭看电视找江奈，所以过得特别快！"

"有道理，不过，我排在最后？"

喻思掰着手指头："找江奈睡觉吃饭看电视。"

江奈微不可察的异样神情消失得很快，谁都没有注意到。

他只是小小的一个"嗯"字。

喻思一脸天真，旁边的喻玥则是满脸问号。

如此低智商幼稚的话题，她这种小学生都不会讲！

她最爱的姐姐和江奈哥哥越来越要好，她再也不是姐姐唯一的宝贝了。

小朋友失望的时候，没有一对大朋友是无辜的。

19

入冬后，江奈有一段时间耳朵很不舒服，连续好多日没有戴助听器。

他听不到任何声音，就如同那雪，孤独又寂静。

喻思还在楼后空地上练嗓子，吹响的唢呐也无法唤起他的注意，所以她天天跑江奈家去。

李华芝对江奈说不上讨厌或喜欢，但对喻思老往人家跑这事，心里有很多意见。

她跟老喻说了很多次，但老喻就是不管。

那天，喻思照例去江奈家补功课，在楼下碰到李华芝拉回一车大白菜："不准出去！回家跟我一起腌咸菜，咱家又不是富贵人家，天天能吃大鱼大肉……"

这话说得有些刻意，江奈就站在旁边，暗着眸子。

喻思赶紧把李华芝给推走，连同那车半人高的大白菜。

晚上，她蹲在厨房腌了三个多小时白菜，即便戴着橡胶手套，双手也冻得通红。

李华芝去楼下扔垃圾的时候，碰到了江奈，他低头玩手机，似乎没有注意到来人。李华芝觉得自己是长辈，没有主动跟晚辈打招呼的道理。

她目不斜视地走着，江奈主动喊了声阿姨。

李华芝裹裹大衣："哦，小奈啊。"

江奈往前走上几步，面色平静："我想跟您说些话。"

夜晚的风卷走路上的枯叶，也冲淡了他们的声音。

喻思就趴在窗户边，怎么听都听不清，只是李华芝回来时甩门声音有点大。

她悄悄跑下去，江奈在等她。

"和我妈说什么了？"

江奈抿嘴笑，只有看着她的时候才会心思清明，没有杂念。

"伸手。"

喻思懵懂地将塞在口袋里的双手拿出来，她看到江奈拧开一个白色小管,往她手背上挤了点膏体。

那是樱桃味的护手霜,轻轻抹开就能很好地吸收。江奈说:"仙女专备。"

喻思抹着护手霜看他一本正经的样子,觉得很有趣。她知道江奈并不善于这方面的言辞,心情一好,就忍不住想要逗他:"仙驴专备?"

江奈嘴角上扬,余光确认周边没有人,他上前一步,扣住喻思的后颈,捏了捏那敏感的风池穴。

喻思特别怕痒,身体果断往下沉了沉:"哈哈哈,对不起,我错了。"

她弯着腰,双手撑在膝盖上,抬头就撞了某人满怀。

"站稳。"

江奈无论何时对她都是温柔的。

也许就是这份温柔,才会让喻思在每一个无望的深夜,都告诉自己世界是美好的。

因为他而美好。

20

江奈于喻思少女时期有着重大影响,他们是两个特殊的存在体,有迷茫有救赎,有遗憾有共情。

如果说喻思是江奈接纳这个世间的勇气,那么江奈一定是让喻思原谅世事的那颗炽热之心。

胡有七最清楚他这个姑姑,喻思从小到大跟所有人都是那副态度:"我家江奈,你可以对他指点,但绝不允许你指指点点。"

拳头一抬,不服揍你。

喻思守护江奈，又何尝不是守护自己心底的善良和柔软。

以前喻思和江奈不在一个班，在学校几乎没什么交流，现在分到一起，明眼人都能看出来两人格外亲近。为此不少同学借着喻思的关系想要拉拢江奈，她都故作难办。

季良才特别想看江奈的练习册，看喻思嘚瑟的样子想骂又不敢，只得怨恨一句：“请你做个人吧。”

喻思白眼一翻：“猪往风口站，天想上就上。有本事你自己去找啊。”

“找你这样一头猪吗？”

于是，"喻思是江奈的小猪"的话就这样流出去了。

放学回家，喻思在前面跑，身后有人喊道："小猪。"

江奈踩着光影，笑意绵绵。

她转身便朝那人飞驰："猪来拱白菜啦！"

第八章·
不是可爱，值得被爱

我从来没有此刻这般想快些长大
去站到你身边
好好保护你

01

快放寒假的时候，所有人都奋笔疾书冲刺期末。

喻思有点小偷懒，跟一个女同学传小纸条，聊着聊着，话题就歪了。

女同学：换作以前，别人还没上刑，你就把家底都掏了。

喻思写：不可能！我永远都会第一时间保护你的！食言拧头！

那张小纸条从江奈眼前飞过，他抬眸看向喻思，喻思月牙眼弯了弯。

江奈拿她无可奈何，手中的笔漂亮地转了几圈，点了点她。

喻思瞬间就被他帅气的姿态所折服，正要好好看书，突然教室里传出一声尖叫。

有个同学疯狂跳脚："虫子虫子虫子！好大一只虫子！"

这一呼喊不得了，以该同学为圆心点扩散，众人攥着一只黑色物体来回扑腾。

喻思一看不明物体往江奈那边飞去，卷起手中的书，踩着书桌一个大跳跃落到江奈附近。

从天而降的少女"哒"了声:"妖精,哪里跑!"

喻思卷着书用力打向不明物,那只虫子就像棒球一样飞出去,直击女同学的脑袋。那个前一秒还说会保护人家的好朋友,现在把大虫子往对方脑门上打。

女同学脑袋一蒙,直接翻了白眼。

这该死的友谊,不堪一击。

喻思用纸包起那黑乎乎的东西,才发现是只小蝙蝠。

"蝙蝠!意思就是福到了!"

此时英语老师恰好进来,喻思还兴冲冲地捏给她看。

福没到,倒是把英语老师吓到了。

英语老师转述班主任贵班学生的"美德",萧老师一双眉头拧成"川"字。

林老师终于找到一个能跟自己产生共鸣的人,他摸摸自己的额头一声长叹:"同是天涯沦落人,你也长了抬头纹。"

02

喻思给女同学赔罪,放学后请她去套圈。

那天天色不好,冷风呼呼地吹着,喻思和女同学套了十个又十个。女同学说:"我今天要是套不到盲盒,就把你的脑袋套进去。"

最后套到喻思身无分文,一无所获。

女同学准备回家,无语地拉了下背后的书包,待看到书包拉链大开,里头的钱包不翼而飞之后——傻眼了。

两个小姑娘你看我我看你,女同学"哇"的一声大哭:"喻思!绝交!绝交!"

那天她们去派出所折腾到好晚也没个结果,所幸钱包里的证件和卡可以补办，现金也不多，这事也就只能认栽了。

喻思把女同学送走后蹲在路边，孤独地望天。

天空飘下今年的第一朵雪花，刚好落在她的鼻尖。

江奈拿着厚棉服过来的时候她正发着呆，小姑娘冻得鼻尖通红，二人相视间，她突然来了劲："看，初雪！新的一年即将来临！"

"嗯，看见了。"

江奈将衣服给她穿上，拉链拉到脖子那儿，里头藏着的锁骨链若隐若现——她从戴上起就再也没有取下。

喻思鼓着腮帮，轻嗅空气中的味道，突然有股食物的香气扑鼻而来，江奈将那热乎乎的红薯递到她眼前。

有点感动。

在初雪降临的冬日，有人给她买了甜甜的红薯。

喻思啃了一口，哈着气："满血复活！"

他们迎着风雪前行，却感受不到寒凉。

"以后不要用手去抓虫子。"

"我用纸包着的呢！"

"也不可以。"

"你是在批评我吗？"

"没有，我在说……"少年与她并肩，微微侧睇，"小仙女元旦快乐，新年快乐。"

03

寒假在乡下的时候，喻思帮江老爷子拔菠菜。

南城冬季的菠菜产量不多，所以他们就自己种，小棵品种，鲜嫩清甜。

放假之前江老爷子跟自家爱徒说:"让为师来考验下你的手指功法。"

于是画面很顺利地转到菜园子里,喻思蹲在地头拔菠菜。

江老爷子坐在炭火旁很认真地进行指点:"指头不能太僵硬,茎根分离了就特别苦,对,就这样,带点泥,漂亮!"

喻思苦哈哈地回头望了望:"师父,您不干活吗?"

江老爷子眉头一挑:"你是班主还是我是班主?"

喻思拔完菠菜正准备打包,就见春喜在她分好的菜堆里翻身打滚,这就罢了,它竟然还朝每个菜堆都撒了尿。

江老爷子正好要熬火锅汤料,喻思对春喜勾勾手指:"过来,让我看看是把你红烧还是清蒸。"

喻思团着菠菜和雪,哄骗春喜张嘴:"吃下这颗能量球,你就是这个村最靓的狗。"

春喜服从主人命令,吞下那颗菠菜雪球后开始上蹿下跳,一人一狗,在那风雪之中无比欢乐。

江老爷子背着手站在屋檐下,天朗气清,冬日暖煦,他希望这个孩子永远能看见世间的璀璨,也愿世间对她再多一点好。

04

喻思开始挨家送菠菜,先给大师兄家,随后就是卖羊肉的三师兄家和许久未见的四师兄家。

四师兄心火旺盛,嘴角上下起了一圈水泡,都这副模样还不停地嗑瓜子。他的年纪比喻思大不了多少,师兄妹虽然不常见面,但也有很多话题。

两人从学业聊到工作,从工作又聊到家庭。突然,四师兄问她:

"学校里有没有喜欢的人？"

"说什么啊，早恋是不可能早恋的。"喻思拘谨地移开两步，狂嗑瓜子，"好好学习天天向上。"

四师兄吐了吐皮，哼了一声："跟我一样，花花世界，独自美丽。"

"师兄，你变了，你以前很有激情。"

"我这是被生活所迫，激情变无情。"四师兄指了指金口，满脸无奈，"再有几天就大年三十，我还有九家房租要去收，家里现金都堆成山了。还有我那几张银行卡，办的时候说是 VIP，但之前取个一百万还要提前预约，我盘算着过年前就去销号！"

喻思停止嗑瓜子。

四师兄苦口婆心地劝说道："你将来绝对不能像我一样，就知道收钱、存钱、收钱、存钱，我告诉你……哎，师妹你去哪儿？嗯？你拿刀干什么？师妹？师妹！"

05

李华芝包了很多肉包子，蒸好之后连同菠菜一起让喻思送到胡家。当家主母每年都会给胡二师兄送点熟食，只不过后面还会跟一句："回来割点猪五花。"

喻思去二师兄门面店的时候，客人特别多，估计都在筹备年货。

因为胡有七不在，喻思把东西放下便改道去花贝家。她将书包紧紧抱在怀里，因为里头放着热乎乎的包子。

今年，花贝要一个人在家过年，喻思特地给她蒸了素包子。

快到花贝家门口的时候，胡有七鬼鬼祟祟地现身，将喻思拦住："你来干什么？"

"我不能来？"

喻思这才发现胡有七羽绒服里塞得鼓囊囊的。

"我给花贝送饺子，油渣白菜的。"

"我送包子，菠菜鸡蛋的。"

胡有七不高兴了，他很认真地跟喻思强调自己对花贝多么有心，油渣剁得细碎，白菜又大又水灵。

喻思无语凝噎，只见胡有七还在拿腔作调："高端的食材，往往只需要最朴素的烹饪方式……"

为了不让喻思抢风头，胡有七盯着喻思把菠菜鸡蛋包全都吃下。

喻思像一只小仓鼠，一口一个，腮帮子撑得圆圆的，硬是就着口水咽了下去。

胡有七终于能独享"高岭之花"的宠爱，花贝却说："我其实比较喜欢吃菠菜包子。"

喻思忍不住打了三个响嗝。

06

今年和往年没什么不同，一样的吃喝玩乐，但在初四的时候出了点事。

江老爷子说春喜确诊了心脏病。

喻思十分自责，她认为是自己给春喜吃了菠菜才会这样，但其实上了年纪的犬类，得心脏病的概率很高。

江老爷子之前没打算说这件事情，但想着小姑娘家心思多，迟早都会知道。果然，告诉了喻思春喜生病之后，她就开始盘算接狗子进城。

最后还是花贝提出切实方案，春喜可以暂时寄养她家。别墅区有院子，还有阿姨帮忙照料，去宠物医院复查也方便。

喻思和江奈便领着春喜去花贝家，一路春喜跑得特别欢，两人都拉不住。期间喻思陪着春喜稍作歇息，抱着它亲了又亲，还说着以后可以天天见面。

本以为一切如愿，谁知春喜在花贝家当晚就丢了，它还咬伤了人。花贝最先联系的江奈，随后通知了胡有七，三人碰面一起去找狗。

根据花贝所述，春喜到了新家很是焦躁，不吃饭也不喝水，花贝越安抚它越狂吠，最后索性挣脱绳索冲了出去。就在拉扯之间，春喜把花贝的胳膊咬出了血。

春喜走丢，他们都不敢告诉喻思，三人开始分路寻找。

一直到晚上十二点，还是没有找到春喜，江奈让花贝和胡有七先回家，他独自沿着走过的街道再次搜寻。

那晚风雪很大，行走的路上只觉呼吸都困难。

江奈的双手冻得通红，他拿着铁罐头，不停地用指尖敲打盖子发出声响。他一遍遍地唤着春喜的名字，直到身体开始发冷，这才放弃搜寻转道回家。

回到小区之后，江奈竟发现雪道上有浅浅的爪印，他突然想起什么，开始往后楼跑去。

喻思跟他说过，曾把春喜藏在了一个破旧的废棚子里。

果不其然，江奈在那里发现了蜷缩浅眠的春喜。

它看到江奈的时候，抬起头来，湿漉漉的眼睛里充满了委屈。

江奈悬挂的心终于落地，他敲敲罐头："乖，过来。"

07

最后春喜还是被送回了乡下。

喻思知道那天的事情后很不好意思，花贝去打狂犬疫苗，她陪同在侧说了无数声对不起。胡有七倒是一脸不在乎，嘻嘻哈哈地跟花贝说道："没有被狗咬过的童年，是不完整的。"

花贝怕打针，拧着眉别过头去，胡有七那张大脸就凑了上来。

"你喜欢宠物吗？

"以后想养一只小猫咪不？

"你看我怎么样？

"又居家又不挠人。"

胡有七双手握拳放在耳畔："喵……"

花贝忍过疼痛看着他，抿嘴笑了笑。

08

喻思那几日有些颓然，江奈跟着父母去走亲戚，江老爷子耐不住催劝，最终也跟着去。她便想去找花贝玩，但胡有七抱着书本装模作样地去找花贝请教问题，明令禁止不许她靠近。

喻思只能在家给李华芝打下手，面对流水的亲戚，应付铁打的饭桌。

春节联欢晚会反复重播，小品的梗她都能倒背如流。

喻思跑到妹妹房间给江奈打视频电话，他正在看书，取下眼镜的时候揉了揉，冲镜头一笑。

有点好看。

喻思撑着脑袋笑嘻嘻地说："今天星期几……"

背后突然幽幽传来一句："突然好想你。"

喻思吓得赶忙盖住手机屏幕，转头发现喻玥啃着玉米，贼兮兮地挑着眉。

喻思做口型:"干吗!"

小不点娇羞做作地摇晃着,放大音量:"风一更,雪一更,聒碎乡心梦不成……"

江奈那端看到镜头剧烈晃动,喻思咬牙切齿的声音传来:"诗句是用在这里的吗?分明是我寄白雪三千片,君报红豆应以双!"

视频随后断了。

喻思把捣乱的妹妹收拾了一顿,此时有信息进来。

备注名"小狐狸"。

小狐狸:玲珑骰子安红豆,入骨相思知不知?

这美好的冬日啊,喻思太喜欢了。

09

喻玥看姐姐的心情有所好转,说要带她一起出去玩滑板。

喻思挥挥手:"我不和小学生玩。"

可二人下楼后,喻思滑着喻玥的板子,飞快地溜着:"跑呀快跑呀,哈哈,追不上我!"

喻玥气喘吁吁地翻着白眼。

喻玥带着姐姐来到"板仔"聚集地,这里有很多爱好者,一个大大的U型坡上都是年轻小孩。来玩的多是熟识,喻玥像个小大人一样介绍喻思,孩子们齐刷刷地鞠躬喊"姐姐好"。

喻思:"可以啊小不点,混圈子了。"

喻玥努努嘴:"他们比咱们小区的男孩好多了,最起码不欺负女生。"

喻思一眼就在男孩堆里看到了韩星宇,以为他也是"板仔"一员,喻玥说他是跟着家人来玩的,说完脚下一滑闪身离开。

喻思生怕妹妹有点闪失，就站在附近盯着她。

后来，喻思站累了便坐到休息处等候，没想到在那儿还抓住了一个小偷。对方戴着口罩，眉眼深邃，起身的时候把喻思搁在桌面上的手机放进了自己兜里。

喻思多精啊，一把揪住此人大声喊道："小偷！抓小偷！这个人是小偷！"

小偷一脸困惑地看着喻思，随即反应过来，摸摸自己的两个口袋，发现都有手机。他拿出喻思的手机按了一下，看到了动漫屏幕。

喻思："你还想偷看！"

"对不起，我拿错了。"

喻思一把夺回自己的手机，正义凛然地说："我的是红色壳，你的是绿色壳，这么明显还能拿错？你以为你是色盲啊？我最看不惯的就是你这种小偷，年纪轻轻有胳膊有腿的……"

热心市民喻思女士正准备给这颗"老鼠屎"好好上一课，只见韩星宇踩着板子过来，冲这人喊了声："哥，怎么了？"

10

喻玥跟韩星宇当场绝交。

绝交原因是为了各自的姐姐和哥哥，这就让人很尴尬。

喻思不知道韩星宇还有个哥哥，更不知道他哥哥身体有缺陷，今天当着那么多人的面戳人家痛处，想想都能懊悔死。

小朋友们一开始拌了几句嘴，后来越吵越凶。

"你姐姐是流氓！"

"你哥哥是色盲！"

"你姐姐是傻瓜！"

"你哥哥是瓜皮!"

韩星宇哥哥默默无声。

喻思张了张嘴,十分急切。

好不容易插上话后,喻思按着张牙舞爪的妹妹弯腰低头:"哥哥对不起!我是流氓!我是傻瓜!"

那天晚上,喻玥挑灯给韩星宇写了一封绝交信,将两人这些年的恩怨一笔一笔地罗列清楚。喻思瞥见那上头竟然还写了欠两根铅笔芯、半块小熊橡皮,就连卫生纸撕了几节都很详细。

"你们的友谊如此不堪一击?"

喻玥气呼呼地将铅笔拍在桌子上:"你也签字!"

"我签什么啊?"

"我们姓喻的跟姓韩的全部绝交!"

喻思提笔想来想去,签了字,但又写了小小一行:色盲又cool又cute,哦,不是cute,而是could be love。

不是可爱,而是值得被爱。

妹妹这个小学渣英文字母都背不齐,又哪知道是什么意思。

喻思将那信叠起来,嘿嘿一笑:"散装英语,就是'江湖再遇,提头来见'的意思。"

她小心翼翼地,爱护着一个陌生人的心情。

11

撂了狠话的妹妹,在开学前就跟韩星宇和好了。

喻思在家疯狂赶作业,没有去见证他俩的世纪友谊。江奈回家时给喻思带了特别甜的车厘子还有糕点。春喜的病情没有大碍,依旧蹦上蹦下的。

一切都顺意美好。

春天过后，喻思觉得自己长个了，头发也掠过肩膀，温婉可爱。

胡有七跟抽了条似的，身高直蹿一米九，这可把他乐坏了，隔三岔五跑到喻思跟前扭屁股："我比江奈高，我比江奈高……"

江奈一米八五，跟他站在一起也确实稍矮。

喻思毫不留情地回击："人家135斤，你230.54斤！"

胡有七震惊，捂嘴："你竟然，连小数点都知道？"

"我不仅知道，我还告诉了花贝。"

"姓喻的，算你狠！"

"略略略……"喻思朝他吐了吐舌头。

晚上李华芝给喻玥熬了大骨汤，小不点还没喝就被喻思给抢走。

"给你喝了也浪费，不如给江奈哥哥喝长个儿。"

小不点一脸黑线，我就不配长个儿？

喻思就这样给江奈偷汤喝，她捧着下巴眼睛闪闪，故意说话不发音，却不知道江奈早已看透口型。

"我的人，可不能输。"

江奈笑笑，当然。

12

胡有七最终还是被体重问题所困扰。他曾经婉转地问过花贝："你喜欢《超能陆战队》里的大白吗？"

花贝回他："挺可爱的。"

没错，是可爱，不是帅。

胡有七耷拉着脑袋去找喻思："姑姑，游泳还缺个助手吗？"

"缺，体重必须达到230.54斤。"

胡有七咬牙切齿地道:"you can kill me, but you can't fuck me！"

"士可杀不可辱，胖子还是洗洗睡。"

好气！

但是打不过她！

胡有七后来开始跑步，小伙子虽然壮实，跑起来倒是挺快的。班里跑操都是让他来领跑，每天那个时候他都把自己收拾得特别精神，然后雄赳赳气昂昂地亮相。

当时跑操很多班都在，花贝看到胡有七本想好意打招呼，偏偏人家跟暴风似的席卷而过。

胡有七暗自窃喜，她一定觉得此刻的我帅爆了。

久而久之，花贝以为他不想跟自己说话，也就不再看胡有七。

胡有七孤独寂寞地在风中穿行，苦哈哈地寻找花贝的身影，都疾跑加闪电了，还是没能引起人家的注意。

于是他暗暗下决心，看来没有最快，只能更快！

13

萧老师开班会的时候跟大家说，这学期尽量不要往高三年级教学楼跑。

高三年级备战高考，只剩下几个月的时间。

喻思还是悄悄溜过去了一次，因为琵琶手学姐要去参加音乐学院的复试，她在文具店里选了一个漂亮的挂件，很是喜庆，想送给学姐做护身符。

她溜到学姐班级，随便拉住一个同学便问:"李念在吗？"

那同学一回头，咧出大白牙:"找李念不找我？"

喻思看到秦见那贱兮兮的样子,攥着拳头佯装要揍人。李念走出来跟喻思在过道里聊了会儿,秦见就在旁边候着。

李念艺考之路还算顺利,她接过喻思给的挂件说道:"我一定把它好好挂在书包上。思思,你也要加油。"

等两个女孩聊完,秦见这才凑过脸来。

"你说我是上体大好呢,还是上 Q 大?"

喻思皮笑肉不笑,直接给他一肘子:"我看你上天比较好。"

14

高三学生一紧张,低年级的也跟着惶恐。

喻思的心态比很多人都要好,甚至有些欢脱。

语文课上萧老师抽小组背诵课文,今天抽到的是季良才那组。前面女生还在背,季良才就开始算轮到自己的段落,他特别害怕背课文。

轮到季良才的时候,萧老师却跳着点了江奈。江奈站起来接力背诵,因为是古文,所以他的发音微微有些不清晰,甚至有的音节说出来很滑稽。

教室里有人忍不住发出了笑声。

"背得好!"

众人闻声看去,是喻思在鼓掌,她永远是江奈最强力的后盾。

萧老师点她:"喻思,剩下来的一页你全背了。"

季良才大喜,乐呵呵地看着撞枪口上的喻思,喻思压根就没复习,背得磕磕绊绊。

萧老师看不下去:"你再指定一个继续背。"

喻思眼睛"噌"地一亮:"季良才!"

季良才："你……"

15

萧老师单独找到喻思谈话，喻思以为是自己的护短行为表现得过于明显，却不想老师提的是转艺考生的事情。

喻祖德和李华芝不注重这些方面，江老爷子又不太了解，家庭没能给孩子一些帮助，萧老师就从综合方面考虑，给喻思提出艺考的建议。

喻思当时参加乐团时，队里的民乐老师就一直带艺考生，她和萧老师一道给喻思找了一家靠谱的艺考机构，还去试了几节课。

喻思需要专业、系统的培训，她本身也对这方面感兴趣，只不过在看到学费单的时候，闷闷地说这辈子没见过这么多钱。

李华芝看到那五位数的数字，眉毛都快弹到发际线了。

晚上在房间里，李华芝和老喻掰着手指头算账："现在物价那么高，吃的喝的哪样不花钱？上次你在医院拍个核磁，快八百了，什么毛病都没拍出来。芹菜现在涨到多少，你知道吗……"

老喻头都大了："这跟思思去培训班有什么关系？"

"怎么没有关系？明年玥玥要考初中，凭她那豆腐渣的成绩，你不花点钱给她找个好学校？"

老喻沉着脸，没说话。

李华芝算啊算："你看那个生活费一千五，半年就是……五六三十五，一六得六……"

"等等，五六多少？"

"三十五啊。"李华芝顿了顿，"四十？"

老喻心灰意冷地摇了摇头："我总算知道玥玥为什么脑子不

好了。"

16

喻思几乎从未跟李华芝要过什么，但这一次，她还是鼓起勇气诉说了自己的恳求。不出意外地，被拒之后还被说教了一通，李华芝认为那都是有钱人的游戏。

喻思说："那不是游戏。"

李华芝很认真地看着喻思："在我看来，除了吃饱这件事外，其他的都是游戏。"

喻玥见不得姐姐受委屈，不敢在妈妈跟前闹就去找爸爸。小不点不懂事，气急之下冲着老喻说道："你就是怕老婆才不让姐姐去，叫什么喻祖德，喻缺德好了……"

"啪！"得到一巴掌。

所有人都愣了。

喻玥哭得上气不接下气，背上书包就离家出走，走到几栋楼外的江家。

江妈开的门，小不点抱住她就嘶喊："阿姨救我，报警，哇呜呜呜，有人虐童。"

李华芝只觉得丢尽脸面，她和老喻谁都不愿去领人，最后还得是喻思上门。

喻玥就躲在江奈房间的柜子里，将里面的衣服踩得乱七八糟。

江奈环胸一脸冷漠地看着喻玥，喻玥还冲他龇牙："看什么，我叫姐姐打你！"

喻思过来的时候，喻玥看爸爸妈妈都没来就更生气，索性窝在里面谁都不理。喻思开始整理被揉乱的衣服，江奈在帮忙。

喻玥看着两人，尤其是一脸温柔的江奈，她抽泣道："双标。"

17

小不点回家后就发起了高烧。

李华芝还在生气，让喻思给她拿药端水，交代后便甩袖进屋。

喻思坐在妹妹床边，看着温度计数字降下之后才松了口气。她最怕人发烧，尤其妹妹年纪小，生怕有个什么闪失。

喻玥难得生病，就觉得自己头疼、腿疼、浑身疼，卷着被子勉强挪到姐姐身旁，将头枕在喻思的腿上。

姐姐在，她的委屈便无限放大。

喻思低头看正哭得难以自持的小不点，她笑笑："都多大了，还这样哭。"

"姐姐，要抱……"

"好，姐姐抱。"

喻思将喻玥往怀里带了带，拍着她的背，缓缓安抚着。沉默了会儿，喻思说："以后不可以这样跟爸爸说话知道吗？爸爸很爱你，你这样会伤他的心。"

"我不要爸爸爱我……我要爸爸爱姐姐。"

"傻瓜，我们两人爸爸都爱。"

喻玥撇撇嘴，抹抹流泪的眼睛。

"姐姐，我是不是很没用啊，什么都帮不了你，还天天给你拖后腿。可是我一点都不想这样，我想保护姐姐，我想明天就长大。"

"长大很辛苦的。"

"我不怕。"喻玥伸手握住喻思的手掌，信誓旦旦，"只要跟姐姐一起，多么辛苦我都不怕。姐姐，我好了，我明天就多吃两碗饭快点长大,你陪我好不好?"

喻思心里柔软得不行,亲亲小不点的额头。

"嗯,姐姐陪你,永远陪着你。"

18

喻思月考结束的那天,南城有些闷热。

校门口挤着接学生放学的家长,喻思一眼就看到与他人格格不入的一位,江老爷子嗫着冰棍,跷着二郎腿坐在石墩子上。

春喜乖乖蹲在江老爷子脚边,脖子上拴着绳,嘴上还套了个嘴套。它最先看到喻思,"噌"地跳起来想叫,却张不开嘴,那样子看起来着实滑稽。

喻思穿着松垮的校服,头发也有些凌乱,跑过去的时候险些被绊一跤。江老爷子停止嗫冰棍,拧着眉看她:"你怎么又黑又瘦又丑的?"

喻思皮笑肉不笑:"什么样的师父养什么样的徒弟啊。"

江老爷子嗫完最后一口,将那冰棍棒儿扔进草丛里:"走,为师带你吃肉去。"

喻思响亮地回了一声"好嘞",顺道把冰棒棍儿从草丛里扒拉出来,扔进了垃圾桶。

江老爷子斜眼看了看她:"嫌弃我?"

"师父说的哪里话,从小您就教导我们'爱护环境,人人有责',师父真优秀,这个赞送给您……"

还能贫嘴,证明孩子心态不算差。

江老爷子背着手,走在前面:"哼!用你说。"

19

烧烤店内，江奈也来了。

明天是周末，大家都以为江老爷子要住城里，江爸接到消息就开车往这儿奔波。

江老爷子指了指拴在门口的春喜："我们待会儿坐皮卡走，回自己家。"

江奈不说话，喻思大口撸着肉串，还不忘帮忙解释："主要是春喜认窝。"

"狗在哪儿不能睡？"江老爷子反驳她的话。

"那您住这儿？"

"我又不是狗！"

吃完饭，江老爷子给开皮卡的叔叔打包了肉，没多久，便等来了人。

江老爷子拎着袋子，将赠送的餐巾纸塞进喻思的口袋里："我走了。"

喻思是在车启动后发现口袋里有银行卡的，她短暂地蒙了下，随即追着车开始跑。江奈没喊住她，只能跟上一起跑。

两个少年穿过人群与车流，逆着光追寻。

车停下的时候，江老爷子摇下车窗，喻思红着眼睛，巴巴地看着人。

"师父，我……"

她马上就要哭了。

江老爷子两鬓如霜，眼底尽是疼爱，他摸摸孩子的脑袋："女儿有泪不轻弹，思思，你要准备好啊，去大世界看看。"

你要去大世界看看。

喻思猛点头，忍住了眼泪。

20
那一天，江奈走在喻思的身后。

小姑娘低着头，沉默许久。随后她回过身来，拉拉书包的带子，抿嘴笑了笑："江奈，谢谢你啊。"

"谢我什么？"

"没什么。"喻思望着他，眸中泛着滢光，"就是想谢谢你。"

小不点喻玥在跟家里怄气的时候，总想着要做点什么。

当时江奈问她："要给你电话吗？"

"要电话干吗？"

江奈道："比如给爷爷打个电话。"

于是喻玥添油加醋地将爸妈的恶行告知江老爷子。

江老爷子知道后，给老喻打电话气得青筋凸起："你和那个灵芝……好，行，欺负我老头子没人是吧？春喜！春喜……"

而现在，江奈并不想承了喻思的谢意，相反，他的心境颇为复杂。

他突然拽住喻思的衣袖，轻声问道："思思，你相信我吗？"

少年在这最炙热澎湃的年纪里，发下誓言："我从来没有此刻这般想快些长大，去站到你身边，好好保护你。"

喻思有些动容。

"你们怎么，都那么想长大啊。"

长大真的就能保护自己想保护的人吗？

长大真的就会一切如意吗？

要是这样，她也要快快长大。

因为这个世界，她好喜欢。

第九章·
光明之处，深渊之下

我要是一生下来就八十岁
那该多好
就能陪着我师父变老

01

季良才在班上偷吃辣条被萧老师发现，罚他打扫班级卫生。

他从喻思书桌上看到一本杂志，高举双手拿到办公室："老师，举报！这儿有人看小说！"

于是喻思被罚一起打扫，拿着拖把追着季良才满楼道跑。

喻思手劲大，正要把人按在地上"摩擦"的时候，江奈和几个同学回到教室。

季良才突然大声喊了起来："你们知道喻思在看什么吗？不堪入目啊……'女人你这是在玩火''磨人的小妖精，敢看别的男人'……"

喻思吓得拳头哆嗦，情不自禁地挥了上去，本意是想捂住季良才的嘴，可尺度没把握好，反倒撞向了他的鼻子。

季良才尝到腥味，抬手摸摸，刺眼的红。

"看着有点像血啊……"

随即他眼睛一翻，晕了。

02

连续几天，喻思都不敢跟江奈进行眼神对视。

那天跑完操刚要上楼，就看到拐角站着一人，正是江奈。

他应该是刚洗过脸，额前头发有点湿，因为没戴眼镜，所以看向喻思的时候微微眯了眼。那样子，嗯，有点危险，又有点好看。

喻思连招呼都忘了打，二人并肩上楼，某种异样的气息在交缠。

突然，江奈低沉一句："你喜欢那样的？"

她就知道！她就知道！

喻思小脸一红，别过头去，眉头拧成麻花。

"我也挺喜欢的。"江奈扯起一侧唇角，笑得很隐晦。

喻思连呵三声，生怕接下来他要和自己讨论小说的具体情节，便扶着栏杆把手，三台阶一步，先溜为上。

喻思一直不知道，她在江奈手机里的备注名是什么——

"小娇思"。

有些男生啊，还两副面孔呢。

03

萧老师没收的辣条能塞满一抽屉，听说林老师也没收了很多，她就想去问问怎么处理的。

临去前，她还特地在仪容镜前补了个口红。

到了林老师办公室，发现他正在吃辣条。

林老师还十分热情地招呼她："来，尝尝，可得劲了……哎，你这个嘴唇怎么了？吃，吃辣条了？"

传说中的"钢铁直男"，不断扩大着萧老师的心理阴影面积。

她大学时曾鼓起勇气，在男生宿舍楼下摆了一圈玫瑰花，林老师在兄弟们簇拥下走过来，惊喜地说道："多少钱一枝？我全包了。"

她从来就没有走进过他的心里。

就像以前，她笑着回一句："十块钱一枝，买五赠一。"

亦如现在，她擦擦嘴唇："这都被你发现了。"

一如既往，没有位置。

04

高考生百日誓师大会过后，光阴飞梭。

致远中学高考前三天放假，秦见抱着个大箱子在校门口等喻思。

那天白云舒卷，微风几许。

秦见问她："喻思同学，你有没有觉得我也很优秀，哪怕只有一点点那种也行。"

喻思紧握的拳头，表明了答案。

他挠挠头，眼底藏着失落："这样啊，那我真是太失败了。"

后来他把箱子送给喻思，里面装的全是笔记和复习资料，因为学校严禁撕书，所有毕业生把它们都打包抬回了家。

喻思说："你不留着吗？万一复读什么的。"

秦见被气笑了："妹妹，想哥哥点好行吗？你拿着总归有用，希望你也考上如意的大学。"

两人打过招呼，即将分道扬镳，秦见走了很远突然奔跑回来，用力地抱住她："喻同学，以后还能再见吗？你不说话我就当你答应了。"

秦见来得快跑得也快，喻思捏着喉咙脸涨得通红，嘴里嚼的大白兔奶糖卡在了嗓子眼。等好不容易咽下，她才朝着远去的人影喊道："谁答应了啊。"

可他们都没有料到，此次一别，一生未见。

青春里的遗憾，最终都成了回忆。

但只要想到有那样一个人，在自己生命中出现过，就很美丽。

05

在这个暑假，胡有七坐断了花贝最喜爱的秋千。

院子里的木秋千于花贝来说有着重要意义，它是证明父母曾经恩爱的仅有存在。

当时喻思非要同胡有七争抢，胡有七气不过，索性站到秋千上，岂料踩断了绳索，连人带木板翻了下来。

花贝看着断裂的秋千，忍不住红了双眼。

胡有七第一次见着花贝如此难过，小胖子内心柔软，只想保护她："其实秋千不是唯一的证明，你才是啊。"

喻思猛地拽了下胡有七。

花贝霎时泪如泉涌，蹲在地上哭得不能自已。

回去的路上胡有七跟喻思争吵不休，喻思恼他推卸责任，决定重拳出击："你怎么不说是你太胖了！叫你减肥到现在不减！天天上网看什么酸诗，自欺欺人，花贝不是不喜欢大胖子，她只是不喜欢你！"

胡有七面对现实，热泪横流："你，你太欺负人了！绝交！"

06

那件事后，胡有七不敢再去找花贝。

他在最伤心的时候，铺开笔记本，写下认识花贝这么久以来的最后一篇日记。

当时他在门店看摊子，手举一杯鲜榨的苦瓜汁哀唱："说不上恨别纠缠，别装作感叹，就当作我太麻烦……"

胡二师兄剁着排骨的刀险些剁到手。

喊了几年要减肥的儿子，不知这个假期抽什么风，天天锻炼，然后瘦了三十多斤。

胡有七就如脱胎换骨一般，换了新的皮囊，大肚子消失得无影无踪。

喻思只是一段时间没来，再见的时候已然忘记绝交那茬，热情地冲他招手："这位帅哥，我找一下胡……大侄子？"

大侄子剪了寸头，穿着二道背心和大裤衩坐在那儿，肌肉线条清晰明显。

他挑了挑浓眉，荷尔蒙爆棚："有事？"

"你，你整容了？"

胡有七冷哼一声，换了个帅姿："丑八怪不配跟我说话。"

喻思扯扯嘴角，活动手腕："姑姑今天在线教你做人。"

07

胡有七减肥成功后，着实在学校引起不小的轰动。

一米九二的气场，棱角分明的五官，宽肩窄腰，寸头硬汉……专属胡有七的标签已然汹涌澎湃地传递开来。

胡有七还在继续减肥，远离猪五花，运动出奇效，但凡撑不住的时候，他只要想想花贝流泪的模样，瞬间来了力量。

按理说胡有七变瘦变帅后，花贝应当对他另眼相待，可她没有，相反有些疏离。

喻思问："女生们要给他众筹成立后援会，你加入不？"

花贝摇摇头。

"你不喜欢胡有七变帅?"

"不喜欢。"

胡有七听到花贝亲口说出的答案时,再难为自己寻找借口,他突然就觉得,瘦了之后好像心变得冷了。

08

学校的操场上,又多了一圈呐喊的女生。

胡有七现在的打球技巧丝毫不输江奈,甚至气场已经盖过对方,他只要用那挺拔的身躯去碰撞,总能激起千层浪。

所以季良才才会打趣:"你现在可真是'浪'到家了。"

三人都是高年级的学长,在球场上可谓是横着走,运动完后齐刷刷仰头喝水,江奈扔给胡有七第二瓶,胡有七抹了把汗:"谢了。"

两人的关系开始有所变化。

男生之间本就存不住小脾气,打个球跑个步,什么都烟消云散。

胡有七想想自己以前总是针对江奈,觉得特别幼稚,他坐在操场看台上,伸长了双腿。情绪上头的时候,他喃喃说道:"这就是长大的滋味啊。"

江奈当时摘了助听器,回他:"这是自欺欺人的滋味。"

胡有七坐起来,瞪大眼睛看着他:"你不是听不见吗?"

江奈勾勾唇:"谁说的。"

胡有七眯眯眼:"敢情以前我们说什么你都能听见?你这个大骗子,喻思知道吗?"

江奈没有说自己会唇语,他想到喻思,敛眸一笑。

胡有七就是看不惯他俩这个样子,故意说道:"江奈,恕我直言,你驾驭不了她那种性格的人。"

江奈拾掇好东西，书包搭上肩，悠悠一句："她能驾驭我就行。"

09

江奈有一个计划本，本中每一页都清晰地记着学习与生活中要做的事情。

一件一件，有条有理。

他自律，懂坚持，目标明确。

每页计划表的下面都有碳素笔勾勒出的简笔画，一个女孩拿着小喇叭，喊着"加油"。这是他在无数个挑灯夜读、倦怠不安时的重要精神支柱。

同样，江奈每次站在香樟树下唤喻思的时候，喻思那颗心才得以平静。

月下的你，万物不及。

可这世上没有一帆风顺，没有能完全按照计划表来实施的人生，也许只需投一颗石子，就能激起层层波澜。

某日江爸提出让江奈去新西兰留学的时候，江奈当真愣了好一会儿。

"办手续还需要一些时间，你先把雅思考了，其他的交给我们，争取过完年你就去。"

在这样的大事上，江妈和江爸站在了一条线上，除了留学，还有更重要的原因。江爸有一个医疗上的朋友在耳鼻喉领域颇有建树，他们计划让江奈做人工耳蜗的植入手术。

江奈的异样沉默，父母都能察觉到，江爸觉得没什么，还跟江妈说儿子想想就会觉得这是好事。

后来跟老喻闲聊的时候，江爸提起了送江奈去新西兰留学的事，江妈拦都没拦住。

她微不可察地叹口气，瞧吧，你儿子很快就会告诉你这是不是好事。

10

饭桌上，喻思听到新西兰，第一反应是："新疆，西藏，兰州？"

小不点喻玥从米饭里抬头："新西兰位于大洋洲，太平洋西南部，介于南极洲和赤道之间，距离我们九千多公里……"

李华芝用筷子敲打了下她："就你知道得多，吃饭不要张嘴。"

喻思没有听江奈说过要出国，可显然这事已经提上了日程。

那天晚上她点开手机敲敲打打，编了无数次话语，最终都删掉了。

因为她突然想到了江奈的耳朵。

他的耳朵，比什么都重要。

如果可以，喻思愿意倾尽所有去换他的健康，一想到这儿，她便毫不犹豫地关了手机。

11

班里组织随堂测，所有人都被打乱了座位，喻思和江奈恰好坐到了一起。

他们的桌椅距离不远，在等老师去拿卷子的空隙，喻思望着正在准备草稿纸的江奈说道："你大学想考哪里？"

江奈拿了两支新笔，在纸上画了两下递给她："拿着。"随即又道，"你想去哪里？"

"我啊。"喻思撑着脑袋想了会儿,"听说新疆有个赛里木湖,那是大西洋的最后一滴眼泪,我想去看看。西藏好像有一种中药鸡,吃了不会让人高原反应,倒也很神奇。还有兰州啊,只要出了甘肃,外头的都不是正宗的兰州拉面,你说有意思不?"

江奈推了推眼镜,勾了唇:"有意思。"

卷子拿来的时候,喻思刚要提笔写,就听到江奈小声说道:"世界太大,我怕迷路。"

喻思握笔的手一怔,那年她从乡下回到城里的时候,为了讨江奈欢心总爱跟着他玩,还骗他说:"世界太大,我怕迷路。"

她哪懂什么世界啊。

江奈却牵起她的手,沉沉说道:"那就待在我身边,哪儿也不去。"

12

喻思全身心备战艺考,隆冬的时候便要前去新城参加初试。

平时没什么感觉,临近了她才发觉自己很慌张。更让她心塞的是,胡有七当初去艺考培训机构找自己玩,竟然被一个陌生女人搭讪了,说他骨骼清奇,堪称大才。

胡有七当时就要把那个骗子给揪去派出所,可人家掏出名片一看,竟真是包装过N多明星的公司老板。

喻思愤愤不平地跟花贝说道:"一个只会啃猪蹄的人都能去做模特,我那么辛苦训练,最后却极有可能被刷下来。"

花贝一脸平静,回:"话不能这么说,以前有个美术生没考上理想大学,但铅笔削得不错,后来就去削小甘蔗了。"

喻思:"啊?"

花贝:"人的出路有无数条,你琴弹得也不错,实在不行可以去弹棉花。"

喻思:"嗯?"

花贝:"要不你去问问游乐园要不要人吹气球?"

喻思当即将一支铅笔折断,递给花贝:"友尽。"

13

花贝也越来越皮了,虽然话是那么说,可喻思考试的所有资料都是她帮忙准备的。新城与南城风土人情完全不一样,花贝同她说,去了那儿,世界便向你开了一扇大门。

所有的一切,都蓄势待发。

喻思最后一次去培训机构的时候,江老爷子跟过去想和老师再聊一聊。

那几天温度极低,两人在教室里冻得直打哆嗦,等老师讲完考试事项后,他们说好要去吃土火锅。后来两人途经公园遇到了李华芝,发现她正和别人吵得不可开交。

妇人吵架,十分泼辣。

李华芝的战斗指数更是摧枯拉朽般势不可当,对方显然败于下风,冲动之下竟一头扎进了河里。在场所有人,包括喻思都傻了眼,最先下水救人的是江老爷子。

喻思到底是个孩子,她站在岸上整个人都是蒙的,水面有几秒的平静,直到看见江老爷子擒着人游过来的时候,她也跟着跳下水。

李华芝把人吵到跳河的事情,当天上了南城的新闻头条。而江老爷子为了救人,被不太干净的冰水呛了肺部,人也进了医院。

喻思那晚在派出所和医院两边跑,天色阴沉,似暴雪将至。

某个瞬间,她的心脏突突地疼,抬头便见天际有一道凌厉的闪电划过。

真的要变天了。

14

喻家发生了狂风暴雨般的争吵,锅碗瓢盆摔得满屋子都是,小不点喻玥躲在房间里不敢露头。

喻思在医院陪着江老爷子,他咳嗽得比较厉害,脸色也很苍白。

江老爷子看着喻思眼眶内转着泪花,拧着眉道:"干啥干啥?演戏演上瘾了?"

喻思硬生生地将眼泪憋了回去,挤出笑来:"那您看演得逼真吗?"

"九十九分,少一分是怕你骄傲。"

"师父,我有让您骄傲过吗?"喻思的心里莫名泛出酸楚,也不知道自己为什么会问出这种话来。

江老爷子半躺在那儿,放柔了声音:"当然有。"

喻思幼时初学唢呐,把音吹得稀碎,可还是抱着小小的喇叭,在每一个凝露的清晨和落日余晖之下,鼓着腮帮子努力着。

因为生了喜爱,才会拥有梦想。

喻思说:"师父总说初心,可我从一开始学唢呐,就只想让自己快乐,让师父快乐,我从来没有想过,要以这份喜爱去讨生计,或许也没有真正觉悟弘扬中华的志向。师父,我不知道现在重新看、重新学,还来不来得及,要是哪里做得不好,您别失望行吗?"

江老爷子只是拍了拍她的脑袋,什么都没有说。

喻思离开的时候,透过门玻璃看了一眼,江老爷子又挥了挥手。

再无其他。

15

江老爷子在喻思前往新城考试的当晚转入 ICU，十个小时后，人没了。

江老爷子向来身子骨硬朗，就因为呛水被夺了命，噩耗来得太快，连一句遗言都没有。

没人敢通知远在新城的喻思。

喻思回来后，便觉得天塌了。

她无法接受好好的人怎么突然说没了就没了？她跌跌撞撞地走着、跑着，脚下很软，像踩着棉花，找不到踏实的地方。

江奈手臂戴着小白花，顶着风雪站在路口，终于等来了人。

喻思突然再也走不动路，她跪坐在地，捂着麻痹的心口痛哭起来："对不起，对不起，对不起……"

她再也没有师父了。

江老爷子的追悼会放在了乡下，沉重的一日下来，除了哭声就只是哭声。

直到月亮高挂，大家才发现喻思不见了，所有人立马点灯出去寻找。

江奈几天没睡了，耳朵有些发痛，他像是听见了什么，转身望去。

喻思就站在高坡之上，对着明月升起的方向，吹响了唢呐。

群鸟齐鸣，凤凰高飞。

明明曲调欢快，吹奏之人却眼含泪水。

——"师父，等将来我找六个班给您吹《百鸟朝凤》。"

——"为什么是六个班？"

——"因为六六六啊。"

——"孽徒！"

喻思停止吹奏，摸了下鼻翼，满手的鲜血。

16

喻思再次踏上一个高处，那是三十多层的高楼。

天台的风特别大，上来的门有锁，但只要轻轻一拽就开了。喻思天天经过这个楼，也是听别人说过，最高处看风景绝美。

楼的方向不偏不倚，朝着乡下的方向。

喻思是抱着特殊的心情过来的，她红肿的眼睛已然流不下泪来。一只脚踏空的时候，头顶突然出现几只白鸽，绕着她尖叫飞鸣。

人在一念之间，皆有不同顿悟。

江老爷子以前阻止过喻思偷吃别人的鸽子，还跟她说："你师父我这辈子最喜欢的就是白鸽，它们寓意平安、祥和。它告诉我们要珍惜生命，活在当下，思思，你要把师父这句话记牢了。"

喻思的心仿佛被人狠狠撕裂，她太想去找师父了，想认错、想忏悔，可现在，飞翔的白鸽拦住了她的去路。

"师父……"

风越来越大，鸽子尾哨的声响也越来越清晰。

喻思捂住发痛的胸口，用力地捶着，每一次的发力都是对自己的惩罚。她恨自己为什么没有先下水救人，恨自己偏要去新城考试，恨这个世界为什么要带走她的师父。

她身处光明之处，却心坠深渊之下。

喻思摇摇晃晃地往前走去。

突然身后传来一声巨响，有人破风而来，江奈红着眼望着天际，朝人伸出手去:"思思,回来。"

17

喻思连续高烧三天,浑浑噩噩地躺在床上,因为临近年关,老喻思前想后还是跟萧老师请了病假。

萧老师和林老师一同来家里探望过,喻思当时住进了喻玥的房间,因为一直在沉睡,什么都不知道。

喻祖德和李华芝闹到要离婚,喻玥吓哭了,坐在姐姐床头不知道该怎么办。

相对于吵闹的喻家,江家则安静许多,甚至没有人说话。江奈在自己的房间,江爸在书房,江妈一个人坐在客厅里。

打破这微妙局面的是律师带来的资料,原来老爷子早在生前就做过遗嘱公证,所有财产皆归喻思,签字人为:江文俊。

江爸红了眼睛,止不住叹气,喃喃道:"父亲啊,就放心不下这个孩子。"

江奈坐在房间床上,没开灯,黑暗中传出声声哽咽。

不久前江老爷子问起他去新西兰的事情,都是问一句才答一句,江老爷子就急了:"我就不好你这个闷葫芦的性子,哪儿哪儿都不像我,你看看人家思思,又聪明又有想法……"

直到末了,江老爷子背着手,意味深长地看了他一眼:"不想去就说不去,谁敢逼你,就问我这把老骨头答不答应。"

喻思一直认为江老爷子没给自己留下只言片语,其实留了。

江老爷子十分骄傲地跟江奈说道:"思思懂得人心向暖、向上,她永远会过好每一天,我不图别的,只要她快乐,我就快乐。"

18

江奈跟喻思曾经看过一部电影,叫《本杰明·巴顿奇事》,主人公从老到幼,反自然逆龄生长,经历了人生酸苦,却收获了不同的幸福。

喻思当时天马行空地代入自己,她说道:"我要是一生下来就八十岁,那该多好,就能陪着我师父变老。"

可现在的她渴望一出生八十岁,要的却是师父不必遇到她。

喻思没有考虑自己会越来越小。

其实无论变大变小,师父都在那里。

那天夜晚,江奈伏在书桌旁,写下了电影中的一段话。

致思思:

我希望你活出最精彩的自己,我希望你能见识到令你惊奇的事物,我希望你能体验从未有过的情感,我希望你能遇到一些想法不同的人,我希望你为你自己的人生感到骄傲。如果你发现自己还没有做到,我希望你有勇气重新来过。

19

因为江老爷子过世,江爸计划春后再让江奈去新西兰。

一家三口坐在一起计划着未来,江奈摆弄了下助听器,在爸妈停止说话的时候开了口:"我不去新西兰,我要去新城。"

江爸诧异地看着向来乖顺的儿子,他没有在开玩笑,他是真的决定不去。

江奈的表情让人看不透,他一如既往的沉稳,甚至有些冷漠。

"新城的 Q 大,您同意吗?我以文科状元的身份去。"他一字一句，表明了心迹。

　　Q 大是国内的最高学府，江奈是成绩好，但本地优秀学子众多，他要拿状元无非是给自己和父母一个立志与交代。

　　江爸哑口无言，江妈顿了顿，说了句："随你心意。"

20

　　十八岁的这一年，是辛酸的。

　　喻思病愈后回到了乡下，春喜一看到主人就叫个不停。

　　一人一狗，守着空落落的院子。

　　江奈顶着风雪前来，今早的时候他突然发现自己的语言表达能力出了点问题，说话变得咬字不清，没有连贯性。

　　他对着喻思开始打手语，眸子轻柔，映着她苍白的小脸。

　　江奈说："新年快乐，祝你新的一年快快乐乐，白白胖胖，健健康康……"

　　这是每一年，喻思都对江奈说的话。

　　她红了眼眶，死死咬住牙。

　　江奈冻得鼻尖通红，他顿顿，继续做手势。

　　"思思，我好像，说不了话了。"

第十章·
我与唢呐，天地立心

为天地立心
为生民立命
为往圣继绝学
为万世开太平

01

喻思户口簿上曾用名那一栏，有三个字。

或许大人们都忘了，她曾叫喻天恩。

妈妈还在世的时候，喜欢抱着她喊小天恩，后来妈妈走了，再无人这般亲昵。喻思对亲生母亲没有记忆，她对母亲那种依恋只存于李华芝身上。

喻思的妈妈是患了癌症离开的，为了给她治病，几乎花光了家里所有的积蓄。后来李华芝跟喻祖德在一起的时候，总被别人道傻，可李华芝不管，拼尽一切也要撑起这个家，其中包括照顾幼小的喻思。

这就是喻思为什么到今天为止，对李华芝的任何行为都能包容，那是因为记忆的深处都是李华芝对她的真心。

有一年喻祖德忙于工作，连喻思生病了都没有请假，是李华芝将她抱在怀里，独自在医院里奔波。即便喻思那时候很小，她还是记住了李华芝抱着自己坐在椅子上，温柔地安抚着："宝宝乖，宝宝不哭，妈妈在呢，不怕不怕……"

李华芝一边探着孩子额头,一边哭着给喻祖德打电话。

"忙忙忙!孩子都病了知不知道!我上班前就跟你说带她去医院,你不听,现在嗓子都烧哑了!到底是你工作重要,还是孩子重要!"

小时候的喻思听不明白,她只是绞着手,悄悄接住了李华芝落下的一滴又一滴眼泪。

长大后她才明白,做母亲的,尤其是后母,是世间最难。

02

有人给李华芝算过命,说家庭缘薄,凶险病弱,尤其是膝下子女,更是一生不顺。

喻玥当时还未出生,喻思是她唯一的孩子,李华芝怕给孩子招祸,就问大师该怎么化解。大师说孩子的名字"喻天恩"中的"天"字太大了,架不住,最好去掉。于是李华芝便将那"恩"字框框里的"大"一撇给改了,改成了"思"。

自此,喻天恩变成了喻思。

李华芝不想让人知道喻思被算出一生不顺的命来,于是对旁人发出的猜疑从来闭口不谈。

喻思当时被送到江老爷子身边学艺的时候,李华芝曾多次偷偷跑到乡下去,江老爷子和她没有眼缘,两人相见就没有好脾气。

江老爷子还说:"天天惦记人家孩子,自己不能生一个?"

后来一年一年地过,喻家并没有发生什么不好的事情,也许是生活的苦难压迫了人心,李华芝的心境开始产生了变化,渐渐地,她秉承的初心也逐渐消失。

等喻思渐渐大了之后,李华芝才生下喻玥。

岁月冗长，能改变一切。

李华芝爱喻思是真的，爱喻玥胜过喻思，也是真的。

03

喻思之前想要艺考，家里经济确实难以支撑。后来得了江老爷子的帮助，李华芝心中也不是滋味。她想去机构问问老师，孩子要去新城考试，家长还能帮忙做些什么。

谁知学校没去成，倒是在半路跟以前认识的人拌起了嘴。

喻思以前算命的事情不知在哪个话题间就被提起来了，李华芝的暴脾气怎么可能让人当面嚼舌根，于是她也把人家的伤疤揭开撒盐。

后来结果证明，要说嘴战哪家强，当属南城李华芝。

李华芝的这场架虽然吵赢了，却间接害江老爷子出了意外。

喻祖德狠狠地责骂她，她半句解释都没有，最后两人去了民政局，有多年经验的工作人员一眼就看出夫妻二人还有感情，于是以资料不全为由，将二人劝回去冷静几天再来。

新年本来是家人团聚的好日子，而现在，所有人都沉浸在痛苦和泪水之中。

就连小不点喻玥，也已经好久没吃过饱饭了。

江家是明白人，逝者已矣，他们并没有真的要去怪罪谁，倒是喻祖德、李华芝很难走出心里那道坎。

尤其是喻思，她觉得自己才是天大的恶人。

04

江老爷子的遗产文书是江妈送过来的。

那日开春，院中葡萄架上的薄雪在消融，屋顶落了两只叽叽喳喳的鸟雀，喻思站在那儿往上头扔了一把稻谷，春喜伏在她脚边，极乖。

江妈记起一件旧事，江奈确诊听力障碍后好几年都不想去上学，言语能力恢复得也特别慢。后来熬到初中，李华芝提出把江奈转到喻思念的那所中学。

李华芝当年说的话，江妈现在还记忆犹深。

李华芝说："只要跟着喻思，就一定会变好。"

江奈不仅在变好，而且是越来越好。

喻思像火、像光、像所有热烈的物质，燃之不尽。后来江妈看明白了，其实江奈不是因为跟着喻思就会变好，而是想要变好才会跟着她。

一步一个脚印，向阳而生。

江奈没送出去的那张《本杰明·巴顿奇事》就放在最后，白色的纸上，那些话让喻思崩溃。她跪倒在江妈怀里，哭得撕心裂肺。

电影就是电影，时光无法逆转，生命也无法再来。

而自己要练就钢筋铁骨，就必须得重新站起来。

05

喻思去新城参加了复试，公示单上的成绩显示她是专业第一名。一直到高考前，她的情绪都没有任何起伏，但就是这种平静，让人觉得不安。

不仅她话少了，江奈更是沉默寡言。

高三学子的艰辛，经历过的人都知道。当时大家除了吃饭、睡觉，就是不停地写卷子，他们甚至连上厕所的时候都在想着单词。

喻思总会收到江奈递来的温暖，甜甜的奶茶、香喷喷的饭团，或者是换了笔芯的碳素笔。

这一次，他替她拉上书包的拉链，轻轻拍了拍。

"别累着。"

喻思看着他离去的背影，话语几次涌到嗓子都未能说出口。

明明是他累了，他瘦了，却还是那么拼，甚至对于自己的若即若离也没有任何怨言。喻思知道，她的江奈，永远都那么好。

06

江妈劝解老喻和李华芝不要在孩子高三的关键时刻离婚，两人应下了。

高考的那段时间天气特别热，李华芝买了西瓜回来，喻玥拿起菜刀就要切，却被李华芝打了手："上面有大蒜，说了多少遍要洗要洗！"

喻思恰好听见对话，转头跟李华芝对上了视线，但两人又快速背过身去。

同在一个屋檐之下，这种揪心的瞬间太多了。

她们都在熬。

喻思要给学校递交资料，问李华芝要了户口簿，李华芝找出来的时候，看见她正趴在桌子上背书。

因为要备战高考，姐妹俩换了房间。

书桌上的台灯很亮，李华芝默不作声地将刺眼的灯光调至护眼模式，把喻思那张户口页放在桌上，像是有感应一般，二人的目光都扫向了曾用名。

李华芝的喉咙紧了紧，转身就走，是喻思喊住了她。

"妈。"

就这一个字，李华芝的心头犹如刀割，眼泪当时就扑簌往下掉，她回头哽咽出声："天恩……"

喻思也红了眼眶，捏着书本的手指紧了紧，心里头仿佛有根细针在戳着，一下又一下。

"妈妈，你不要自责，有我在，别怕。"

喻思曾日日夜夜游走在崩溃的边缘，她多次想冲到李华芝面前质问一句为什么，她想在这个家里大吵大闹，想叫他们离婚，想让所有人都不好过。

可是当她捂着发痛的胸口时，痛与爱迸发，心软得一塌糊涂。

李华芝早已捂脸哭泣，心如刀割："……怎么偏偏就是你啊。"

喻思起身缓缓抱住李华芝，拍了拍母亲瘦弱的肩膀。

07
江奈之前刻意在楼下等李华芝的那晚。

他像是能看透这世事一般，清醒又明亮。

——"她每天面朝人笑，可背后却是百孔千疮，没有人的心在寒冰之下还能是热的，我希望您能对她好一点，如若不行，可不可以等到我来接她的那天。"

少年就在那时，瞬间长大。

谁都能是她的心尖人，可江奈的心尖，注定只有一个。

08
萧老师给大家定做了毕业蛋糕，上面的巧克力块写的都是同学们的名字。

分蛋糕的时候，江奈的那块巧克力上却写着"喻思"。他抬头看去，喻思端着蛋糕跟女同学们凑在一起说笑，他隐约看见那块蛋糕上的巧克力，有个三点水。

是他的名字。

江奈的眸光沉了沉，咬下了属于自己的巧克力。

高考的前一晚，有风，凉爽舒适。

江奈在窗下等来了喻思，他伸出手来，喻思毫不犹豫地握住。

"现在讲话能说得清楚吗？"

"能。"

"哪句能？"

"今晚月色真美，风也温柔。"

09

胡有七给花贝拎了很多补品，胡家就他一个高考的孩子，七大姨八大姑天天好吃好喝地伺候着。

他将所有东西打包，要送给花贝。

显然花贝不缺这些东西，她拒绝了。

所以胡有七觉得想要得到花贝的一声好，比取经还难。

"你知道吗？这是你拒绝我的第八十一次。"

"那你知不知道，这是你第九十七次赠我东西。"

胡有七哑然，她没有将自己拒之千里之外，但依旧竖起一道壁垒。

他明白，那是留给自己最后的尊严。

小伙子心智已成熟，事后只是笑了笑，再也不哭着去找姑姑撒泼。

花贝也不想给喻思添堵，她明白，就算不说，大家都懂。

既然结局注定是遗憾的，何必要有开端。

10

那年的高考，记忆犹深。

语文作文是北宋大儒张载的横渠四句"为天地立心，为生民立命，为往圣继绝学，为万世开太平"，喻思凝视片刻，最后提笔写下题目"我与唢呐"。

先前背了那么多高分素材，她都没有用，而是决定重写内容。这篇作文最终以满分被刊载于各大图书报纸，那时她分明笑着，却已泪流满面。

高考一开始最担心的要数数学，直到拿上卷子才松了口气，喻思竟然连续看到了三道熟悉的题型，那是江奈给她圈出来的重点。就此十五分轻松拿上。

英语有些吓人，她拉开卷子，长度堪比《清明上河图》，自己要是缺点钙，险些就超不过它了。

文综出奇地顺利，最后还剩余四十多分钟，她把答题卡和卷子检查多遍才敢搁下笔。

喻思实属那种幸运且超常发挥的人。

分数出来的时候，她超出重本线一百多分，让所有人瞠目结舌。

胡有七特别气愤，所有蒙的题皆完美错过正确答案，他道："我英语的阅读理解做得那么好，不就是讲了一个童话故事嘛，满分应该妥妥的啊！"

喻思看着他，眨眨眼："人家讲的是《新闻联播》。"

11

最后一次回学校的时候,大家抱在一起,哭的哭,闹的闹。

季良才来找喻思,憋了半天说了句:"你是不是还欠我十四块五?就那次你去买鱿鱼丝,剩最后一袋的时候……"

喻思震惊:"这你都要?"

"那不然呢?此次一别,不知何时才能再见……"谁能料到,说完这句话没几个月,两人在新城的小吃街频繁相遇,两所大学就隔了一个公园。

季良才望天感叹:我想重新找个辅助就这么难吗?

说到新城,喻思最开始的志愿分明将要如愿,她却突然做了另一种选择。

高考刚过,江爸那位新西兰的朋友与国内医疗系统联系,亲自回国给江奈做了人工耳蜗植入手术。

喻思对于江奈要做手术的细节并不知情,只是听说要开颅植入芯片,一旁的小不点童言无忌:"姐姐,那他要是手术失败,不是头都没了吗?"

随后她就被李华芝拿着鞋底一顿抽。

手术当然很成功,喻思还偷偷去医院探望过。

在病房外,喻思看见了许多与江奈有相同症状的特殊患者。

其中有一个三四岁的小朋友睁着一双混浊的眼睛,沿着墙壁摸索前行,就在与人相撞的时候,喻思及时将孩子抱住。

小孩子无声地对喻思竖起大拇指,弯了两下,意为谢谢。

喻思说了话却见他无动于衷,孩子失声失盲失聋。

便就是那日,喻思走在光影斑驳的小路上,手心落满星光,她轻轻地握起,做出了一个改变人生的决定。

12

江奈以南城文科状元的高分去了新城Q大,他将精致的录取通知书递给喻思。学校标志的烫金工艺做得极好,喻思摸着摸着便泪水汹涌,她太骄傲了。

喻思的成绩也是很优秀的,江奈算着音乐学院的录取通知书应该快到了,谁知喻思一脸笑眯眯的,拽着他的手晃呀晃。

"怎么了?"

"我是不是做什么,你都会支持我?"

喻思突然靠近江奈,仰头望着他,眼底闪烁着滢光。

江奈只是缩了下,脑袋突然就被喻思给扣住,小姑娘有些调皮,挑着眉道:"小状元,特教院你知道吗?"

江奈的心突然"咯噔"一下。

"你……"

喻思借势搂过他,踮脚圈着江奈的脖子,附在他的耳畔呼着气:"因为你,我想去做更好的人。"

其实江奈的脸色很不好看,喻思这种先斩后奏的方式,显然也不是几句甜蜜话就能平息的,他抓住绕在脖子上的那只手,正要发难,喻思突然亲了亲他的脸颊。

时间静止两秒。

江奈只觉得心口有团火,他勾勾唇:"就这?"说着便低头吻住,在温柔里沉沦。

13

喻思口中的特教院,是为特殊教育学院。

特教院所招收的学生有健全、非健全的人，针对不同需求的学生开展了多种专业，他们毕业后可以选择合适自己的工作，更能在这里结交到好朋友。而像江奈这样，以另一种方式去生活的也不是没有，但需要一颗强大的内心。

喻思想要这个世界多一点像江奈的人，这才是她觉得有意义的事情。

但喻思并没有因此放弃唢呐，相反，她通过专业让更多的人去认识、喜爱民乐。她找到了这样一条路，并坚信着自己的选择是对的。

江奈正是因为明白她的内心，才会五味杂陈，就像他好不容易打造出一把保护伞，却发现她早已张开了翅膀。

他难免会自我怀疑，他的爱究竟对于喻思有没有用。

胡有七觉得自己此刻可以发言：" 爱有什么用啊，多爱都没用，只有相爱才有用。"

这话说得江奈心里一软，就算这世界再难熬，想到他们能相爱，便胜过一切。

胡有七真是自找暴虐，他缓缓一叹，举着红薯自拍一张，编了文字：你考上了清华，他考上了北大，而我烤上了地瓜，又香又甜的烤地瓜，要去学校报到啦……

只选中了一位朋友可见。

14

高中生涯的最后一个暑假，还挺有滋味。

喻玥又跟好朋友韩星宇闹别扭，就因为人家没夸她跳板子帅，她抬脚就踹人。

在家的时候她还打电话冲人家吼："上了初中之后，我再跟你说一句话就是狗,咱们现在已经绝交了……什么?说好的,谁跟你说好的,之前我们还说好一起交作业本,你偷偷把附加题给做了!骗子!无情!"

喻思收拾着行李,笑得腰都直不起来。

李华芝一反常态地坐在凳子上,不言不语,也懒得去打喻玥。一转眼的工夫,两个孩子即将念大学、初中,她摸摸稀疏的头发,好像自己有点老了。

李华芝在喻思的箱子底放了一个红包,后来在家中的茶几抽屉里发现了,才知道她根本就没要。

想起喻思当时拿生活费的时候就说过"我用不了多少,妹妹要上初中,才是大头",李华芝的心里像是吃了青杏一样酸。

喻思前去上大学,最放不下的就是春喜。她一直觉得狗子傻,扔个球给块骨头它就能忘乎所以,哪里都能当家,却不知道分别的时候,她自己哭成了"傻子"。

春喜自江老爷子离开后,被接到了天天收租嗑瓜子的四师兄家。

一人一狗,排排坐。

四师兄说春喜现在嗑瓜子比他都快,隔三岔五就拍视频炫耀自己狗兄弟的技能。喻思明白,这都是为了让她过得顺心。

她想日子过得快些,再快些,大学毕业就能把春喜接到身边来了。

大学,即将翻开人生崭新的一页。

15

喻思是到新城之后,才听说萧老师和林老师终成眷属。

她与隔壁念大学的季良才隔三岔五坐在一起聊八卦,关于两位老师的爱恨情仇，也是季良才从各个班级里的小道消息中串起来的。

说起来还有点"狗血"。

林老师以前的女朋友是萧老师最好的闺蜜，闺蜜看中了她喜欢的人，也不知是机缘巧合还是有意为之，但故事的大结局是一对闺蜜散了，一对情人心伤了。

萧老师没想到自己会跟林老师在同一所学校教书，毕竟那种"眼瞎的人"不配和自己同呼吸一片天空。可这人啊，哪有说不喜欢就不喜欢，说放下就放下的。

萧老师对他的爱，从未消失过。

当林老师知道多年前酒醉照顾自己的女孩子，竟是萧老师的时候，觉得一切过于荒诞，他凭着实力错过了真正的白月光。

季良才声情并茂地诉完两人情史，喻思插嘴问了句："那他们什么时候解除误会的？"

季良才咳咳咳三声，有些尴尬。

"就是那年你师父去世，去你家安慰你的时候。"

喻思一拍桌子，大怒："我迷糊间看见两人抱头痛哭，还以为是因为我呢，原来是在我床边谈谈恋爱啊！"

后来喻思点赞萧老师秀恩爱的朋友圈，还哭唧唧来了一句：我是一条酸菜鱼，又酸又菜又多余……

16

喻思有个群，原先叫"南城四子"，现在改为"新城四子"。

她与江奈、花贝、胡有七分散在新城的四个角，一开始还能集体见面，后来随着学业越来越忙，再想全员聚集基本就很难了。

尤其是江奈，他简直就是 Q 大的红人。

颜值榜、才能榜、实力榜，榜榜有他，又高又帅话又少，像一颗星星，高不可攀。喻思经常会跟宿舍一帮小姐妹八卦各大院校的帅哥，那些"瓜"又大又甜。

一次她"吃瓜"吃到自己头上，在看到江奈照片的时候，还装作不认识的样子："哇，好帅好帅，想按着头亲……"

当她后来真按着人家头亲的时候，室友们齐齐自掐人中。

江奈学业再忙，他都要到特教院来找喻思。事实证明，他的做法是对的，因为喻思结识了一个新的男性朋友。

说起这个男性朋友，还真是戏剧一般。

喻思曾在校门口看到一个女同学追着人跑，说前面戴帽子的是小偷，喻思热血劲上头，拔起腿就冲上去，在一个转弯处将人给扑倒，揪着人家耳朵死死不放。

当旁人抓回真正的小偷时，喻思压在人家身上好尴尬。

那个男生生着一双漂亮的眼睛，看向喻思的时候尽是温柔和爱慕。

他握着喻思的手臂轻轻道："喻思，我是韩星宇的哥哥，韩遇白。"

17

韩遇白和喻思都是特殊教育系的，他们偶尔会在公开课上碰面，一来二去，因为弟弟妹妹的关系，两人自然而然走得很近。

喻思是喜欢韩遇白的，但那种喜欢仅限于同学，而且这份喜欢完全是因为他与曾经的江奈很相像。

韩遇白不仅内敛，还很有手段。

江奈在第一次见到他的时候，直觉出那种同性之间的微妙触觉，对他的心思了然于心。

江奈不是那种随意找事的人，但心里头很吃味。

胡有七给江奈出馊主意，说："对付这种心机 boy，你就得比他更会装，你以前不就是这样吗？喻思一跟我说话，你不是耳朵疼就是头疼的……"

"啪！"江奈把电话给挂了。

以前的他不是他。

江奈喜欢摸喻思的小脑袋瓜，摸着摸着就往自己的怀里扣，他俯身低头的时候，下颌线十分诱人，喻思脸红到耳根子都发烫。

他吻小姑娘的眼睛、鼻子、下巴，还有甜甜的嘴唇。

最近一次，江奈是在荷花塘边吻她的，透过那丛丛绿意，看见了伫立原地的韩遇白。

江奈垂眸，勾了勾唇。

喻思要喘不过气，她小声说："别这样……"

江奈哄她："热恋期都这样。"

热恋？他们不是早就心有所属吗？

某人大言不惭："我们在这么炎热的天气里恋爱，就是热恋期。"

现在的他，不仅坏，还蔫着坏。

18

喻思说江奈变了。

胡有七知心哥哥上线："变得好色了是吧？"

喻思捂嘴，诧异。

胡有七冷哼，大长腿往桌上一搁："不然好什么？How do you do还是How are you？（调侃性质的网络用语，意为"你好吗"）

江奈可不是什么正人君子,他就是一只狡猾的狐狸……我就不同了,冰清玉洁小绵羊。"

话说了没超过两天,娱乐新闻就爆出"大咖女星私会男模,十指相扣亲密非常"。

胡有七那张俊脸三百六十度无死角曝光。

花贝所在的商学院门口,出现一个全面武装的男子,他捏着花贝的衣袖急切说着:"你一定要听我解释,是她非要抓我,我很洁身自好的……"

胡有七凭着"沙雕之风"在签约的经纪公司吃得很香,得到了很多前辈的照顾,夏天的时候他参加了一起选秀节目,瞬间爆红,粉丝数突破千万。

他几乎很少有闲暇去同大家聊天,当然除了花贝。

花贝夜晚挑灯伏案,跟所有平凡的女大学生一样,努力学习,向往未来。书桌的笔筒上挂着一条发旧项链,那是胡有七曾给她做的七色花。

花贝摸了摸七色花,眼眸温柔。

月亮升起的时候,胡有七在社交平台上发了晚安,同时花贝的手机亮了下。

是她特殊关注的提醒。

19
所有人都在属于自己的轨道中行走,一步一个脚印,踏实而又满足。

江奈和喻思的关系虽然没有公布,但家长们多少看出来了。

回南城的时候,两家人坐在一起吃饭,江奈很随意地拍了拍旁边:"思思过来。"

喻思乐颠颠跑过去挽起他的胳膊,反应过来的时候急忙抽了手,江奈倒好,还认真地摸起她的头发来。家长们看到也当没看到,毕竟只要自己不尴尬,尴尬就是别人的。

喻玥可比这些大人明白多了,啃着鸡腿优哉游哉道:"多少个月黑风高,香樟树下,你看我我看你……"突然她就被姐姐捂住嘴。

喻思皮笑肉不笑:"韩星宇给你发了条短信。"

喻玥突然就闭嘴了,反而有一股怒气。

韩星宇发来的信息让喻玥炸了毛,她拿他当兄弟,他竟然说要跟自己做异性朋友!什么叫异性朋友?是不是看不起她是个女孩子?

喻玥当时就滑着板子溜过去,把人从家里揪出来劈头盖脸地骂了一顿。

乖巧的韩星宇点点头,在小姑娘的再三逼迫下,举手对天发誓:"兄弟一生一起走,谁再胡言谁是狗。"

韩家的兄弟俩心态出奇地一致,一大一小端着可乐干杯。

韩遇白心思缜密,还很认死理,他认为如果是自己先遇到了喻思,那么今天站在她旁边的就不是江奈。

在感情这种事情上,一旦钻了牛角尖,是极其要命的。

他公开挑衅江奈,表明自己想要喻思。

江奈当时笑了笑:"就你?"

二人无形的硝烟之战就此拉开,这一拉,便是整整三年。

20

喻思大二时加入了一个民乐乐团,当时的老师格外钟情唢呐,他在知道喻思放弃音乐学院而选择特教院的时候,心有惋惜却赞她是颗明珠。

"圈内有句话,学艺先做人,做人德为先,你有善意,初心不变,不管走哪一条路,都是对的路。"

喻思不负所望,很快便成为团里的台柱子。

只要有人在民乐圈提起喻思,就会感叹一声:"那个小姑娘,南城江家班的传承人!"

喻思的每一场谢幕,都会提起江家班。

"我的师父,叫江文俊,是他给予我信仰与梦想,让我知道在这条光明之路上,只要往前走,就一定会找到属于自己的方向。唢呐在,他就在。以我师父之名,江家班,永不散。"

第十一章·
仲夏夜梦，灿烂之光

于是江奈也有了理想
希望能在未来的岁月中
去成为更好的人

01

喻思起初加入民乐团的时候，内心很有压力。

个人技艺再强也得学会团队协作，可喻思不是音乐专业的学生，每次训练她都能感受到队友们的异样情绪，自己也很难融入。

有些话大家都不愿意明说。

这样的状况持续了好几个月，曾经活泼灵动的喻思也逐渐使不上劲。

直到一次演出过后，所有人都过来跟她打招呼，甚至有人还会上来说几句话。喻思这才知道，每个队友演出前都收到了鲜花和礼物，而每一个人的礼物全都不同。

那是江奈以她的名义赠送的。

江奈说："我们无法再像小时候那样，只顾活成自我。想要别人接受你，首先要表达自己的真心，不是非要讨好别人，而是好的感情一定是需要维系的。"

因为那些礼物，喻思和团员之间破开了友谊之口。

他们都开始向对方的领域跨足，喻思收到回礼与祝福，与大家渐渐化解了隔阂。甚至后来处了几个关系铁的，还跟着喻思回特教院做义工。

喻思如是，江奈也如是。

江奈看起来淡漠，却懂得温暖人心。

舍友生病的时候，他会请假陪在宿舍，帮忙打饭倒水，班上女生学业有所需要，他也会主动相帮，但绝不会给人留下误解。

以前这些事情，江奈从不会去做。但后来他愿意改变，他不想让喻思失望，更不想让喻思后悔那年选择特教院的决定是错误的。

于是，江奈也有了理想，希望能在未来的岁月中，去成为更好的人。

02

喻思的乐团要去芬兰演出，队员极力推荐她做首席。

听说八十多个国家队伍都会带着各自的非遗项目过去，她兴奋得好几日睡不着。

江奈当时跟着老师做学术课题，他所在的历史系男生并不多，像他这样成绩好又能干活的就更罕见，于是老师做什么都要带着。

两人视频，喻思站在宿舍的阳台上，江奈对着笔记本电脑的摄像头，扬起的唇角自打看到人后就没有展平过。

"江奈，听说芬兰面包特别好吃，我给你带好不好？"

"好。"

"果酒呢，你想喝吗？"

"好。"

江奈已经说了许多个好字，视频那头的喻思抿了抿嘴，似乎有些不满意，她倚靠着栏杆，后面是璀璨的霓虹。

画面中女孩的面容并不是那么清晰，有种朦胧的美。彼时长发已经过肩，她拢了拢，露出星星般闪亮的眼睛。

"最后一个问题，我去了那边，你怎么办呢？"

江奈指尖弯起，敲敲屏幕。

"我会每天，认真地想你。"

喻思乐了，忍不住将脸颊埋进胳膊里笑了会儿，直到眼里涌出泪花，这才说道："真的假的。"

江奈等她平复心情，这才温柔说道："思思，你的努力我都看在眼里，队友和老师信任你，我也信任你，你会做得很好的。"

喻思被戳中心中的忧虑，点了点头。

"以后你会像此刻一样，去更远的远方，未来必然光明璀璨，所以一定要有自信，还要照顾好自己，好吗？"

喻思又捂住眼睛，无声地点点头。

"思思。"江奈唤她一声。

喻思抬头，看到江奈将电脑推远了些，突然双手放到头顶，比了个心："我爱你。"

这个动作太过熟悉，它承载了喻思少女时期最美好的心情。无数个清晨她都会准时在江奈的窗前对他做这个动作。

现在轮到江奈对她做了，他说我爱你。

喻思眼眶中闪烁着幸福的泪光："我也是啊，小狐狸。"

03

江奈课题完结的时候，喻思还在芬兰，他难得休息的那天，娱乐圈发生了一件爆炸性新闻。

胡有七涉嫌刑事犯罪，已被逮捕，当事人对自己的犯罪行为供认不讳……

江奈推了推眼镜,将手机离近了点,放大去看那张把脑袋裹得严实的当事人,确认是胡有七没错。他第一时间给胡有七打电话,竟然接通了。

胡有七抱着电话就喊:"江奈救命啊!我打死了一只屎壳郎!"

江奈赶过去的时候,胡有七的经纪团队已经把事情解决,胡有七回了酒店和江奈会合。在酒店,江奈才知道那条新闻是标题党,但真实情况更让人啼笑皆非。

胡有七在郊外拍影视剧,闲暇中约了几个同组演员进林中探险。

当时有人开了直播,年轻人聚在一块嬉戏打闹,不知从何处飞来一只虫子落在了胡有七的身上。他险些被吓破了胆,当即脱下鞋子把那只头顶犀牛角且黑不溜秋的虫子给打得稀巴烂。

江奈看了网络疯传的直播视频,有人说被胡有七捶烂的小虫是国家二级保护动物,戴叉犀金龟。为此经纪团队带着人第一时间主动自首,可经过警方调查才知道,那就是滚粪球的粪蜣螂。

当时媒体未等调查结果便肆意报道,胡有七所有黑料全部被挖出,没到两个小时,他两百多斤的旧照,闪亮亮地登在各大平台首页。

团队到处做公关,没人理胡有七。

江奈的陪伴无疑让"孩子"心头很暖,他越说越委屈,后来抱着江奈大腿哭了会儿,吃了三个巨无霸汉堡倒头昏睡。

而花贝此时在超话里已经跟人大战了五百回合。

△胖成那样儿,到底是家里卖猪的,哈哈!

七色花:好笑吗?(发送一张佩奇笑脸表情包)

△听说他读书时成绩倒数第一,肚子没墨水就别当明星!

七色花:先把你自己肚子里的油水倒干净再说。

△我们再给他一次机会吧,让他好好反省,来,实名抵制胡有七,让他离开娱乐圈。

七色花:现在绿茶比香飘飘还能多绕地球赤道两圈。

花贝坐在电脑旁,从早到晚屁股都没挪开过一下。

关灯的时候,上铺姑娘体贴地问她要不要喝水,花贝摇了摇头,换了个消音键盘继续奋斗。

04

花贝挑灯夜战,江奈翻着超话一眼就认出舌战群儒的"七色花"是谁,他转头看了眼呼呼大睡的胡有七,心道两人真绝配。

凌晨一点,胡有七各个社交账号都发出了事件澄清声明。

喻思演出结束后与江奈通了电话,听闻胡有七昏睡不醒,她便唾弃道:"以前叫他好好学习非说没用,现在好了,全世界都知道他没用!"

喻思气恼网民诋毁胡有七,更恨胡有七自己不争气。

江奈安抚了她一会儿,说会帮忙解决。

喻思:"他能领情?"

江奈:"会的,毕竟我是他姑父。"

05

江奈陪同胡有七回到剧组,旁人问起是谁,他一脸不耐烦:"我姑父!姑父!"

明明是他强制性要求江奈陪伴身侧,可现在转眼看到那张俊脸,他就有点来气。以往吹嘘自己俊美容颜的几个"颜粉",竟然当面换了"墙头"。

"帅有什么用？有我高吗？"

胡有七有生之年，也就剩这一个优势。

中午吃饭的时候，先前与胡有七直播的几个演员过来探望，江奈一一点头示好，随后便坐在旁边听他们聊天。

期间，有个男演员主动给胡有七送烟，江奈看着胡有七笨拙地点燃，适时清咳两声。

胡有七不识趣，还扭头问他："怎么了？"

江奈平静说道："把烟熄了。"

男演员在旁边打趣："七哥，你都这么大了，姑父还管你啊？"

胡有七经人调侃顿觉失了颜面，他硬着脖子不为所动。

江奈手中正拿着胡有七经纪人给他送来的调查文件，他"啪"地甩在桌子上，推了推眼镜，冷漠地望着胡有七："我只说一遍，把烟熄了。"

那该死的压制感又来了。胡有七脖子一沉，讪讪地熄灭烟。

旁边几个演员有些尴尬，借口有事先行离去，却不想江奈也紧随其后，等他再回来的时候，把手机递给胡有七："听听。"

手机是录音界面，胡有七按了播放，里头传来的讥讽对话，来源于他刚才的那些好兄弟。当听到那只粪蜣螂是故意扔过来的时候，他感觉胸口有些闷意。

再后来一系列的风暴，可想而知都是早有预谋。

片刻后，胡有七咧嘴一笑，有些牵强："算了。"

这话表面说给江奈听，实则是说给自己。胡有七生性单纯，从小到大就没有遇到过坏心眼的人，他连喻思都斗不过，还指望出社会斗谁呢。

胡有七说："我不想变得那么世故。"

江奈问他今后是否要在这条路上一直前行,胡有七点点头。江奈便很认真地同胡有七说道:"你记住,人心是把双刃剑,防人不是为了变得世故,而是不让这样的人有伤害自己的机会。"

胡有七那颗傲娇的小心脏,此刻有些酸酸痒痒。

"你是因为喻思才对我这么好?"

江奈面无表情:"不然呢?"

胡有七眼睛一瞪:"谢谢你啊。"

其实那段录音,江奈并没有放到最后。

在那最后,江奈与几人对峙,险些发生肢体碰撞。

其中有人偷偷拍了胡有七抽烟的照片,江奈夺过对方的手机,一阵噪音之后,他撂话比谁都狠:"以后谁再敢把手伸过来,别怪我折了它,我弟混不了的圈子,你们谁都别想混。"

06

江奈回学校那天,喻思打来视频电话。

她举着一小束彩色鲜花递到镜头前,盈盈笑道:"我们团获奖了,老师说在这里过完节再回去。江奈,芬兰的仲夏夜节你知道吗?听说晚上枕头底下放着鲜花,就可以在睡梦中看到自己的情人呢。"

说到情人时,喻思还有点不好意思。

"我每天都能梦见你。"江奈如是说。

"骗人。"

"真的。"

喻思笑弯了眉眼:"那我今晚要是没梦见你,怎么办?"

江奈点点屏幕,很认真地回她:"那你完了。"

于是翌日,江奈真的问喻思晚上梦到了什么,喻思说梦到有一个高大的男人站在白色花丛中，那时阳光灿烂，唯美又心动。

偏偏喻思说没看见脸。

这本是一件微不足道的小事，却默默扎进了江奈的心里。

想要她知道自己深爱她。

想要她梦见的只能是自己。

那种偏执的占有欲，从来没有此刻这般强烈过。

07

喻思暑假间回到乡下看春喜。春喜越来越老了，它在林子里跑几步就要伏在地上休息，曾经酷爱的那只玩具球也越发扑腾不起来。

那是一个很平常的夜晚，星星挂在天上，月光和风都温柔。

一人一狗坐在院子中，喻思托腮望着夜空，春喜叫了两声，随后和主人一同仰望。

"真美。"

喻思看着远方最亮的那颗星，摸摸春喜的脑袋："等明年，你就跟我去新城好不好？我租一个带有院子的房子，种上你最喜欢的狗尾巴草，然后呢，我们就一起慢慢变老。"

想要的生活就快实现，喻思憧憬万分。

临睡前，春喜还蹲在她的床头不肯走，硬是缠着玩了好一会儿。

直到第二日晌午，喻思才缓缓醒来，她坐在床上迷瞪了一会儿，转头看到手边放着根骨头，还有春喜最爱的球。

喻思像是感应到什么，跌跌撞撞下了床，她甚至忘了穿鞋子，推开门便开始呼喊春喜。

她是在林子里找到春喜的。

春喜躺在草丛里四肢早已僵硬，但它没有闭眼，一直看着喻思奔跑而来的方向,就像是,那里有它放不下的东西。

喻思霎时泪如泉涌,她紧紧抱着春喜,想用体温融化那刺骨的冰凉。她抚摸着春喜的脑袋,如鲠在喉,好久好久,喻思尝到了口中一丝腥甜。

"春喜,昨天你说了再见对不对?"

风中带来的全是苦涩,世界被眼泪淹没,心间也塞满了石头。

"可是我还没说啊,不要怪我好不好?记住我的味道,下辈子一定要来找我……"

江奈就站在田间小路上,手中鲜花垂落,连同那枚闪闪发光的戒指也失去了风采。

08

一直到入冬,喻思才从春喜离去的痛苦中走出来。

喻家和江家吃年夜饭,饭桌上说起小不点喻玥,这姑娘上了初中之后,不仅快速长个儿,就连那脑子都变得灵光了。

喻玥的文化功课在班里能排前十,考致远中学是志在必得。

她说:"狗还有聪明的呢!"

突然提起狗,所有人都想到了春喜。

饭桌上有片刻寂静,喻玥偷偷看了姐姐一眼,放下筷子缩了缩脑袋。李华芝刚还夸了她几句,没想她说飘就飘,于是在桌子底下踹了喻玥两脚。

喻玥委屈,但也不敢回嘴。

喻思护妹妹,夹了块鱼子递到喻玥碗里:"快吃,吃鱼子变聪明。"

喻玥撇了撇嘴:"你不是说吃鱼子会变笨吗?"

"那是因为你姐姐我想吃啊。"

"啊，你竟然骗我，姐姐你真坏！"

姐妹两人开着玩笑，气氛这才有所缓和。

09

吃完年夜饭本该散场，却不想江奈向两家父母提了一件大事，当时大家悠悠地喝着茶，就听到他一句："我想结婚。"

所有人都被呛着了。

喻玥火速掏出手机，要给最好的兄弟韩星宇在线直播。

喻思脸上的红晕已经蔓延到耳根子，她碰碰身边的江奈，咬牙问："你说什么啊？"

"我说我想和你结婚。"江奈对着喻思，再次重申。

家长们互相眨眼睛，都不知道该说什么，最后还是江爸先开口："江奈啊，你年纪还小，后头读研读博很费心思，目前最好以学业为重。再说了，你都不问下思思的意见，人家可不一定想要嫁给你。"

这话说得喻思当时就急了："叔叔，我可没有这样想！"

场面有点尴尬。

江奈与喻思十指紧扣，浅浅一笑。

老喻清清嗓子，看了眼小情侣："要不让我们家长先单独聊聊？"

于是江奈和喻思就下楼散步去了，喻玥才是难办，上头下头都不好待，在哪儿都觉得自己闪闪发亮，于是选择回家睡大觉。

雪夜之下，江奈将喻思拉进怀里，低头问她："不想嫁给我？"

"没有啊，我就是觉得……"

江奈突然俯身亲吻她的唇瓣，辗转反侧，还带着雪花的微凉。

"我真的不想再等了，思思，我等得够久了。"

10

花贝问喻思,江奈有没有求婚,或是买戒指。

喻思说没有,花贝说那这个男人不行。

"行,他行!"

花贝有些狡黠的意味,难得不正经:"哪方面?"

"花贝,你上的学校不教好东西啊?"

玩笑归玩笑,喻思还是表明心意:"我对这些形式不看重。"

"那你们怎么打算的?"

喻思说起人生大事笑眯眯的,绞着手指还有些害羞:"初六我们两家吃了饭,意思就是先把这事定下来,至于领证结婚,他们建议我们毕业之后再考虑。江奈还跟我说,他想在新城定居,今后要做一名教书育人的老师。"

"目标这么明确?"

喻思满脸骄傲与自豪:"那可不,我们家江奈从小就知道将来要做什么,干啥啥都行,啥都第一名。"说着讪讪一笑,"不像我,当时都傻乎乎的。"

花贝听不得喻思妄自菲薄,作为旁观者,她看得很是透彻。

"你怎么会傻呢?你可是他的一盏明灯,江奈脚下的道路与前进的方向,皆是因你而明亮。人一旦尝到温暖和情义,无论如何都不会放手的。"

随即花贝沉默,她与江奈恰恰相反,那股暖阳像是恩赐,她从不敢奢求自己能占为己有。

有一次父母问她:"将来想找什么样子的人结婚?"

花贝平静地说道:"我不想结婚。"

"为什么?"

"因为不想嫁给爸爸这样的人，也不想成为妈妈这样的人，更不想……生下一个我这样的人。"

所以花贝觉得，有些光看看就好，不必去抓。

11

花贝性子太过坚决，喻思不忍心大侄子饱受情伤之苦，就劝他换个人喜欢。

大侄子一杯清酒鉴真心，泪流满面地说着："这世界那么多人，我为什么偏偏喜欢她啊……我决定了，今晚过后，我再也不要喜欢那个无情的女人。"

可这话还没能过夜，胡有七得知花贝要出国留学，当即跑到机场拉横幅表白。

结果不出意外地以失败告终。

胡有七站在人群之中，孤独又悲伤，他红着眼睛对花贝说道："他们说你有自己的路要走，我无法挽留你，但如果有一天你需要我，千里万里我都去。"

"情种"胡有七，那一刻人设立得死死的。

也就在那天，有人将胡有七告白失败的场景发到了网络平台，他的人气像是坐了火箭，刺溜窜至天际。而后接到手软的通告，让胡有七的生活变得忙碌起来，花贝的名字渐渐消失在生活中。

可他再也不敢去看落日，去望月亮，因为那个时候思念一个人，心口真的爆痛。

12

江奈实习比大家都要早，他一边准备读研一边跟着教授做项目。临放假前，江奈所在的项目组要离省出差，他特地去和喻思见面告别。

Q大离特教院比较远，贯穿新城南北角，他给心尖上的姑娘买了些吃的，刚要给她拨电话就看到了本人。

还有韩遇白。

江奈从来不知道两人在学校是这般亲近，从他的角度恰好看见韩遇白吻了喻思的指尖，二人身后鲜花漫天，明亮璀璨。

江奈陡然忆起扎在心里的那件事。

喻思在仲夏夜节梦到了恋人，他就站在白色花海前，与此刻场景十分贴切。

"思思。"江奈冷静出声。

喻思闻言回头，一见江奈略显惊慌，她急忙跑过来想要解释，却也怕越说越乱，索性将江奈拽走："这里有点热……走，走吧。"

他们都以为江奈没有听见，江奈也当自己没有听见。

但喻思还是能感觉到江奈有些不对劲。

适才混乱的一幕萦绕在心头，韩遇白情绪激动地同她表白："你那年给我写信，不是说我值得被爱吗？那你为什么要跟他结婚？为什么看不到我也爱你？"

喻思当时都蒙了，完全回想不起来自己什么时候写过信。

她越挣扎，韩遇白越激动。

直到喻思生气了，她伸出手指来，想撂狠话，却突然被韩遇白亲吻了指尖。韩遇白的做法让喻思心里十分不舒服，她想不明白多年好友怎么这般无理。

恰在此时江奈出现，喻思才看清韩遇白所图之意。

13

喻思厚着脸皮要跟江奈出差。

同行的教授和其他老师看到喻思,悄悄地看了江奈一眼,他沉着目光,神色不明。江奈不介绍人,还是喻思挽着他的臂膀,甜甜地说了句:"老师们好,我是江奈的准小媳妇。"

大家都被她的话给逗乐了。

那天结束历史博物馆的取材工作,一行人吃火锅。

席间喻思非要陪同老师们喝点果酒,谁知两口下肚就红了脸。

教授开了话匣,有点好奇:"你跟江奈,谁追的谁啊?"

喻思笑眯眯的,面上是掩不住的红光,她举起手来:"报告老师,我。"

江奈抿了抿茶杯,没有去看喻思。

喻思有些失落。

教授又问:"那你喜欢江奈什么?"

喻思怕话多惹江奈嫌弃,动作也收敛了,她乖巧回道:"聪明,善良,长得好看。"

"哈哈哈,这真是实话中的实话。"

教授和其他老师插话闲聊了几句,都是夸江奈的好人品。末了,教授又问喻思:"那你觉得江奈喜欢你什么呢?"

喻思一下子就愣住了,她不知该如何回答。

高中毕业后两人自然而然地就走到了一起,看着是双向奔赴且年少情感深厚,但她好像从来不知道江奈为什么会喜欢自己。

也从不敢去问。

她缓缓低下脑袋。

下一瞬,喻思感觉到脑袋上覆了一只手。

江奈看着喻思的目光永远都是浓郁的，只听他轻声说道："哪里都喜欢，只要是她。"

喻思瞬间红了眼睛。

14

那晚，喻思怀着激情澎湃的心绪去卫生间洗澡。

江奈在外头给她晾了白开水，就怕她夜里口渴。

喻思洗完澡出来脚下有些湿滑，她抓着门板发出一声巨响，江奈赶紧过去探望，只见小姑娘红着脸，以极丑的姿势冲他嘻嘻一声。

江奈松了口气，先将人扶到床上休息，调好空调后才准备回自己的房间。可就在他转身的时候，喻思突然用力拽住他的手，力气之大，明眼人都知道这是刻意的。

江奈压着喻思倒在床上，他撑着手臂微微蹙眉："你……"

喻思勾着他的脖子，就是一吻。

她早已打好的腹稿此刻流畅地背诵出来："我跟韩遇白真的没有什么，他就是钻了牛角尖一时想不开，我念在他爸爸和弟弟是我故交的份上才跟他走得近些，你知道我的，换作以前我早把他给揍一顿了。"

江奈仔细听着，末了他哑然回应："嗯，我知道。"

"你知道为什么还生气啊！"喻思将他给搂紧了些，香软的身躯就快要埋到他的骨子里，江奈的喉咙滚了滚，目光微微移开。

喻思索性将他的脸给扳正，还凑上去亲了亲。

"快说快说。"

江奈紧握的拳头有些僵硬，唇间的香甜每时每刻都在提醒自己，眼前这个女孩，他爱，且想要。

喻思的亲密让江奈难以招架，他的手掌穿过女孩微湿的头发，将脑袋压向自己。二人要解决的问题没有答案，倒是掀起了夜晚的情思。

江奈与她十指相扣，紧紧相拥。

房间的灯被火速关掉，暗黑的房间里传出低沉的喘息，江奈贴在喻思的耳畔，固执地一遍遍提醒："说爱我。"

"我爱你……"

"说爱我。"

"我爱你……"

有些没有说出来的话，有些无法表明的情感，都这样揉碎在心底，揉碎在夜色中。

15

喻思早上醒来的时候，看见江奈站在落地窗前，他听到身后的动静才拉开了窗帘。窗外种满了无尽夏，白色花球团团锦簇，笼罩的灿烂之光就快要从玻璃缝中挤进来。

此刻江奈回身，背光而立，那幅画面美到让人窒息。

喻思微微一诧，她曾经那个梦……仲夏夜节的梦中人，就是江奈啊。

喻思起身下床，直直扑向江奈的怀里，她用双臂环住对方的脖颈，整个人挂在江奈的身上。江奈托了托喻思的后背，站稳脚跟。

他问："怎么了？"

喻思觉得此刻江奈的声音格外动听，她趴在江奈耳畔小声说道："你跟花，都很美。"

江奈浅浅一笑："不，你最美。"

"还生气吗？"

江奈抵着她的额头，轻声回道："我没有生气，我只是觉得自己还不够优秀，别人才敢肆无忌惮地觊觎我的姑娘。"

"你的姑娘跑不掉的，也没人能抢走。"喻思亲了亲江奈的脸颊，温柔说道，"其实韩遇白不坏，就是心思重。如果不是像你，也许我不会同他有任何关联。"

江奈挑眉道："这样一听，他还真挺可怜。"

"我会跟他说清楚的，你不要多想好吗？"

"好。"

江奈将喻思放下，她踩着他的脚背，还想搂着他的腰，可是左手被江奈拿开了，紧接着就有一个东西套在了无名指上。

是的，无名指，一枚钻戒。

江奈抚摸着那枚戒指，眼底满是柔情。

"我怎么都找不到合适的机会给你戴上，不知道该是求婚还是领证的时候。我很苦恼，怕你觉得别人有的你没有，又怕你等久了不开心，索性合适的时候到了。"

江奈低头亲吻喻思。

"就是现在。思思，我喜欢你，在你之前，也远比你想象的时间还要久。如果你想问我究竟喜欢你什么，我不知道笑容算不算，目光算不算，还有你的快乐算不算……我喜欢你，只因为是你，不需要任何理由，我这样喜欢你，不知道你喜欢吗？"

喻思微微红了眼眶，心潮澎湃，她说："喜欢，就像喻思永远喜欢江奈。"

16

那枚钻戒的钻不大，却是江奈用自己的奖学金买的。

因为是真心实意，喻思走哪儿都要故意露出来显摆两下，还把脖子上那戴了多年的星星项链拿出来，说："这是1.0，现在是2.0。"

室友们逗弄她："看来毕业证没拿上，要先拿红本本了。"

喻思没矜持住，大手一挥："坐等喜糖哈。"

她开心起来可以把任何事情都忘记在脑后，本来说要去找韩遇白说清楚，现在都记不起世界上还有这个人。

喻思虽然是这种性子，但江奈不是。

韩遇白赴了江奈的约，二人就在特教院附近的一家咖啡店见面。店里的客人都被他们安静迷人、气质非凡的英姿吸引住了目光，尤其是穿白衬衫的江奈，明明低调却就是让人挪不开视线。

韩遇白拧了拧眉，他怎么没想过要穿白衬衫。

江奈眼中含笑，意味不明，韩遇白就当他这是给自己示威来了，毕竟挖人墙脚在道德方面站不住，但是喜欢一个人，哪里管得了那么多。

韩遇白没沉住气，先开口："你什么意思？"

江奈将杯子放下，礼貌性地勾勾唇角："没什么意思，就是想跟你聊聊。"

"我们除了喻思，还有什么好聊的？"

"就这一点，就够了。"

韩遇白不解。

"你喜欢喻思，我不意外，因为她确实很招人喜欢。但我觉得，相比去追求没有可能的爱情，你应该珍惜来之不易的友情。"

"你凭什么以为我同她只能是友情？"

韩遇白的倔强和固执，江奈倒是感同身受。

江奈说："就凭我比你早认识她，你就永远赢不了我。"

17

要说韩遇白不扎心是不可能的,他跟喻思再见面的时候,问出了心中埋藏许久的问题。

"你觉得我和江奈像吗?"

喻思沉默片刻,直言说道:"起初觉得你和江奈很像,但其实你们完全不同。韩遇白,你为了得到想要的东西,不惜失去自我,但江奈不会,他会继续往前,去追求能够得到东西的自己。"

韩遇白苦笑,是啊,他们从始至终就不是一类人。

江奈在临走前还同他说了一句:"我不讨厌你,所有爱护思思的人,我都不会讨厌。"

可他韩遇白,却是怨了江奈许久呢。

后来韩遇白再次遇到喻思,终于不再向前,而是朝她挥挥手:"祝你幸福快乐。"

18

喻思的美好爱恋,真让胡有七发酸。

他总是阴阳怪气地在朋友圈 diss 某人,说家里有一长辈,秀恩爱万分讨厌,在线征集对付的方法。

江奈破天荒地给他评论:以后你哭,姑父给你递纸。

这是阴恻恻地在诅咒他这辈子得不到真爱!

杀人诛心啊!

喻思跟江奈感叹:"大侄子好可怜,难道这辈子注定爱而不得吗?"

江奈没有附和,只是问她:"你知道七色花吗?花有七瓣,每一瓣都拥有神奇的魔力,可小姑娘撕下最后一片,才得到了真正的快乐和爱。"

"啊,大侄子是小姑娘?"

"不。"

他是那最后一片花瓣,他亦是别人渴望得到的爱与希望。

至于拿花的小姑娘,正小心翼翼地呵护着珍贵之物。

花贝在出国前最后一次将关于胡有七的帖子都看了个遍,就怕遗漏掉没有回击的人。最后,她在胡有七的社交账号底下写了一段话:通往梦想的道路必定崎岖坎坷,当你受委屈的时候务必忍一忍,实在伤心难过就大大方方哭出来吧。就如太阳永远都做不到让所有人喜欢,你只需勤奋努力,剩下的便交给天意。不管何时何地,我永远与你站在一起,直到你荣耀冠冕的那一天,我都不会停歇为你鼓舞的手掌。

如果说花贝这一生注定平铺直叙,那么她还是想用仅剩的勇气,为深藏在心中的人拼上一把。

花贝带走了七色花项链,奔赴自己的天地。

只望能有一天,他们可以顶峰相见。

19

当年的南城四子,致远少年们,都在各自的领域拼搏着。

因选择不同便道路不同,但他们勤学苦练,只争朝夕,无一人例外。他们是最好的伙伴,最好的朋友,他们永远相知相惜。

喻思前去参加一场国际赛事,她是国内代表团唯一一名女性唢呐演奏者,当时很多家媒体对她跟踪报道。

直到喻思在维也纳拿到金奖,红色国旗于她手中飞扬的时候,一腔热泪夺眶而出。她想起很小的时候,总爱说一些发扬光大的话,此刻才真正明白，这句话的含义有多沉重。

不过，责任多大，负担就有多大。

网上有人翻出喻思以前吹奏《百鸟朝凤》的视频，底下关于此曲是哀乐还是喜乐发生了争吵。但有一句被点赞至最高处：无论喜悲，它都只为治愈人心。

国乐的精髓，可在瞬间完美击中人的灵魂深处。

喻思回国接受采访的时候，鲜花环绕，星光璀璨。镜头中的姑娘眼波流转，熠熠生辉，但凡看到的人，都会情不自禁地弯起唇角。

夏去秋来，冬至春融，喻思终是迎来了属于自己的高光时刻。

20

如果说以前的大小赛事让喻思略有名气，现在的荣耀则让她一战成名。

这一年，喻思二十二岁了。

当年她放弃的音乐学院向她郑重发函邀请，希望她能加入学院下的国际民乐团，成为团中首席唢呐。这个乐团不同以往，它将会带着喻思更上一个台阶。

喻思曾经拒绝过，现下当然再次拒绝，因为她想做一名特殊教育行业的老师。而且如果离开，这对之前培养她的乐团也很残忍。

音乐与演艺圈都是相通的，不知是谁打听到胡有七是喻思的发小，就辗转托胡有七当说客。胡有七接到电话都笑喷了，回道："我们虽然是发小，但从来都是她说一我不敢说二，你们真想办成这个事，就得去找另外一个发小。"

于是江奈的电话，一个接一个。

那时候江爸江妈在新城给江奈买了套房，拎包入住的那种，但江奈还是花时间置办了新物。

喻思被喊过来的时候，江奈坐在床边看手机。

喻思生了坏心思，直接扑上去："让我来看看这个床软不软！"

江奈被扑倒，两人在床上打了个滚，咯咯笑个不停。

随后他们躺在床上，江奈拿出手机给她看，那是音乐学院机构下国际民乐团的资料。喻思知道他要提这件事情，枕着江奈的手臂闭上眼睛。

"我不想去。"

江奈侧眸，亲亲她的眼睛："可是你的心告诉我，你想去。"

喻思睁开眼睛，笑意绵绵："真的？"

"那一年，你明明可以去音乐学院，但最终选择了特教院。我没有怀疑过你的本意，你是真的很想照顾那些需要被关怀的人，可你的初衷从一开始，其实是唢呐。"

江奈点点她的鼻尖，凑近了些："我觉得两件事情并不矛盾，音乐学院有很多优秀的人，他们可以陪你走得更高、更远，你需要不断地去完善自己，再进一步。"

"你现在真的像个老师……"

"是吗？"正经的话题永远说不了两分钟，江奈的眼神很不安分，他单手解开衬衫的两颗扣子，扯起唇角，"那老师现在同意休息十分钟，我们做点其他事情。"

喻思眨着大眼睛："好的江老师！"

21

喻思其实倒不是担心别的，而是放不下现在所在的团。

她虽然没说，可是大家都知道了，尤其是老师们。

那天回到团里，桌子上摆着一个巨大的蛋糕和很多鲜花，喻思当即就明白了。她的队友们是无条件支持自己的，这让喻思又愧又羞。

当时带她入团的老师在一旁细心劝说："我一直希望你能拥有更大更好的舞台，去展现唢呐，而不是因为一点荣耀就止步不前。我们为音乐而生的心永远激涌前进，那你的脚步必然要先为它踏出炙热而宽阔的大道来，大家都相信你，你可以做到的。"

后来喻思以客座教师的身份加入了音乐学院，同时她也考虑了很多其他方面的合作。比如特教院和音乐学院如果能资源融合，那就是一件很好的事情。

她在大学期间发现很多身体有残疾、性格孤僻的学生，无一例外地都爱音乐，是音乐让大家敞开心扉走到一起。

喻思的朋友当中听力障碍者居多，大家玩到一起的时候难免摩擦，喻思算是领会到，为什么别人说他们吵架的手势比火影打结印都快。而她则要提着唢呐站到高处，狠狠吹上一嗓子，才能劝和成功。

后来大家毕业了，即便出入社会，喻思依然没有忘掉同学们，而每一场有她的演奏会，好朋友们也从来不缺席。

22

江奈留校的那年，喻思成为团里的首席唢呐，开启全国巡演的重要任务。

两人领证后，把酒席一事顺延了。

两家人汇聚在饭店，十分正经地吃了顿饭，饭后大家散步回去，走走聊聊倒也惬意。

老喻在后头，喻思一直在爸爸身边，并肩而行。

晚风徐徐，喻思听着爸爸的叹气声，心里颇为酸楚。她今天在饭桌上发现爸爸的头发白了很多,印象中那个年轻又充满力量的男人,早已停留在妈妈离去的时候。

后来,爸爸都是操心地过活着。

老喻看着脚下,背手走着,想来是觉得自己腰有点躬,刻意直了直。沉默许久,还是他先开了口:"思思,从今天开始,你就是大人了,做人做事要更稳重,永远牢记江老爷子对你的教诲,在外闯荡一定要先照顾好自己,才能照顾好江奈。要是将来你受委屈了,就回家来同我讲讲……如果到时候,你还愿意说的话。"

喻思搀住老喻,两人慢了步伐,喻思不用看也知道爸爸哭了。

老喻有些哽咽,倔强地目视前方也不理会女儿的搀扶。

良久,老喻又道:"对不起啊。"

这一声道歉,隔了千夜,隔了寒凉,郑重地落到喻思的心上。

"我从来……没有怪过爸爸。"

老喻终于紧紧握住女儿的手,无声地点了点头。

23

喻思每次回家住,妹妹都会主动睡到客厅阳台去,将那小房间留给姐姐。

这一次,喻思执意要睡阳台。

李华芝在客厅磨蹭许久没去休息,她这些年跟喻思的关系说不上多好,亲近也带着疏离,两人之间的细缝在慢慢凝聚,但痕迹始终无法消磨。

她自知自己没什么话语权,可还是忍不住同喻思说起婚后:"江奈要是欺负你,就告诉我,你爸脸皮薄胆子小,他说不得我敢说……"李华芝就坐在桌子旁,也没看喻思,专心盯着桌面,"你过好了我不管,过得不好,将来我没脸面去底下找你妈……"

李华芝碎碎念着,喻思听着也难过,她刚喊了声妈,李华芝就重重擤了一下鼻涕冲进屋去了。李华芝关门后,妹妹喻玥才探出头来。

小不点如今已经是苗条的大姑娘了,她像一阵风似的跑过来,往喻思的床上一卧。

"姐姐,我想好了,回头我考大学也要去新城,他们说男人都是大猪蹄子,我怕江奈面对花花世界把持不住自己。我现在肱二头肌练得可棒,一肘子就能把他脑袋打出个包来……"

看得出,今晚娘家人是要轮流来谈心。

喻思捏捏妹妹的脸颊,恶狠狠地说道:"你敢动我老公一下试试,嗯?"

"疼疼疼,姐姐啊,我这是为了巩固你的家庭地位,难不成你要一辈子被姓江的踩在脚下吗!"

"叫姐夫!"

"什么姐夫!给我两箱卷子说是改口费,我真谢谢他啊!"

两姐妹挤在床上闹了好一会儿,直到房间里头传来李华芝的喊声,喻玥这才赶紧回房间休息,临走时还抱胸哼了哼:"别以为我不知道你不睡房间的原因,天天看,看了这么多年还不腻啊!"

喻思就知道傻笑,独自坐在床上乐了一会儿,这才突然想起什么。她赶忙挪到窗户边拨开帘子,那棵浓郁的香樟树下,江奈站在那儿冲她摆了摆手。

他依旧是少年的模样。

清眉朗目,人间至美。

喻思欢快地下楼,带着深情,踩着月光,深深扑进了他的怀里。

第十二章·
世界和你，何其欢喜

江先生
我们彼此努力
做最好的自己

01

喻思结婚证上的照片特别好看，她拍了照存在手机里，乐团巡演的中途不止一次拿出来给队友们看。

除了团长已婚，其余人都是未婚。这群单身贵族好不容易盼来了漂亮的姑娘，谁知也持证上岗了。

众人皆叹："喻思哪儿都好，就是'英年早婚'。"

喻思抱着手机笑个不停，红底照片上的两人眉眼弯弯，饱含爱意。

那天江奈换白衬衫的时候，喻思在涂口红。

她一支一支地试着口红色号，擦了又擦，总觉得都不太喜欢。将临约定时间，她有点急，跺着脚说："你看哪个红好看呀！"

江奈走过来，二话不说抬起她的下巴，吻了上去。

一番亲昵过后，唇红了，脸颊也红了。

"嗯，现在这个红挺好看。"

后来导致喻思每每涂口红的时候，都会想起当时的场景。

团里有个队友兼化妆师，她可喜欢把喻思化出烈焰红唇，说上镜好看。可一表演完,乐器口都会留下红色印子。

喻思跟江奈说:"我下次不涂了。"

江奈眉眼动了动:"挺好看。"

"哪里好看?"

红唇白齿,明眸善睐。

江奈勾了唇角:"晚上就会很好看。"

喻思要疯了。

02

喻思与江奈长时间不见面,很是想念。

有日听说高中同学要聚会,喻思更是心痒难耐。团长跟她沟通了演出时间,可以挤出空隙,就是得当天来回,不能留宿。

喻思没告诉江奈,悄悄过去了。

当时同学们正喝得起劲,江奈也处于微醺之中。

江奈出去上洗手间的时候,有个女同学一并跟了出来。

两人在饭馆外头聊了几句,大多关于工作。

女同学突然情绪上涌,没忍住,她说:"江奈,你真的变了不少,其实以前有很多人经过你的世界,只有喻思留下了。"

女同学的言下之意,是无法掩盖的爱慕。

江奈笑笑:"是啊,旁人只是经过,只有她闯了进来。"

"她要是没闯进来呢?"

"她会的,"江奈坚定地说道,"她知道我在等她。"

"真好……祝你们幸福。"

"谢谢。"

女同学最后看他一眼,似放下重担一般,随即潇洒地转身进屋。

江奈还站在屋檐底下，南城落下了第一场细雨。他轻轻地呼了一口气，挠了挠眉间，转身就看到日思夜想的人。

喻思眼有笑意："好啊你，结婚了还不老实。"

江奈先是微愣，随即笑出声来，他摸了摸鼻翼，不知怎的有点羞赧，随后朝喻思走了过去，将人紧紧抱在怀里。

喻思故意表现出吃醋的样子："以后聚会不准来。"

"好。"

"女同学也不准联系。"

"好。"

"这么无理的要求你也答应？"

"谨遵妻命。"

喻思的出现，无疑是将聚会热度推向高潮，她还是最受欢迎和期待的那一个。

她像是耀眼的光，吸引着所有人。

江奈握着喻思的手，一刻都没有松开过。

同学们推杯换盏，诉说着对未来的期望和奋斗的目标，每个人都是能量满满，将那些小难过、小纠结全部抛之脑后。

喻思返程前跟大家敬茶，也很动容："诸样人生，各有归路。我祝大家一切如愿。"

与江奈分别的细雨中，她说："江先生，我们彼此努力，做最好的自己。"

江奈亲亲她的额头，不舍且深情："做最好的自己。"

03

江奈曾在本科毕业典礼上，作为优秀代表进行演讲。

他说过，认定的那条路不管有多远，都要走下去，牵手的人无论风雨，都要生死依存。

直到读完博士，依旧誓言在耳。

江奈的优秀，是自律与自强的验证，这样的他无论何时何地，都是闪光的。

江爸有些感慨，他回忆以前种种，说："我都做好了你庸碌一生的心理准备，毕竟身体缺陷……给你带来的伤害不可磨灭。"

江妈也说："也许别人轻而易举得到的东西，都会是你此生的妄想。"

"可你让我们看到了命运的改变，是多么精彩。"

"爸爸妈妈为以前的想法感到愧疚，你就是你，独一无二的。"

江爸江妈也明白，喻思对于江奈来说，更是十分重要的存在。

她是他的方向标，纯真的信仰。

他也是她的保护伞，温情的港湾。

那年，喻思的最后一场巡演在南城，江爸江妈就坐在台下，江奈捧着鲜花凝视舞台，眼角有光。

江妈很感动，鼻尖一酸。

这世界不过尔尔，有情人的身旁，才是终点。

04

后来，江奈如愿做了一名历史老师，加入辛劳的园丁家族。

他上课的第一天就在 Q 大引起了不小的轰动。

那天，江奈拿着两本书刻意晚到了些，教室里的学生坐得稀稀拉拉的，他走到门口的时候还被两个女生拉住。

"同学，你现在进去干什么？说不定老师就藏在教室里等着，被捉到,咱们都死定了。"

"对啊对啊,再观察一下。"

江奈转过脸来,两个女生惊愕地捂住唇,天啊好帅。

"帅同学"单手推了下眼镜,神色冷漠,看着眼前两个激动到跳脚的女生说道:"站这儿,别进来。"

"呜呜呜,同学好帅。"

"还贴心地让我们先站这儿……"

紧接着,两个女生深情脉脉地目送江奈进教室,随后——走上讲台。

教室里外的同学们,全傻了。

江奈用粉笔在黑板上写上自己的名字,言简意赅且极具威严地说了一句话:"我叫江奈,下次我的课再有人迟到,就跟门外同学一样。上课。"

那节课还没上完,江奈的名字就出现在学生们的各个社交平台上。

三字评价:凶且帅。

05

喻玥就在 Q 大读计算机专业,她曾多次听宿舍中的女生们说起历史系的江老师,耳旁都是尖叫和呼喊,她则无奈地摇了摇头,心叹:无知的人类,江老师有多帅就有多坏。

喻玥在学校都是躲着江奈走,她就不想被管着。

Q 大校园的北面比较萧条,喻玥第一次谈恋爱就挑了这个地方,她觉得人少,有自我空间。

喻玥的男朋友原以为过来是能做些什么,谁知道喻玥一本正经地叫他玩猫抓老鼠。

正当男生哄骗喻玥想要亲吻的时候,神奇的江老师出现了。

江奈看着抱成一团又火速散开的两人,漫不经心地问着:"你们在这儿干什么?"

男生嘟嘟囔囔的,亲嘴啊。

喻玥一胳膊肘上去,随后抱拳笑眯眯的,开始套近乎:"姐夫……别告诉姐姐好吗?"

江奈没说话,开始拿手机,这可把喻玥吓坏了,她战战兢兢地喊道:"江奈!你要敢告诉我姐,我就把你和那些女学生的事情也告诉姐姐!"

喻玥有些口不择言,说出去就后悔了。

江奈只是看了眼手机时间,随即放回口袋,他没有计较喻玥的话,倒是对着男生问了句:"你是韩星宇?"

男生愣了下,随即大怒,转头就吼喻玥:"你还说你和韩星宇没什么!"

喻玥一脸蒙:"我真的跟他没什么。"

"那为什么他说我是韩星宇!"

喻玥愁眉苦脸地看着江奈:"是啊,姐夫你为什么啊?"

江奈扯扯唇角,手插口袋好整以暇地回道:"不好意思,我以为是韩星宇呢,因为你们长得挺像。"

像个鬼啊!

喻玥总算是明白了,这位江老师就是故意的,他肚子里全是坏水!

江奈走后,喻玥还在哄着男朋友,但估计也哄不好了,人家把她买的上衣脱下来扔在地上,吼了声渣女,还说要一拍两散。

06

喻玥的男朋友其实是想借机说分手。

他在外头跟别人造谣喻玥不让人肢体触碰,说她心理有缺陷。喻玥也是个暴脾气,当即就冲到食堂去找人算账,在一堆人中先把韩星宇给揪出来,随后拖到前男友面前。

"我有缺陷?你给我看着。"

因为喻玥和韩星宇身高差距过大,她又拿了个小凳子爬了上去,拉过韩星宇的衣领狠狠吻了上去。前男友被气跑了,剩下的全是看戏的,包括坐在远处的江奈。

韩星宇被松开的时候,脸上有红晕,他看着同样红了脸的喻玥说道:"你磕到我牙了。"

"我又不是故意的。"

"你不会接吻?"

喻玥嗤之以鼻,藐视他:"你会?"

韩星宇突然伸手将她从凳子上举下来,低头重新回应她。

食堂里的惊呼声再一次沸腾。

晚上,江奈在家和喻思说起妹妹在学校的事情,喻思长长一声呼叹:"现在的小孩太会了。"

当时江奈坐在书桌旁写教案,喻思抵着他的腿站着。

喻思的腰上突然就多了一双手,上下移动,她敬爱的江老师摆出一副温文尔雅的模样,果不其然,在她逃跑之前江奈将人抱起,放在桌子上。

江奈贴在耳畔,甜甜说道:"成年人也会。"

07

喻思婚后的生活，是非常甜蜜的。

喻玥在新城从来不愿意去姐姐家里，她宁愿饿着肚子躺在宿舍床上，也不要在姐姐和姐夫的家中做大瓦电灯泡。

小时候她跟姐姐最要好，现在姐姐成家了，她心里有种说不出的酸楚。

兄弟姐妹多的家庭往往有一种恶性循环，小的犯错，一定先二话不说把大的打一顿，偏偏喻家不同，大的犯错打小的，小的犯错还是打小的。

喻玥从来没有为此埋怨过姐姐，反而姐姐喻思，是她最爱的家人。

唯一对姐姐不太满意的，就是找了江奈这个姐夫。

后来她自己想想，其实也不是对江奈不满意，而是姐姐终于离开原生家庭，组建了真正属于自己的小家，那么她这个原生家庭的拖油瓶，就不好意思再去打扰了。

人啊，果然长大了，心思就多。

喻玥过生日的那天跟朋友们在 KTV 玩到很晚，回学校的时候发现路灯下站着一人。姐姐喻思抱着一个大物在冲她招手，说这是生日礼物，某个冠军就是靠它拿了第一。

庞然大物是个长板，喻玥在高考那年被李华芝逼得砸了滑板，当时母女关系闹得很严重，导致她现在见着滑板就流眼泪。

喻思还掏了个红包："今晚花了不少钱吧，姐姐请。"

钱递到喻玥眼前的时候，她突然号啕大哭，扑上去抱住喻思就喊："我以为你有了江奈就再也不管我了！"

喻思抚摸着妹妹的脑袋，与这夜色一般温柔，她说："傻瓜，怎么会呢，姐姐永远都不会忘记你的生日，祝我的小玥身体健康，幸福快乐。"

这就是她的姐姐，她想好一辈子的姐姐。

08

喻思青春期的时候都是狂野过来的，现在她也成了一名教书育人的老师，脾气收敛了很多。说来也巧，喻思在特教院的附属中学任教，韩遇白也在。

其实特殊教育专业十分冷门，但是工作渠道非常宽广，目前国家对残疾人的教育事业很重视，急需优秀的师资力量。

韩遇白带的一个学生，曾夺得世界残奥会游泳项目的金牌，遇见韩遇白之前，他还只是一个没有双臂，走到哪儿都低着头不敢看人的孩子。

喻思大受鼓舞，每一个艰难而想要放弃的瞬间，想想身边即将多出一个优秀的人才，她就来了干劲。

无数个深夜，她都伏案学习、揣摩，该如何走进孩子的内心。

有一次，喻思发现学生们追胡有七，但是他们从来不敢在现实生活中表达。喻思就叫胡有七给孩子们签照片，还录生日祝福视频。

胡有七很忙，经常四处跑，有一次喻思急需签名海报，就打包了两箱子扛着去剧组找人，胡有七安排她在酒店住下，晚点再碰面。

喻思想着本来就很麻烦他了，这住宿费得自己掏，就问前台多少钱。

服务员双手交握，露出标准的八颗牙齿："胡先生是我们酒店的会员，可以给您打折，打完折七千八。"

"多，多少？"

"七千八。"

喻思扛起箱子，连夜就跑了。

后来喻思语重心长地跟学生们讲了这件事情，还说："这个明星不好，喜欢他得倾家荡产，我们还是换个人吧。"

学生们哈哈大笑，与可爱的喻老师关系更进一步。

喻思还带学生们去看过男团的演唱会，因为孩子们喜欢，她也是没办法。当时的门票是韩遇白给弄来的，他出于同事之谊友好地帮了忙。

喻思想着这个事情可不能让江奈知道，就骗江奈说要上公开课，回家之前别给她打电话。那晚凌晨，喻思拖着疲惫的步伐回到家，江奈坐在客厅沙发上。

必有一问。

"课上得怎么样？"

"挺好的呀。"

"学生反映呢？"

"特别积极！"

"录视频了吗？"

"录了，教导处找人剪。"

江奈环胸看着她，微笑着拍拍沙发："来，坐。"

喻思硬着头皮坐过去，同样都是老师，气势不能输。

江奈的手臂搭在她的肩上，另一只手去翻微信聊天记录。

那是 Q 大音乐老师发来的。

他点开一个视频，画面霓光闪烁，喊声雷动，喻思用余光瞥了瞥，就吓得够呛。

本来是陪学生们去看的，想来是现场氛围太好，男团帅哥们撩衣服的时候,喻思像一匹脱缰的野马站在高台上,挥舞着荧光棒。

有个画外音,是江奈同事录视频的时候喊的:"江奈,你看这人跟你老婆长得好像啊!"

铁证如山,喻思果断抱住江奈的大腿:"我错了……江老师饶命!"

江奈突然起身将她一把捞起,抱在怀里掂了掂。

"怎么个饶命法?"

喻思冲他耳畔呼气:"去江老师房间谈谈?"

江奈眼底掠过一丝深意,回她:"不能低于一课时。"

09

要说江奈有没有什么事情瞒着喻思的,其实也有。

江奈事业相貌双在线,又到了男人最有魅力的年纪,他收获的芳心潜藏在各个角落。如口袋里的糖果、包里的香水,甚至是插在车耳朵上的卡片。

江奈下班前会整理好个人物品,确认无误后才回家,他不想让这些琐事烦到喻思。

同事聚会上,总有人会将话题引到江奈身上,想关心他的耳朵,了解他的家庭。

有次周末,饭桌上的女同事鼓起勇气问江奈:"江老师,能否麻烦你待会儿开车送我回家?"

几乎没有考虑地,江奈突然端起一杯清酒仰头而尽,随即礼貌地笑笑:"不好意思,我喝酒了。"

饭后散场,夜色微凉。

江奈靠在车旁,低头沉思许久。

他向来不爱这种交际,人人都说漂亮的场面话,明知是恭维还要装作谦卑模样,甚至那些明里暗里撩拨他的人,也没有几分真心。

此时手机响了起来,像是有预感一般,江奈抬头看向前方。

喻思奔跑于逆光之中,万物都只能做她的陪衬。

江奈往前走了走,忍不住张开双臂,他比谁都明白,要论真心,一定是双向的奔赴才有意义。

在回家的路上,喻思问他:"你不是开车从来不喝酒吗?"

"嗯,喝酒了,不开车。"

喻思觉得他有些奇怪,又说:"我是问你今天为什么喝酒?"

江奈转头看着驾驶位的漂亮女士,抿抿唇,酒窝醉人。

"因为想到你,我就开心。"

10

江奈很会说些促进夫妻之间亲密的小情话,喻思自愧不如。

江奈对喻思的爱,滚烫炽热,无微不至。

新城后逢雨季,天色始终阴暗沉闷。

那日喻思在学校门口,目送学生们挨个被家长接走,瓢泼大雨淋在脚下让人忧愁。此情此景,她想起年少的时候,下雨天家里从未有人来接过她放学。

老喻在邮政上班经常忙得不着家,李华芝一个人顾不过来,她只能去接年纪小的喻玥。所以每一次喻思都是淋成了落汤鸡,回家猛灌一壶热茶,也就活蹦乱跳了。

小孩子心思不会想那么多,可到了某个岁数再去回味从前,却有几分不同的心境。

喻思刚踏入雨中,头上就出现了一把伞。

江奈用自己的身体挡住风的方向，伞面完全遮住了喻思，她惊愕地抬起头，就看到心上人冲自己笑："小朋友去哪儿？"

喻思霎时就红了眼睛，原来，被爱与珍惜是这样的滋味。

她一把搂住江奈的脖子，在雨中亲吻他的双唇。

"谢谢你来接小朋友回家。"

11

喻思有一段时间给中考生做心理辅导，险些将自己吓出问题来。

有一名男生压力过大寻上天台，喻思在紧要关头抓住了学生的手，可她没救上人，反被对方给拽了过去。

当时她如临深渊，只怕江奈今日丧偶。

喻思一手抓着人，一手拉住栏杆，以往电视剧中的情节都是保持这个姿势，直到人来相救。可现实是三秒钟都没能撑住，二人手心的汗渍将对方脱离。

但他们是幸运的，下层窗户大敞，略微有凸出来的一块平台，有个老师奋力接住了学生。喻思看到平台上的人完好无损时，那颗快跳出嗓子眼的心脏才又压了回去。

喻思艰难地爬回天台，可没走两步腿就发软，她看着头顶那轮烈日，止不住地眩晕，思维也逐渐溃散，视野终究陷入一片黑暗。

以前喻思问过江奈，说以后要是离婚了怎么办。

江奈说不可能离婚的。

如果你想离婚，只能向天再借五百年。

这是喻思生平第一次直面死亡，短暂的痛苦和煎熬险些让人窒息，可想而知留下来的人需要多么强大的勇气。

在那般生死之际，她突然觉得自己对江奈还不够好，她愧于江奈。

12

喻思被吓晕的事情后来在同事间传开，她也不怕别人笑，还乐滋滋显摆自己得了个免费体检，外加带薪休假三天。

在家那三天，过得是真潇洒。

江奈是最后一天才知道学校发生的骇闻，以他为中心的十米之内仿佛都是熊熊火焰，江奈破天荒地没有跟喻思说话，甚至连看都没有看她一眼。

喻思心虚，吃薯片磕到了牙。

后来，她壮着胆子开始唱歌："有一只小鸭子在排队，想和前面的鸭鸭对齐，可是怎么样都对不齐，它就喊道，对不齐呀对不齐呀……"

她悄悄瞥了眼沙发那端，江奈的下颌动了动。

喻思挪挪挪，终于挪到江奈旁边，轻轻地挽住他的胳膊："江老师？"

江奈还是没有看她，但是动了动唇，他想开口。

喻思总觉得哪里不对，将他的脸扳过来，问了句怎么了。

江奈这才重新开口："森么……怎么？"

喻思一阵愕然，半天没敢说话："你，你怎么发音又这样了？"

江奈的语言能力仿佛受到了重击，无法正常发音，这种情况在江老爷子走的那年发生过一次。当时喻思沉浸悲痛之中，江奈治疗无果，半个多月后方才自愈，这种情况连医生都无法解释。

喻思捧着江奈的脸左看右看，特地检查了下人工耳蜗，很认真问他："听得见我说话吗？"

江奈眸中有哀伤，点点头。

"是不是哪里不舒服？不舒服的话我们去医院，上次医生叔叔说要复检，你是不是没有去？学校再忙也能请假啊，工作哪有身体来的重要……"

江奈突然就红了眼眶。

喻思愣住了，两人对望半晌，她的眼前也升起雾气。

"怪我。"喻思哽咽开口，"肯定又是因为我才让你说不了话，你现在心里一定很难过，江奈，我怎么什么都做不好，我根本照顾不好你。"

江奈将她拉入怀中，轻轻抚摸着她的后背。

"不是……"

喻思已然泪流满面："我以后再也不吓你了，真的，你快些好起来吧。"

13

喻思本来想说一件事情，因为江奈突如其来的语言障碍便停搁了。

她想等合适的机会。

冬至的那一天，她从食堂打包了两份饺子，还有一份大骨汤。经过小树林的时候，喻思总觉得有什么在跟着自己，一转头，发现后面蹲着一条黑黑的小奶狗。

它睁着湿漉漉的眼睛，歪着脑袋看着喻思。

那一刻，喻思的心微微一颤，促使她情不自禁地喊出了声："春喜。"

小奶狗毛发脏污，身形不稳地蹲坐在地上，待听到喻思的声音时,突然站起来"汪汪"两声,随后跑过去蹲坐在喻思脚边。

喻思惊喜万分,她两手都拎着食物,小奶狗却只伸爪子去够那碗大骨汤。

彼时阳光穿过树梢,落在人间地上,治愈了所有忧伤。

喻思把流浪的小奶狗带回了家,就在那天,她决定告诉江奈那件事情。

江奈回家的时候发现客厅趴着一条毛茸茸的小狗,它抱着一只比自己脑袋还大的骨头正翻身打滚,听到声响后当即静止不动。

一人一狗,对望半晌。

小奶狗看江奈没什么动作,继续啃骨头。

吃饭的时候,喻思跟江奈汇报了遇见这条狗的经过,说想养它,江奈欣然同意。

"我还给它想了名字,叫冬乐,可以吗?"

"好听。"

"以后我们就有伴了。"

"嗯。"

喻思弯了弯眼睛,有些神秘的样子:"那你,想不想给它找个伴?"

江奈没明白什么意思,喻思起身坐到他的腿上,随后牵起他的手,慢慢地,放在腹部。

喻思细细看着江奈的表情,可以说是瞬息万变,她不由得心中打鼓:"你不想要吗?"

江奈感觉自己身躯僵硬,思维麻木,他甚至觉得放在喻思腹部上的不是自己的手。可是那股温热自掌心传递,越来越热烈,真实的触感告诉他,这一切都是真的。

"我从来没有给过你什么,这个,算不算得上是最好的礼物?

"江奈,祝贺你啊。

"你要做爸爸了。"

14

喻思有孕,无疑在家族中掀起轰动。

江爸跟江妈说孕妇得需要人照顾,要不去趟新城。江妈就笑他:"现在都是请专业的护理,我们都被时代淘汰了。"

江爸点点头:"是得把人照顾好,后面思思还得要两胎。"

江妈哭笑不得:"这还没生呢,你就想着二胎三胎了。"

江爸很是认真地分析着:"我们带一个,老喻家带一个,江奈自己带一个,大家平分,公平又开心。不然这一个你说跟谁?"

江妈年纪大了,真想过那种天伦之乐:"你说得有点道理哦?"

江家还在憧憬着未来美好生活,喻家又吵起来了。

起因是喻思那一头乌黑的长发。

李华芝是根深蒂固的老思想,觉得长发吸去了孩子的营养,将来坐月子也不方便。老喻就说了句,人家的事情你别管,就因"人家"两字便吵了起来。

当时喻玥恰好在家,四仰八叉地躺在沙发上看电视,胡有七的脸亮闪闪地出现在画面中。

喻玥吐着瓜子皮:"啧啧啧,以前哪能想到小胖子有今天。"

李华芝气得当即对着她的脑瓜子来了一下:"整天就知道吃吃吃,我给你姐卤的瓜子全塞你肚子里去了!去给你姐姐说,让她把头发剪了!"

喻玥坐起身来,看着两鬓发白的老母亲。

"这样子，您搬去海边住吧。"

李华芝不知何意。

喻玥说："管那么宽！"

李华芝和老喻都被气笑了，一个追着要打，一个到处护着。

后来，关于头发要不要剪的问题，喻思咨询过很多生过宝宝的妈妈，说法不一。那天喻思洗完澡枕在江奈腿上，江奈握着吹风机轻轻地给她吹头发，喻思问道："头发剪吗？"

江奈回答得很利索："不剪。"

"为什么？"

江奈关掉吹风机，理了理她的发丝，随后俯身吻了吻。

"谁也别想再碰你的头发。"

少年的时候，她被迫失去了长发，而现在，只想还她一份美丽。

15

有个女老师找来喻思办公室，带了一些补品。

女老师就是上次天台事件，在下层抱住学生的那位，听说那个学生还是她重点关注的优秀苗子。两人谈了些工作上的事情后，再次友好地道谢。

喻思突然想起还没问她全名，对方说："我叫郑美玉。"

"美玉……"

不知为何，喻思想到了一人，她乐呵呵地说："我俩还挺有眼缘，郑老师，你要是真想感谢我，我有个母胎单身的朋友，要不你看看？"

季良才，郑美玉，乍一听像是六七十年代生产队的 CP。

可当时谁都没想到，良才美玉，真是天生一对。

16

郑美玉那个学生，性格确实有点不一样。

他总是神出鬼没地出现在喻思的身边，抢着拎重物，不让喻思喝凉水，还给她座椅上弄了个垫子。但是他始终不说话，不管喻思怎么逗弄，他都不开口。

因为他有严重的口吃。

他有个外号叫"小猴子"，十四岁的少年，一个朋友都没有。

后来喻思发现，小猴子吹笛子很厉害，她看到之后佯装特别崇拜兴奋的样子："哇，笛子哎，教教我好不好？"

小猴子面无表情地看着她，忍不住挤出话来："你，有名。我，看电，视。"

公开处刑，有点尴尬。

可就算这样，小猴子还是愿意和喻思接触，并且跟着她回家做客。郑老师说，这孩子对自己都没有这样温顺过。

小猴子很敬重江奈，江奈似乎说什么他都听。

后来一次平常的聚会，季良才和郑美玉都来了，大家相聚一起喝茶聊天，气氛融洽。就在那个时候，小猴子往地上"扑通"一跪，端着茶恭恭敬敬地唤了声："师父。"

他鼓起勇气，把练了许久的话完整清晰地说了出来："师父，我想跟您学唢呐。"

喻思算是知道小猴子为什么喜欢江奈了，他可是帮人家骗了个师父！其实喻思已经在考虑这个问题了，但收徒这事，三分谨慎六分荣耀，还有一分有点飘。

她接过小猴子的茶，喝了一口。

"小徒弟，互相指教。"

17

胡有七知道喻思有孕后，给她送了一辆车。

车很宽很大，后面可以装儿童安全座椅。喻思对车不懂，也没认出什么牌子，看到车型和其他车不一样，就吐槽胡有七唬她。

最让人发火的是，喻思发现车钥匙有问题，没有锁头，就是一个小把子。

她坐在车里给胡有七打电话："说真的，虽然我不想要你的车，但是你也不能诓我啊，这把钥匙没有锁头的……什么？保时捷就没有锁头，为什么保时捷没有锁头啊……"

那一天，喻思尝到了当暴发户的滋味。

大侄子对姑姑那么好，姑姑也得照顾大侄子。

花贝从国外回来的时候，喻思第一时间叫上胡有七一起去接机。花贝离国太久，这次回来便不会再走了。

那天去机场，江奈牵着喻思，胡有七则全面武装，从这根柱子躲到那根柱子，他除了那双手没有遮挡，其余哪儿哪儿都见不到肉。

就这样，胡有七还是被人认出来了。

18

花贝已然大变样，不再是曾经清汤挂面、文文弱弱的小花儿，眼下一身修身考究的职业西装，栗色的波浪大卷披在肩上，每一根发丝都老老实实的。

她随身还跟着两人，其中一人拎着包，另一个拿着文件说着什么，花贝只是轻轻抬了指尖对方就了然。那种从骨子里散发出的霸道总裁气质，让人从心底敬畏。

花贝见到喻思，却依旧是多年前的温柔模样，两个好朋友紧紧拥抱在一起，难舍难分。

胡有七就可怜了，他不仅没有第一时间见到白月光，还被热情的粉丝缠住，因为身边没有工作人员，他挤都挤不出去。

花贝目不斜视地经过胡有七，他们就像是从未有过交集的陌生人一般，无言擦肩而过。

胡有七有多想念，花贝就有多挣扎。

即便时光荏苒，他们依旧还在纠缠。

19

胡有七在知道花贝是国内顶尖娱乐公司最大投资人的时候，心拔凉拔凉。

他以前觉得自己厉害得不行，又帅又能赚钱，可到了花贝面前被秒得连渣都不剩。胡有七觉得自己需要立刻上进，就偷偷摸摸报了一个精英总裁班。

总裁班有点奇怪，教导老师让人围坐成一个圈，然后嘶喊着感谢天，感谢地，感谢爸爸妈妈，最后使劲地哭。要不然就是站在高高的桌子上，双手捧天，说是向宇宙吸取能量。

总裁班的老师还让每个人花五千块钱买他出版的日志本，这些胡有七都忍了，天天背天天默写，他连背台词都没有这么积极过。

直到江奈无意听到胡有七说漏嘴，每每在月黑风高夜还要玩一种虚拟货币的游戏，目前已经输了六位数字。江奈直言："你被骗了，报警吧。"

喻思听闻后偷偷跟花贝打报告：我这大侄子，一见你就栽呀。

20

花贝从来没跟人说过，她这些年在国外是怎么过的。

家中条件越好，她在那个层面的生活就越累。花贝的纯真早已被残酷的现实一点点磨灭，她踩着那些尔虞我诈和明枪暗箭，硬是走到了高处。

人有些时候对于年少的感情，出乎意料地执着。

花贝尝尽人间疾苦，却仍躲不开那烟火尘埃。所以当胡有七在她面前哭泣的时候，她的心是软的。

"南城四子"难得重聚，就数胡有七醉得快，也醉得深。

喻思内心吁叹片刻，转头看向还硬着心肠的花贝："给孩子一个机会吧。"

花贝只顾喝闷酒。

喻思转头问亲亲老公："怎么办，花贝还是不喜欢大侄子。"

江奈看破不说破，他认为以花贝的性格，自己走出阴霾和靠别人拯救会出现不同的结果。他希望是前者，要不然也不会把曾经那个"七色花"隐瞒到现在。

但要他完全袖手旁观也不行，毕竟胡有七还叫了声姑父。

胡有七今晚真的醉得不省人事？

小伙子演技已经炉火纯青了，有句老话说得好——男人七分醉，演到你流泪。

江奈吃饭之前告诉他，啥都别干，啥都别说，你就哭。

胡有七拼命点头，只要能喜欢花贝，海枯石烂都可以。

他到这个时候还只是奢求花贝能让自己喜欢，而不是来喜欢他。

因为真心的爱恋，怎么样都是甜的。

21

儿时的伙伴们,最终都留在了新城。

胡有七后来经历了解约风波,入驻花贝公司旗下,真是让他做梦都能笑醒,之前还一脸忧愁地跟喻思说:"人生苦短不能颓废,我为什么一定要喜欢她呢……"

喻思以为这孩子终于想开了。

末了,胡有七煞有介事地握拳:"我就应该天天到她家门口唱表白,地球不爆炸,我就不放假,宇宙不重启,我就不休息!"

喻思端着笑:"祝你好运,大明星。"

世事难料,何不期待?

22

喻思开始带着小猴子学习唢呐,江老爷子曾教导她的所有道理,今日有了新人继承。小猴子起点高,天赋与实力齐驱,比喻思那时还要刻苦爱学,他想要从泥泞中挣扎出新的自我,树立的都是最高目标。

"我的师父当年跟我说,吹唢呐,先做人。"

小猴子眼神格外坚定:"我一定,好好,做人。"

后来,少年站在璀璨荣耀的舞台上时,手捧奖杯,说话磕磕绊绊,却丝毫没有怯场。他不再是那个因为一点流言蜚语就想要轻生的孩子了,他今后的道路还会遇到更多不平与无奈,但他一定会长久且安稳地走下去。

喻思在台下看着闪闪发光的人儿,心底柔软。

以前喻思觉得自己荣耀与利益尽收,该满足了,可看到台上闪闪发光的孩子时,她才深刻地认识到,这条梦想的道路是没有尽头的。

她的人生,才刚刚开始。

23

又是一年的冬天。

南城下了很大很大的雪,乡下银装素裹,美景如画。

江家小院重新翻修,院子中种满了四季花,葡萄藤越爬越高,屋后的竹子长青不败。院中,江奈在烧着炭,炉子上的汤锅"咕噜噜"冒泡,一条叫冬乐的狗乖顺地伏在主人脚边。

喻思从屋里出来,头上戴着一个大大的红色蝴蝶结。

她欢快地跑到江奈身边,冬乐摇着尾巴兴奋地叫着。

"江奈,圣诞节快乐。"喻思双手举过头顶,比了个爱心,一片雪花落在肩头,"圣诞老人说这是给你的礼物。"

江奈还在看守炉子,汤锅冒着热气,香味弥散。

他挽了挽袖子,朝她笑笑:"我很喜欢,谢谢圣诞老人。"

随即两人凑到一块,江奈用汤匙舀了骨头汤,先放在嘴边吹了吹再递给她。喻思的味蕾被美味击中,她怀抱冬乐用力点着头,明亮的眸子里发出赞赏的光芒。

比艳阳暖,比蓝天美。

江奈低头继续搅着汤,好看的侧颜衬得雪景变得更加柔软。

喻思看着他,渐渐入了迷,好一会儿她眨眨眼睛,喊了江奈的名字。

"好爱这个世界和你啊。"

"世界有你,我也爱你。"

这便是江奈的回答。

番外一·
江奈，最喜欢你了

喻思从记事起，就爱跟江奈一起玩。

江奈长得白净又听话，跟胡有七那滑头比，完全两个样子。

要说两人真正认识且记上对方，是从那次开始。

江老爷子因为喻思学会撒谎，生了很大的气，那时候她还没有到六岁，就被师父罚蹲马步，屁股底下放着一只超大的榴莲。

喻思被扎得鬼哭狼嚎，江老爷子拿着小柳条站在旁边，往地上狠狠抽打两下。

"你说，到底谁打的三三！"

"三三"是同村小孩子，极为小气还偏爱显摆，把香喷喷的烤红薯拿出来诱惑喻思，谁知道被春喜一口吃掉了。三三要跑回家告状的时候被喻思给绊倒，小脸摔得青一块紫一块。

喻思咬定那就是春喜打的，春喜昂起狗头叫了两声，当即承认了。

江老爷子也就进门喝口茶的工夫，江奈便拿着小凳子把榴莲砸开，坐在那里旁若无人地吃着，喻思和春喜在旁边呕吐。

江老爷子和喻思从没有见过这种水果，对于江奈吃臭物更是惊骇万分。

榴莲没了，西瓜还有。

西瓜熟得可透，江老爷子说敢把西瓜坐裂就吊起来打。

又一口茶的工夫，江奈握紧拳头一捶，西瓜裂成两半，他拿着小勺和喻思你一口我一口地美滋滋吃着。

江老爷子就觉得江奈是过来砸场子的。

他的亲孙子前不久卸了江家班的唢呐，封住铜碗子口，养了一条小金鱼。

江老爷子有意将自己的本领传给孙子，他觉得男孩自身条件比女孩要好，将来爷孙俩手持唢呐，叱咤四方。

谁知道江奈不仅不上道，还搞破坏。

喻思年纪稍长才听说，江妈和江爸在一起的时候长辈是不同意的，因为儿子态度强硬，导致江老爷子对江妈心有芥蒂。

江妈为人很好，对江老爷子颇为上心，有了江奈之后，就想着把乖巧的孩子送到他身边来，但那个时候喻思已经在了，江奈嘴没喻思甜，根本得不了宠。

尤其是江奈一次又一次跟江老爷子对着来，江老爷子的暴脾气难以压制，直接把江奈的小金鱼扔进春喜嘴里。这下好了，爷孙俩彻底看不对眼。

但是江奈就爱来乡下，他想跟喻思在一起玩。

喻思更喜欢江奈，他话少，还听她的话。自从那次砸榴莲、劈西瓜事件后，喻思觉得江奈配得上做自己的朋友，只要江老爷子有丁点对江奈不悦，她就当和事佬，不停地去说好话。

每每假期，江奈会带着各种好吃的来乡下，那段时光是记忆里最快乐的。

江奈致聋的意外，是发生在夏天。

喻思将附近的小山小溪都踏遍了，她要征服更高更远的地方，于是带着江奈踏上后山的旅程，把水壶和饼干挂在春喜的脖子上，两人一狗悄悄地出发了。

以往喻思再怎么调皮，都会在太阳下山之前回家，可那一次，她带着江奈消失了四十多个小时。等找到人的时候，喻思嗓子已经喊哑了，江奈的额头被尖石所击，失血过多的同时伴随着高烧，因为救援不及时，颅脑损伤最终造成了耳聋。

江妈无疑是最心痛的那一个，她哭泣着问江老爷子："爸，您为什么让小奈去山上玩？"

江老爷子始终沉默，不做辩解。

喻思年纪太小，当时吓得只顾哭。江老爷子是第一个找到他们的人，当时喻思哑着嗓子说："师父，是我把他推下去的……"

江老爷子捂住她的嘴："胡说什么？别再说了，谁问都别吭声，听见没有？"

喻思瞪着流泪的眼睛，抿起嘴，用力点了点头。

那天喻思爬上陡峭的山崖，江奈多次提出回家都遭到了拒绝，山上有很多野桃子，又大又甜，就数崖边上那棵桃树最茂盛。

喻思因为够不到枝头的桃子而让江奈上去，江奈爬上树干缓缓挪动，到底还是个孩子，江奈因为害怕而略微退缩，喻思便伸手推了推他。

这一推，江奈坠落，喻思跟着摔倒。

山崖有点深，但底下长着茂盛的树木和草丛，两人摔在树上又掉到草丛里，喻思幸运地没有什么大碍，只是江奈落地的时候，石头撞击了太阳穴。

喻思看着满脸鲜血的江奈，愣怔在原地。

崖上的春喜止不住地狂吠。

江奈一开始是清醒的，喻思用手捂住他的额头，朝上面大喊救命。

"你别睡呀，江奈……"

江奈抓住她血淋淋的小手，心口上下起伏："没事，我没事。"

"你疼不疼？"

"有一点，但不怎么疼。"

江奈撒谎了，他可疼了，额头像是要炸裂一般，他强迫自己不能睡，便紧紧握住喻思的手。

喻思还在哭喊着，江奈却突然想起初见她时，她硬是往自己的肩膀上一撞，随即坐地上假哭，还伸手说："好疼啊，快把你的糖果拿出来让我吃吃。"

江奈觉得，这个要糖果的小孩子真可爱。

她单纯又有趣，就算在自己耳边叽叽喳喳一整天也不烦，跟她在一起玩很开心。小孩子也是要有眼缘的，江奈和喻思，互看都顺眼。

江奈受了伤，还在想着如何让喻思自救，他将石头塞到喻思手中，让她间歇性开始敲打崖壁。

喻思怀里还有一个桃子，江奈说了，这个桃子要留在最饿的时候再吃。

但江奈迷迷糊糊之间，感觉到了嘴中的甜意，是桃子的味道。

喻思依偎在江奈身旁，小口小口咬着桃子，然后塞到江奈嘴里。她奶声奶气地哭泣着："你快点吃，吃了就别睡好不好，我喊不动了，哥哥我害怕……"

江奈轻轻咀嚼着桃肉，透过迷糊的视线望着她："我马上就好了，别怕……"

喻思摘桃子前顺手把春喜的牵引绳挂在了小树枝上，春喜费了好大力气才挣脱束缚，它朝着崖下叫了一会儿，转头就往回跑去。

三三是在半路上遇到春喜的，他一看狗子落单主人不在，便伙同小朋友们将春喜给绑走，孩子们下手没轻重，踩断了春喜的脚趾头。

春喜是一条温顺的狗，它没有张嘴去咬任何人，最后被拴在了山上。

江老爷子发现喻思没有回家便出去找人，后来全村出动帮忙，天亮的时候他们报了警，江家喻家悉数赶来。

所有人都将精力放在村前，那里是喻思经常去的地方，也有人去后山找，可偏偏错过了崖上，只要再往前一点，就能发现掉落的水壶。

江奈已经彻底昏迷，喻思哭醒了睡，睡醒了继续呼喊。

还是没有人来救他们。

春喜挣脱开三三系在它脖子上的带子，瘸着腿回家找到江老爷子。春喜一直往后山方向叫，同村的人说："那边都找过了，没有的。"

"就这么大点地方，到现在都找不到人。"江老爷子急得满头大汗。

有人说："不是怀疑掉河里了吗？警察说今天就能捞完了。"

江老爷子怒斥那人："不可能！我孙子孙女一定会好好的！"

春喜又叫了两声，江老爷子目视前方，咬咬牙："走，春喜！

带我再去看看!"

江老爷子被春喜引到那棵桃树下,喻思的水壶就挂在树根处,露出粉色的盖子。他见着东西开始往下喊,但怎么都听不到回应,正准备放弃的时候,春喜又叫了两声。

江老爷子终于听见了石头敲击崖壁的声音。

江奈被救上来的时候奄奄一息。

江老爷子替喻思承担下了所有的责备,那个时候喻思很害怕,觉得自己很坏,这种强烈的愧疚感在她心底越埋越深。

她是个坏人,对不起江奈。

江老爷子为她说谎,江奈也在保护她,醒后旁人问起当时的事情,江奈总是沉默,被问得烦了,就说记不清。

那个时候的江奈躺在病床上十分可怜,因为他的右耳完全丧失了听力能力,只剩受损程度略低的左耳。也正因为听力受损,久而久之他逐渐丧失了语言能力,这对江家来说,无疑是个灾难。

当时江奈正念小学二年级,那是孩子的好知年纪,可他却把自己的所有感官关闭起来,开始与世界隔离。因为他的特殊性,学业几度荒废,学生们不喜欢他,老师也嫌麻烦。

本就话少的江奈,在那个时候彻底无话了。

直到四年级,江妈辗转打听到一位做听障儿童语言训练的老师,这位老师很有名气,想找她求教的人已经预定到一年以后。

特教老师测试过江奈,跟江妈说:"他年纪小,又是后天性聋哑,只要坚持训练,就算回不到从前,也跟常人没有太大差距。"

这是个好消息,可老师还说了:"但你家孩子心理上有点困难,建议先去看看医生。"

江奈又看了一年的心理医生，每天画画做游戏还学音乐，可江妈发现，这一切疗愈对于孩子并没有什么好转，但要说哪里有问题，又没有什么问题。

江妈很心疼，她跟江奈说："我们不看了好不好？"

那一刻，江奈眼中亮了亮，他点点头，发出一声模糊的音色。

江奈开始跟着语言训练的老师上课，每周都会有固定三节课，那是他最开心的时刻。不是因为想说话，而是因为不用去学校和回家。

学校里的人都骂他聋子、哑巴，还会在他的书本上乱画。他不是没有生气，而是握紧拳头的时候想起了家里的妈妈，如果妈妈过来看到了，又会止不住地哭。

他也不想回家，妈妈红肿的眼睛，爸爸深夜喝酒，他都看在心里。

无数个压抑的夜晚，江奈躲在被子中，渴望自己的眼睛也瞎掉，这样他就可以哪里都不能去，彻底没人能伤害自己。

小小的江奈，突然慢慢滋生出一种痛苦来，后来他明白，那叫仇恨。

但他不知道自己该恨谁，去恨那些欺负自己的同学，恨不帮助自己的老师，还是恨——那个离开自己，几乎没有音信的小喻思？

想起喻思，他的心口仿佛塞了块大石头，那是他唯一的朋友，却变成了曾经。

江奈想，就这样吧，就让自己孤独地老去，直到死去。

这个世界的所有，他都不想再关注了。

喻思在六年级的那个暑假，回到城中念书。

她躲在大树后面偷偷看江奈，少年个子很高，皮肤很白，他戴着助听器一脸冷漠,那双儿时总是闪闪发亮的眼睛,已然没有一丝光彩。

自从发生那件事情之后,江老爷子不再让喻思跟江奈玩。

喻思越长大越对那年崖底下的事情记忆犹新,要说小时候不懂事,那么现在心智成熟了,她不想装作什么都没有发生。

以前回城里的时候,她不敢和江奈接触,江奈跟她说上两句话都能把她吓得半死。后来,她咬牙做出一个决定。

喻思执意要回城里读初中,在家中绝食三天。

江老爷子劝说无果,想要拿小柳条抽她,拿上又放下,根本舍不得。

喻思如愿回到城里的家中,发现她和江奈的初中院校不一样,正苦恼着,就发现江奈突然转过来了。李华芝多年后也觉得,劝江妈将江奈转到喻思学校,真是一个明智之举。

江奈和喻思的再次相遇,彼此心照不宣。

江奈是开心的,而喻思则满怀愧疚。

也就是在那一年,喻思的性情突然变得暴躁起来,别人说她看谁不顺眼就打谁,只有江奈知道,她是因为自己。

江奈曾在操场的人堆中把喻思拉出来,她顶着乱糟糟的头发,一手揪一个男生,任谁劝说都不松手。这两个男生都是经常议论江奈的人。

喻思以为江奈不知道那些议论,江奈也永远不会让她知道自己清楚一切。

两人很快和好,没有人再提当年的事情,久而久之,大家好像都忘了。

江奈想要走出的不是那段过往,而是变化之后,世界给他带来的困境。因为经历过深渊,从而想要破光而出,他就得有一株救命稻草。

喻思站在温暖缱绻的夕阳之下,笨拙地用学来的手语给江奈表述:"全世界都不喜欢你,我喜欢你。"

这句话,入了江奈的心。

也许喻思当时说那句话并没有过多深意,但江奈当作了誓言。

他回道:"说话,算数。"

喻思曾和胡有七看《精灵宝可梦》,看到喷火龙被主人遗弃的时候,她就气势汹汹地说:"被扔掉的喷火龙日后一定是最强的。"

结果证明,她的话是对的。

喻思跑到江奈跟前,很认真地说道:"江奈,加油,你以后就是最厉害的喷火龙。"

她是个容易被感动、情绪化的姑娘,后来又喜欢上《元气少女缘结神》,天天跟在江奈后面喊:"喂,小狐狸,小狐狸,你是世界上最厉害的狐狸!"

因为喜欢,所以喻思看到什么都像江奈。

后来他们互交真心,以为过去就真的过去了。直到江老爷子意外去世,喻思悲痛欲绝,她那时站在天台泪流不止:"师父走了,我不能陪你了……"

江奈伸出去的手早已颤抖不止。

喻思将那道愈合已久的伤口撕开,终究还是选择面对。

"哪怕师父骗了所有人,也掩盖不了我曾经的罪恶。是我害你失去原有的快乐,是我害你受到太多的恶意,是我害你再也听不见声音……江奈,我只要看到你,便对自己失望透顶,你不要喜欢我,你的喜欢让我觉得好累好累……"

就在那一天,江奈突然说不出话来,渐去的黑暗又将他笼罩。

他想起了那年替她摘桃子。

因为她喜欢,他才去做。

他去做,是因为喜欢。

可为何自己的喜欢成了喻思内心最大的障碍,他想保护她,就像一直以来她守护自己一般。如果说写《本杰明·巴顿奇事》是要给喻思希冀,倒不如说是想让自己变得更有力量。

"如果你发现自己还没有做到,我希望你有勇气重新来过。"

他江奈喜欢喻思,那就得一辈子。

如果喻思不再陪伴自己,那就让他永远不会说话。

喻思想要告诉全世界,守护江奈这件事情,多么重要。就像儿时的夏天,在崖下她握住了他的手,殊不知那一握就是一辈子。

江奈间歇性失语这件事情,一直伴随到成年之后。

只要因她心伤,便再难开口。

他们互相将对方放进心里,发誓永远在一起。

在一个平凡又充满爱的早晨。

喻思在阳光下醒来,她眯了眯月牙眼,说:"江奈,最喜欢你了。"

江奈转过身来抱住她,拍拍脑袋:"我也,喜欢你。"

番外二·
小孩子,江思来

小孩叫糯糯,大名江思来,眼睛很大,有梨涡,是个漂亮的小女生。她很调皮,比妈妈还要调皮。

稍微会走的时候,小孩就喜欢爬到沙发或者床的最高处,然后往下跳。小孩不怕摔,因为冬乐永远垫在她的身下,有次把冬乐给砸疼了,屁股上就挨了爸爸两巴掌。

小孩故意在江奈脚边摔倒,抱住他的大腿:"爸爸抱。"

江奈不动,很是严肃地说道:"站起来。"

小孩开始耍赖皮,顺着脚边滚了一圈,江奈眉头一拧:"江思来。"

"哼……"

小孩手脚并用,终究爬了起来,她扭扭捏捏地跑走,边跑边喊:"江奈讨厌!"

小孩吃猕猴桃很纠结。

江奈在猕猴桃上切开一个口,用勺子挖着果肉递到她嘴里。

她就开始乱吐,用舌尖将汁儿和籽分离,咽下果汁再疯狂吐籽。

江奈静静地看着她表演，冷冷说道："江思来。"

小孩一听大名，吓得赶紧吞进去。

这个世间怎么会有这么奇怪的水果啊！"咯吱咯吱"咬着特别难受！

爸爸还特别喜欢买这个！

小孩慢慢地才懂得，猕猴桃是妈妈爱吃的，她则吃了个寂寞。

初上幼儿园的时候，小孩有虚荣心。

她跟班主任说："老师，我觉得你不如我爸爸，我爸爸教大人，你教小孩子，我爸爸比你厉害。"

"你爸爸确实厉害。"

"所以你别当老师了，当我小弟吧。"

那天晚上回家，小孩被罚坐在阳台赏月，手中还捧着《三字经》。

厨房里的香味若有若无，她回头看了看，玻璃门内一对恩爱的夫妻正在互相喂饭，她很心痛地叹口气："这么大的人了，连筷子都不会拿，可怎么办呀。"

小孩有时候也能哄人。

江奈有次带她去学校值班，小孩溜出去乱窜。

她跑到了校长室，还扒着人家办公桌问："你是谁呀？"

"我是校长啊。"

"校长……我知道校长，我们幼儿园就有校长。"

后来进来一位老师，告诉校长这是江老师家的孩子。

小孩眸子亮澄澄的，说话奶声奶气："校长，你也是老师吗？"

校长非常喜欢这个水灵漂亮的小姑娘，就回她："校长是校长，老师是老师。"

"那你跟我爸爸，谁的官大？"

"你觉得谁的官大？"

小孩认真地说："我觉得你的官大，因为校长看起来很厉害。"

校长被逗得哈哈大笑，摸摸她的头，夸她有意思。

小孩面不改色："校长，你觉得我爸爸厉害吗？"

"嗯，厉害。"

"可是我爸爸说，他以前不厉害的，是这个学校让他变得厉害，我以后也要来这里上学，变成像爸爸和校长一样厉害的人。"

"好孩子，有志气！"

"校长，你那个月饼好不好吃呀？"

一会儿，小孩拎着大盒月饼离开办公室，还给校长鞠了一躬："祝校长身体健康，万事如意。"

江奈回去的时候，小孩坐在位置上老老实实地啃月饼，他问她月饼哪儿来的。

小孩说："靠自己挣来的。"

幼儿园的老师打电话给江奈，说小孩偷食物。

江奈看了好多个监控，都是小孩溜进厨房里偷拿东西的画面。饭团、面包、水果等等，只要能吃的，她就装走。

一开始老师们没察觉，是上户外课时小孩口袋里掉出鸡蛋渣，事情才暴露。

江奈问小孩为什么要这么做，她低着头不说话。

后来，她将江奈带到幼儿园的侧门，等了十几分钟，来了四条流浪狗。

流浪狗看到小孩，远远就奔跑过来，可江奈在旁边，它们不敢靠近。于是隔着栏杆，小孩从口袋里掏出仅剩的金橘，扔了过去。

小狗们聚在一起想要争抢。

小孩突然就哭了，扬起脑袋跟江奈说："爸爸，狗狗很可怜，叔叔阿姨总是打它们，妈妈不是说，狗是人类的好朋友吗？"

江奈在她面前蹲下，握着她的小手："妈妈说得对，但是糯糯，你不该偷厨房的食物，爸爸希望你去给老师们道歉。"

小孩也知道自己偷东西不对，她很难过，愿意道歉。

大约一周后，江奈带小孩去了流浪动物救助站，在那里，她重新见到了那几条流浪狗。小孩从未那样开心过，兴奋地跳跃："小白小胖小黄小黑！爸爸，爸爸你救了它们！"

"不是爸爸救的，是救助站的工作人员。糯糯，小狗们会找到属于自己的家，你就别担心了。以后遇到这样的事情要先告诉老师，或是回家告诉爸爸妈妈，知道吗？"

"我知道了。"

小孩那一天陪着狗狗们玩了好久，回家的路上意犹未尽。

她抱着江奈的脖子，轻声说道："爸爸，我以后要做一名宠物医生。"

"为什么？"

"它们让我们快乐，我就要给它们健康。"

"嗯，妈妈听到糯糯的话，一定很高兴。"

"那我们赶快回家，告诉妈妈这个好消息！"

她要做一名宠物医生了，伟大的宠物医生。

小孩讨厌她的干爹。

干爹是个大明星，但是看着有点傻。

胡有七每次想抱她的时候,小孩都嫌弃,后来把她惹急了,孩子怒斥道:"咱们是同一个辈分的,哥哥快把我放下!"

胡有七哈哈大笑。

小孩想吃好东西,被迫要说胡有七好话。

"高富帅,跑得快……祝您恭喜发财,早生贵子……阖家团圆,万事如意……"

"天下第一好男人……"说到这儿,小孩不乐意了,"我爸爸才是第一好男人。"

胡有七皮笑肉不笑:"你爸爸是个坏人,特别坏的那种。"

小孩怒瞪:"不是!"

"就是,就是……"

小孩将手中的蛋糕"砰"一下糊在胡有七的脸上,她冷冷道:"我妈说了,有些时候就得打到你听话。"

又是最开心的一日。

江奈一手捧鲜花,一手抱着小孩。

小孩因为漂亮的脸蛋引起很多人注视,她也美滋滋的。

江奈的目光在前方,鲜花与灯光衬得他的侧颜很是俊朗,小孩搂着他的脖子,在脸颊上落下一吻。

"爸爸,我最爱你了。"

江奈微微一笑:"谢谢,但我希望糯糯最爱妈妈。"

此时耳边掌声如潮水,他们看向前方舞台。

妈妈就站在最中央,很长很长的头发,很美很美的笑容,手持大红木唢呐,向台下深深鞠躬。

小孩指着说道:"那是我的妈妈。"

番外三·
霸道女总裁和她的小娇夫

胡有七听到自己要给江奈做伴郎,很不乐意:"我是娘家人,为什么要给江奈做伴郎?不去。"

看到花贝在聊天群里问伴娘需要注意的事项时,他火速跑到江奈跟前,抓着自己的衣服说:"你看这是什么料子?"

江奈万年冰山脸,没表情。

胡有七挤挤眼:"像不像做你伴郎的料子?"

"伴郎是季良才,你的出场费太昂贵,请不起。"

"不要钱!免费!倒贴!"

胡有七硬是死皮赖脸抢回了伴郎的位置,他颇为感慨:"我有两年没见到花贝了,想她,真想她。"

喻思在一旁完全不理会,拿着婚戒迟疑地对着手指。胡有七看不下去,指着她的无名指说:"把这个钻戒拿下来,戴婚戒。"

"不要,这也是江奈送给我的。"

"那就钻戒戴中指,婚戒戴无名指。"

"可那样显得不够充满爱意……"

胡有七翻了个白眼,冷哼一声:"我知道怎么戴充满爱意。"

他将婚戒直接摞在钻戒上头，无名指上戴两个。

"会不会有点怪怪的？"

"不怪。"胡有七做好冲刺的准备，"就是有点傻。"

胡有七跑走，无奈喻思随手抄起一物一扔，正中他脑后。

婚礼现场，鲜花如海，新人恩爱。

胡有七哭得一塌糊涂，不知道的还以为他舍不得喻思。

花贝穿着白色纱裙，黑发绾起，她立于蓝天白云之下，宛若一只灵巧的蝴蝶，美得让人移不开目光。

胡有七与她相对，将那美貌尽收眼底。他忍不住暗想，这要是他俩的婚礼该多好，他就能永远陪在花贝身边，以一个名正言顺的身份。

但那就只是想想罢了。

花贝的一举一动无不彰显着高贵与优雅，想来她在国外已经有了另一个圈子，男生们该是温文尔雅、双商在线的人，那才是花贝喜欢的类型。

胡有七心酸，他自始至终都配不上人家。

花贝再见胡有七，又何尝不是心有波澜，他比自己在荧幕上看着还要帅气，眉眼清澈，皮肤白皙，还有点瘦。她知道，他一定也很辛苦。

花贝除了正常的对视，再也没有单独给过胡有七眼神，但她很焦灼，因为胡有七的视线从来没有离开过自己。

那种炽热、渴望和小心翼翼，她懂。

婚礼仪式结束后花贝要赶飞机，她跟喻思单独说了些话，匆忙经过花海道的时候，却止住了脚步。

也许是天意，枝叶钩住了花贝的纱裙，她正要动手去解，有人已俯身蹲下。

胡有七的右膝跪在柔软的草坪上，手中动作极其缓慢。白色纱裙从绿叶上离开，再经过他的手心，最后垂下。

他抬起头来，阳光恰好碎在眼中："好了。"

花贝垂眸，半晌，方才僵硬地点了点头。

她不知怎的突然就想起高中那年在公交车站，胡有七仓皇失措地用袖口给自己擦鞋的样子，那样一个拥有纯净心思的少年，是她遥不可及的。

花贝在畏惧，她缩了缩。

胡有七有所感应，他站起身来，也往后退了一步。

"下次见，带男朋友啊……"

"好，你也是……"

这是他们离别的对话，风中有甜味，落在心里却是苦的。

两人再见，又是多年后。

花贝已然更上一层楼，胡有七却陷入失业旋涡。

胡有七脾气太硬，不服从公司安排，在经纪人离职后他也遭到了雪藏。

娱乐圈最不缺的就是新鲜的血液，比他年纪小长得帅的男生遍地都是，胡有七本来还能站稳脚跟，可硬是在网上公布了自己的恋情。

粉丝脱粉，对手挤对，公司彻底失望。

胡有七跟"女朋友"说："我以为他们总得念着旧情，现在说压就压，好了，你的危机被解除，我可彻底失业了！"

"女朋友"叫尹灿，也是圈内人，她真正的恋人是当时的影帝。因为记者拍到了他们在一起的画面，尹灿顾及影帝的身份，担心恋爱关系会给男朋友带来影响，这才把当时同行逛街的胡有七给拉下水。

胡有七和尹灿，算是圈内最好的朋友。

尹灿说了："你想说出事实也行，我做鬼都不会放过你的。"

胡有七恨恨的，两颗智齿都要咬碎了。

因为各方面因素限制，胡有七下决心要跟东家解约，想带团队出去单干。于是助理给他算了下违约金，看到数字，他直接跳了起来："十位数？我得打几辈子工啊！"

小助理说："打他个 31415926……"

胡有七一个栗暴打过去。

那天，胡有七背负着沉重的心情去了摄影棚。

公司故意要整他，接了个内裤的广告。不是说这个项目不好，而是胡有七本人很排斥裸露镜头。时势所迫，只能低头，胡有七化好妆换好衣服，也不是衣服，就一块布。

那块布遮挡了重要部位，但随着胡有七的动作而变得若隐若现，他是硬汉型男中的代表，随便一个姿势就能引起工作人员的哄闹。

胡有七的脸臊得通红。

他觉得咬牙撑一撑就过去了，直到肩上落上一件薄毯。

花贝就站在他身后，姣好的面庞，清冷的眸子，记忆中少女的稚嫩感已经彻底褪去，她俨然是一个成熟漂亮，有魅力的女人。

前不久花贝回国，喻思、江奈和他都去接机了，可是两人却没能说上话。

胡有七有点蒙,他憧憬过很多次和花贝再见的场景,灯光闪耀,鲜花围绕,他要在呼声的最高点冲喜欢的人飞吻。情景再差,也绝不是这种。

花贝扫了眼周边,落在胡有七的小助理身上,小助理就觉得脊背一凉,忍不住举手:"到……"

花贝言简意赅:"走。"

胡有七在反应过来的时候,只想钻到地洞里去。

小助理要带他走,有人阻拦。

花贝身后跟着两个安保,他们昂首挺胸往前一站,谁都不敢有动作。

只听她淡漠地开口:"今天的事情就止于此,但凡我听到点什么,你们在场所有人都不用在公司干了。"

等人走远后,大家才敢窃窃私语:"谁啊?"

"应该是那个,把我们品牌说购就购的。"

"大佬啊……"

"她跟胡有七是?"

"别问,问就是。"

众人心里明了,霸道女总裁和她的小娇夫,这人设妥了。

花贝利用家中资源和自己在国外积累的人脉,成立了业务集团,其中互联网和娱乐经济板块由自己亲自主导。

花贝把胡有七的团队召集过来,开始过审。

会议室内,她将一摞摞资料扔在桌案上,指尖动了动:"你们平时拿那么高的工资,就做这样的事情?"

小助理头上有问号,所有人都有问号。

"请你们来是帮助他的,不是给他拖后腿的。我希望后面的工作都能上点心,拿出成果来跟我说话,而不是和他的交情。"

小助理秒懂,他瞪大眼睛:"老板,您是要签我们小七吗?"

花贝眉眼动了动。

小助理激动万分:"买他可要十位数啊!"

花贝将长发拂到耳后,唇角一勾:"他在你们眼里就只值十位数?"

小助理抱拳疯狂摇头,不不不,无价之宝!

胡有七在知道这件事情后很生气,把团队给训了一顿。小助理还犟得不行,大拇指一歪:"花总现在是咱们的金主,'主子'说什么就是什么,我听'主子'的。"

胡有七当然不敢跟花贝发脾气,不是畏惧她现在多么厉害,而是自己仍然为她心动。

但他老大不小了,还是要点尊严的。

事后胡有七跟花贝委婉说道:"你应该先跟我知会一声,而不是跟他们谈。"

花贝像是知道什么,直接问他:"那我跟你说,你愿意吗?"

胡有七当即沉默,果不其然,他摇头:"我不愿意。"

两人撇去某些情感不说,也算是老同学好朋友,如果是朋友之间帮忙,倒也可以昧着良心糊弄过去。但胡有七不愿意,他认为拒绝,是自己爱她的最后底线。

尹灿对于花贝这一号人物早有耳闻,她跟胡有七感慨:"你跟花贝就像黄河和长江,无限接近,永不相交。"

胡有七忧伤过度,终年画地为牢。

尹灿不想眼睁睁看着朋友沉浸苦海,总觉得要挽救一下。

花贝再来找胡有七的时候,他正要上车。

胡有七经过一些时日,心情稍微平稳下来。他抿抿嘴,冲花贝淡然一笑:"你看你回来,我们都没有好好吃个饭,等你忙完了,我们再约。"

"我不忙。"花贝当即接上。

气氛有点尴尬。

胡有七挠挠眉间,决定使出撒手锏:"谢谢你的好意,我不能去你的公司,因为……"他刻意回头看了下,后面的车门是敞开的,尹灿露出脸来向这边。

"我怕我女朋友不开心,所以……谢谢你。"

花贝也看到了尹灿,很漂亮的女生。

她敛回目光,压下心中的酸意,云淡风轻地问了声:"女朋友?"

胡有七还有些不好意思的样子:"对,你应该也认识,叫尹灿,是个歌手。"

她当然认识,凡是出现在胡有七身边的人,哪个她不认识?

那年他说希望再见的时候,各自都能有喜欢的人,他比她先做到。

花贝原本还心有存疑,可胡友七说了一番话:"我喜欢你那么久,从未得到过回应,再是铜墙铁壁的心也撑不住吧。但是花贝,我从喜欢你的那时就想好了,无论结果如何,都不能给你带来负担,我希望它是纯真、美好的。这份美好我不想破坏,所以,我决定放弃你。"

他说完毫不犹豫地转身上车,车门"砰"地关上,留下花贝一人。

花贝迎风站着,突然觉得眼睛有点酸涩,曾在异国备受排挤、思念家乡的时候都没有这般难受。她摸摸眼角,竟然是泪水。

车上,尹灿动手扒拉胡有七:"心情如何?"

胡有七始终闭着眼:"别动我,心已死。"

花贝在片场意外遇见尹灿。

尹灿跟当时的一个影帝走得颇近,甚至有亲密的肢体接触。

花贝当时就把人给堵住,言语尖酸:"你们家是开古玩店的吗,见谁都叫宝贝?"

尹灿反应也特别快,故意翻她白眼:"关你什么事?"

花贝冷冷一笑:"看来你是吊着胡有七了,怎么,觉得自己是海的女儿?"

"是又怎么样?我高兴他乐意,我们是男女朋友,倒是你,又是以什么身份来管我们?"

尹灿做作地拍拍脑袋,恍然大悟:"你是对他心有愧疚,所以看不得他受委屈对吧?没事,我就跟你一样玩玩他,他皮厚,伤不了。"

"谁玩他了?"

"能让一个人死心塌地爱你十几年,还不是玩他?"

尹灿得意地看着花贝,就想看她到底有什么心思。

花贝盯着尹灿的眼睛,唇齿紧了紧,下一秒,她重重推倒尹灿。

是的没错,她动手了。

尹灿觉得自己可能玩笑开大了。

从出生起就乖巧文静的小公主,也有跟人打架的一天。胡有七赶过来的时候吓得不轻,再看到花贝擦破的嘴角时,血气陡然上涌。

胡有七怒吼一声:"尹灿!"

尹灿揉着微肿的额头,扭头骂了句脏话:"喊什么喊。"

胡有七咬牙切齿的,他压低声音说:"你还敢打她,你完了,我今天就把你和影帝的事情曝光出去!"

其实两个姑娘没能争执起来,刚推搡时撞倒了片场搭的行架,紧要时刻两人互相伸出援手,惊险过后,余气未消。

尹灿听了胡有七的威胁,冷哼:"你敢把他说出去,我待会儿就把花贝再打一顿!"

"你敢!"

"你敢试试!"

二人都是压着嗓子在说话,花贝从远处看着,完全是一副恩爱情侣在拥抱的感觉。片场天气不好,雨落下的时候,花贝转身走了。

狂风加大雨,最符合失恋者的心情。

胡有七撑伞将人追上,花贝注视着他,一动不动。

胡有七有些心软,他将伞塞到花贝手中,道了句:"别淋着。"

花贝反握住胡有七的手,雨水在眼前氤氲出雾,她再次问道:"你真的不喜欢我了吗?"

胡有七高花贝很多,他将伞往低处移,冰冷的雨水尽数落到他的肩上。

"嗯。"他的嗓子有些哑。

花贝突然就笑了,甚至有些如释重负:"真好,这下终于……轮到我来喜欢你了。"

花贝:"我以前拒绝你的所有理由,你都可以用来拒绝我,毕竟我想喜欢你这件事情,真的藏了好久,所以你说什么都没关系,我只会更努力。"

花贝紧握住胡有七的手,离他近了些,胡有七一紧张,那把遮雨的伞就歪到了一边。

最爱的姑娘此刻就站在眼前，向自己表白。

"我想今后的每一天，都可以和你说早安晚安，你喜欢吃的食物我会做，我爱看的风景也有你陪，我们就这样手牵手，去哪儿都不分开。或者你愿意的话，我们可以先去拍一个纪念照，要宽53毫米，高35毫米的红底双人彩照。你觉得，好不好？"

宽53毫米，高35毫米，红底双人彩照。

那是结婚证上的照片啊。

胡有七觉得喉咙很苦涩，花贝晃着他的手，格外温柔："好不好？"

"你说的……真的？"胡有七觉得一切都太梦幻了。

"真的。"花贝点点头，攀附上他的肩膀，踮起脚尖，"我给你盖章。"

雨中呢喃，所有的美妙尽数敛于她的唇角。

这不是梦，是真的。

胡有七揽住花贝的腰，抵着她的额头："你的笑好甜，但没我甜。"

花贝还在笑。

"不信尝尝？"

胡有七低头吻住，在那双唇瓣上浅浅厮磨。他突然有些恍惚，忍不住咬了咬，怀中的姑娘给了回应，这才惊觉不是梦。

是她自己过来的，是她吧。

那就不放手了，一辈子在一起。

花贝曾和喻思聊心事的时候，主动说起了自己的父母。她希望自己拥有的感情要与父母那份不同，从签订爱情契约开始，就要固守承诺，从一而终。

但如果婚姻的最终是一别两宽，那还不如就没有开始。

喻思倒是有不同见解，她说："婚姻从来就不是完美的，因为所有人都无法预料未来，爱是天性，是情不自禁，如果你刻意压抑它，反而会不得其反。你说你羡慕永不离婚的夫妻，可那些没有离婚的人当中，又有多少人过得快乐呢。我不怕结果难知，我只知道，爱情的一开始，一定要勇敢地伸出手去。"

花贝不想后悔，决定要抓住眼下。

她勇敢又深情，所以等来了满眼都是她的胡有七。

爱情从来无须理由可言，天意的命中注定，向来都是自我抉择。

胡有七把尹灿和影帝的事情解释给花贝听，没多久，影帝就先做主官宣了。

全世界都在热议尹灿配不上人家，只有胡有七站出来力挺。

他在平台上发了张照片，阳光下大手小手握在一起，文案写着：*世上没有配与不配，只有爱与不爱。*

胡有七维护尹灿，还曝光了自己真正的恋情，事情处于白热化阶段的同时，他签约了新的经纪公司。

在新公司的时候，所有艺人都得叫他一声前辈，甚至还要恭恭敬敬地鞠个礼节躬。胡有七低调，他没有把自己和花贝的事情公之于众，最主要还是想保护花贝。

所以这段地下恋情，进展得是颇为紧张。

两人但凡在公司里碰面，只是甲方和乙方的寒暄，门一关，那可就是你侬我侬的小心肝。

花贝的"七色花"马甲，是当着胡有七的面掉落的。

胡有七跟其他艺人不同，有关于他的会议都是作为重点召开，理所当然地，公司高管们全部都要在场。

一开始是花贝的手机连接上了投影仪，给大家看胡有七的最新形象照，期间进来电话，她就避开人出去接听。

电话是接完了，页面上弹出了社交平台的留言。

花贝之前用小号在怼黑粉，她随手点开，好多黑粉的对话都没有回复，于是边往会议室走，边快速打字。

参会的二十位人员，包括胡有七，都在线观看投影仪上花贝以一敌十的精彩过程。小助理看到"七色花"有些印象，跟胡有七说："这是我们很早以前的一任粉丝团团长，你还记得吗？"

说句心里话，胡有七不记得。

甚至因为这个人老是给自己发私信，索性拉黑。

此时胡有七内心世界很是丰富，原来他爱的这朵小花一直陪在自己身边啊，她从不说爱的言语，却用行动来证明真心。

所有人都装作一副"眼睛突然好痛"的模样，等花贝进来的时候，众人心照不宣地闭目休憩。唯独胡有七意味深长地看着花贝，满是深情。

马甲掉了，花贝也不想藏着掖着，用这个号转发了胡有七的最新照片，配上文字：*我是花贝，这是我男朋友，胡有七。*

女霸总的气质，就是不一样。

因为拍戏需要，胡有七要打耳洞，他秘密通知了花贝前来。

花贝作为一名兢兢业业的霸道总裁，自家艺人的事情当然得上心了，当即推掉所有会议，拎着小饭盒去探班。

胡有七规规矩矩地吃着，花贝就坐在对面翻看他的通告单。

"放心，没有亲热戏。"

花贝被戳中小心思，还不肯承认，她起身挪坐在胡有七腿上，勾着他的脖子咬耳朵："要是让我发现，你就死定了。"

"敢问公主殿下，小的是哪种死法？"

花贝葱白细嫩的指尖顺着他的发丝、脸颊一路往下到脖子，胡有七抓住她的手刚要亲吻上去，门口传来声响。

二人像被电击一般火速弹开，一个神色自若地继续看通告单，一个慢条斯理地吃着饭。

房车门被人打开，小助理带着打耳洞的工作人员过来。

胡有七的视线一直落在花贝身上，看着她佯装镇定的样子，忍不住笑出声来，小助理还奇怪地问他怎么了。

"没什么，就是特别开心。"

打完耳洞之后，花贝这才问胡有七，叫她过来有什么重要的事情。

他笑眯眯地回道："关于下辈子的事情。"

花贝不解，胡有七朝她伸出手，二人十指相扣。

"我听到一个说法，今生谁陪你打耳洞，下辈子这个人就还得陪着你。"胡有七望着她，温柔至极，"不管下辈子我是胖是瘦，是高是矮，你一定要认得我，真忘了也没关系，我一定会记得，然后去找你。"

花贝失笑，这个人啊，始终心如磐石。

她郑重地点头："好，一言为定。"

END.